KB239513

랜덤메이지

류연 판타지 장편 소설

FANTASY EXCITING STYLE

랜덤메이지 1

류연 판타지 장편 소설

초판 1쇄 찍은 날 § 2007년 10월 4일
초판 1쇄 펴낸 날 § 2007년 10월 12일

지은이 § 류연
펴낸이 § 서경석

편집장 § 문혜영
편집책임 § 이재권
편집 § 이환진 · 조수희

펴낸곳 § 도서출판 청어람
등록번호 § 제1081-1-89호
등록일자 § 1999. 5. 31
어람번호 § 제1-0892호

주소 § 경기도 부천시 원미구 심곡1동 350-1 남성B/D 3F (우) 420-011
전화 § 032-656-4452 팩스 § 032-656-4453
http://cyworld.nate.com/bluebook_
E-mail § blue_book@hanmail.net

ISBN 978-89-251-0943-5 04810
ISBN 978-89-251-0942-8 (세트)

Random Mage

랜덤 메이지

류연 판타지 장편 소설

FANTASY EXCITING STYLE

BLUE BOOK
도서출판 청어람

Contents

불꽃을 내던지는 자.
물을 만들어내는 자.
벼락을 내리꽂는 자.
땅을 가르는 자.
바람을 불러오는 자.

사람들은 마법을 동경한다. 마법 그것이 아마도 이 세상에
서 맛볼 수 있는 일 중 가장 매력적이고 흥미진진한 일일 것
이다. 그것은 자신의 힘으로 무엇인가를 창조하고 그것을 사
용하는 창조의 힘이었으니까.

마법이 태어나고 사람들에게 알려지기 시작했을 때부터 사람들은 그것을 배우고 자신의 것으로 만들고자 끊임없이 노력해 왔다.

하지만 대륙이 낳은, 대마법사라 불린 아스포델 페라드레프가 쓴—마법 그 본질—이라는 책에 '단순히 노력으로만 마법을 배우길 희망한다면 포기하기를 권한다' 라는 유명한 글귀가 있는 것처럼 그것은 선택된 자만이 할 수 있는 특수한 무엇이 있었다.

우연, 필연, 기연, 무엇이라도 좋았다. 단지 그 무엇도 얻지 못한 자가 배우기엔 너무나도 어려운 것.

일단 자신이 무엇인가 가졌다고 판단된 이들이 마법에 손을 대고 배우기 시작하면 그의 몸은 그 속성에 따라 변하게 된다.

이것 또한 앞서 나온 이들 중에서도 더욱 큰 우연, 필연, 기연 등, 무엇인가를 손에 쥔 자들만이 누릴 수 있는 특권이었다.

그렇게 하나의 속성을 갖게 된 메이지가 또다시 다른 속성을 몸 안에 갖는다는 것은 사실상 굉장히 위험한 일이었고, 어찌 보면 금기와 같았다.

그 이유인즉, 자신의 원래 속성을 무시하고 다른 속성을 가지게 될 시, 두 개의 속성이 메이지의 몸속에서 끊임없이 서로 충돌하여 몸이 찢어지는 고통은 물론.

다시 한 번 나오는 대륙이 낳은 대마법사 아스포델 페라드레프의─마법 그 본질─에 쓰여 있듯 '말 안 듣고 꼭 실행해 보는 녀석이 있는데, 죽고 나서 후회하지 말 것!!' 이라는 문구가 무색해질 정도로 결국 목숨을 잃게 되는 일이 비일비재했기 때문이다.

대체적으로 동등한 조건의 마법사들이 맞붙었을 때, 각각의 속성들은 서로의 상반된 관계에 치중했고, 속성 간의 성향에 의해 약함과 강함이 정해졌다.

이것이 세상의 이치요, 진리였다. 이것에 불응하고 한 몸에 두 가지 속성을 지닌다는 것은 극히 말이 되지 않는 일.

하지만, 그런 이 노스키아 대륙에 모든 속성을 시전하는 유일한 마법사가 존재하고 있었다. 정말 말도 안 되는 일이었지만, 그는 어떠한 속성 마법에도 상처를 받지 않았으며 모든 속성의 마법을 구사하는 사람이었다.

＊　　　＊　　　＊

"불이야!! 불이야!!"

마을 구석구석 불이 번진다. 사람들은 커다란 외침에 놀라 뛰쳐나오고, 주변은 일대 소란에 휩싸이기 시작한다. 마을 주민들의 커다란 외침이 사방팔방 울려 퍼지고 있었다.

"교회에 불이 붙었다! 모두 불을 꺼!"

이 마을 유일한 교회는 빠르게 번지는 포악한 불길로 인해 건물 전체가 화염으로 뒤덮여 타오르고 있었다.

“이봐! 안에 신부님과 아이들은?”

“전부 무사해! 모두 일렬로 줄서서 물 양동이를 날라줘!”

“아녀자들은 불길 뒤쪽으로 물러서요! 아저씨! 집 안의 양동이를 전부 수거하고! 거기, 당신!”

사람들은 길게 줄을 서곤 양동이에 받은 물을 뿌려대고 있었지만 그것으로는 턱없이 역부족이었다.

화아악!

마을 사람들의 다급한 마음을 아는지 모르는지 교회를 뒤덮은 불길은 좀처럼 잡힐 기색이 보이지 않았고, 마치 하늘 위로 붉은 혀를 날름거리듯 타오르고 있었다.

“제길! 이러다가 교회가 다 타버리겠어!”

“이대로는 불길을 잡을 수가 없어! 신이시여, 제발!”

“조금만 더! 힘내! 조금만 더!”

더욱 기세등등하게 타오르는 불길.

“제기랄! 양동이를 더!”

“이것도 한계라고! 이러다가 마을 우물조차 메말라 버리겠어!”

“그럼 이걸 구경만 하자는 거야?”

“나보고 어쩌라는 거야!”

뜨거운 열기를 내뿜는 그것의 옆에서 팔이 떨어질 정도로 나른 양동이의 숫자가 얼마나 되었던가. 이제 지칠 대로 지쳐 버린 마을 사람들의 가슴속에 '포기'라는 마음이 싹트려 할 때였다.

"아아, 이거 큰일이군!"

불쑥 분주한 사람들 사이로 한 청년이 끼어들어 맨 앞서 정신없이 물을 끼얹어대는 사내에게 말을 건넸다.

"도와드릴까요?"

"누, 누구?"

씨익 매력적인 웃음을 흘리며 사내 옆으로 다가선 이 남자. 은발에 황금색의 눈동자와 하얀 피부까지. 범상치 않은 모습의 청년이었다.

그의 손에는 작은 지팡이가 들려 있었고, 뒤로 젖혀진 보랏빛 로브는 때마침 불어오는 바람으로 한껏 펄럭이기 시작했다. 청년을 바라보던 사내의 두 눈이 휘둥그레졌다. 그러더니 이내 비명에 가까운 환호성을 내질렀다. 분명해, 저 모양새! 저 분위기!

"마, 마법사다!"

"마법사?! 어디! 어디에 마법사가 있어?!"

"여기에 있다고! 마법사님이다!"

"정말이다! 오— 이제 우린 살았어!"

"오, 주여, 감사합니다."

마을 사람들은 환호를 질렀고, 사람들의 기대를 한 몸에 받으며 청년은 당당히 앞으로 나섰다. 불어오는 바람에 일렁이던 커다란 불길은 청년이 다가서자 더욱 위협적으로 타올랐다.

그 앞에 선 청년은 비장한 눈빛으로 불타오르는 교회를 바라보며 나직이 주문을 읊조리기 시작했다.

곧이어 그의 양손 가득 맺혀진 하얀 빛무리와 함께 청년이 자신감 넘치는 목소리로 외쳤다.

"워터—오버플로(Water—overflow:물이 넘치다. 수속성의 마법이며, 물줄기나 물을 생성하는 마법이다)!!"

쩌렁쩌렁한 외침과 그의 손에서 뻗어 나온 커다란 불줄기는 사람들의 기대를 한 몸에 받으며 교회를 강타했다.

잠깐? 부, 불줄기?!

"마, 만?!"

"만세에~ 에에?"

만세를 부르던 주민들의 움직임이 삽시간에 멈춰 버렸다. 그리곤 모두들 멍한 얼굴로 청년을 돌아보기 시작한다.

"…아 씨, 분명 느낌이 좋았는데……."

투덜거리는 청년. 하지만 그의 이마 위에는 이미 송골송골 땀이 맺히고 있었다. 그의 두 눈은 쉴 새 없이 주변의 마을 사람들의 눈치를 보듯 요리조리 굴러가고 있었고, 그의 목젖 위로는 계속해서 꿀꺽 마른침이 넘어가고 있었다.

"불을 꺼달라고 했더니 오히려 더 불을 붙여?!"

"이거 뭔가 수상하잖아?! 너, 뭐 하는 녀석이야?"

갑작스러운 상황에 당황해하던 마을 사람들이 하나둘 정신을 차렸고, 점점 큰 목소리들이 터져 나오기 시작했다.

"아무래도 복장부터가 수상쩍다 싶었지! 저렇게 대놓고 마법사인 척하는 녀석 중에 제대로 된 자식을 못 봤다니까!"

"마을 광장에 매달아 버려!"

곧이어 성난 사람들의 외침에 청년은 다급하게 양손을 휘휘 저으며 결백하다는 표정으로 외쳤다.

"자, 잠깐! 하하하, 에, 그게… 말하자면 길어지기 때문에, 우선 결론부터 말씀드리자면……!"

"드리자면?"

"절대 고의는 아닙니다! 그리고……!"

콰지직!! 와르르!

청년이 어색한 웃음을 흘리며 말을 이으려는 순간 돌연 요란한 소리가 나며 까맣게 불탄 교회가 와르르 무너져 내렸다.

"아, 아! 교회가……!"

"무너져 버렸다……!"

그리고 무너진 건물 위, 자욱한 재가 사방으로 흩날리며 사람들의 머리 위에 내려앉았다.

"하… 하하, 진짜 무너져 버렸네요. 콜록콜록! 그나저나 자리를 좀 옮기죠. 여긴 재 때문에, 하하, 이런 소릴 할 때가 아니지, 참. 정말… 뭐라고 말씀을 드려야할지 이 것참, 하하!"

"말도 안 돼. 마을에 하나밖에 없는 곳인데……."

툭, 툭, 후두둑…….

때마침 하늘에서 한두 방울 물방울이 떨어져 내리기 시작했고,

쏴아아!!

이어 많은 양의 빗줄기가 쏟아져 내렸다. 비는 이미 타버려 잿더미만 남은 교회의 잔해 위에도 떨어져 내려 지지직거리며 불씨를 꺼내렸다.

마치 하늘이 주는 구원의 손길인 양.

"비다……!"

"오, 신이시여, 너무 늦으셨나이다."

갑작스러운 비에 의해 찾아온 허탈감. 사람들은 울음 섞인 신음 소리를 내기 시작했다. 그런 그들의 모습에 어찌할 바 모르며 눈치를 보던 청년은 애써 환하게 웃음 지어 보이며 입을 열었다.

"에, 또… 그리고 다시 한 번 말씀드리지만 고의는 아닙니다. 제 이름을 걸고 맹세할게요!"

"하하하, 그랬군! 고의가 아니었단 말이지?"

"예, 하하하! 그러면요! 제가 뭐 하러 이런 짓을 하겠습니까? 저도 절실한 크리스털입니다."

"크리스찬이겠지."

마을 사람의 대답에 청년의 이마에서 주르륵 땀이 흘러내

렸다.

"아, 예. 그렇죠. 크리스챤. 하하, 크리스챤? 하하하!"

"그렇지. 자네가 일부러 불타는 집에 불을 붙였겠어?! 하하하! 아암~"

때늦은 수습을 하며 청년은 겸연쩍은 미소를 얼굴에 그려냈다. 이야기가 통한 것이었을까? 마을 사람들은 그런 청년의 어깨를 토닥였고, 이해한다며 미소 지었다.

"하하, 그런데 제 망토는 좀 놔주시고 이야기를… 하하하!"

"원, 사람도. 망토가 너무 좋.아. 보.여.서. 그러는 건데 젊은 사람이 의.심.도. 많지. 절대 도망가지 못하게 하려고 잡은 게 아니라네. 하하하!"

망토를 움켜쥔 사내의 손 위에는 불끈 힘줄이 솟아올라와 있었다. 얼마나 세게 잡았으면 망토를 잡고 있는 손이 저리 부르르 떨릴 정도일까?

그것은 서로의 눈치 보기와 같았다. 팽팽한 긴장의 연속. 그것을 끊어낼 단 하나의 무엇인가가 필요한 상황.

'단 한순간의 방심을 만들어내야 한다.'

"엇! 저기 교회 안에 생존자가!"

"뭐?! 진짜야?"

"어디야?!"

마침내 때가 되었다. 그리고 청년은 그 기회를 만들어내는 데 성공하였다. 사람들이 화들짝 놀라며 교회 쪽으로 고개를

돌린 순간,

 '이때다!'

 성공이다! 동시에 청년의 눈이 빛났다. 그것은 마치 한 마리 먹이를 포획한 야수의… 여하튼 그가 재빨리 마을 입구를 향해 뜀박질하려는 찰나,

 덜컥!

 "캑! 망토, 망토, 케헥! 끌어당기지 마세요!"

 갑작스럽게 끌어당겨진 망토 때문에 숨이 막히는 듯 청년은 바동거렸다.

 "이게… 지금 누굴 놀리나?!"

 "케헥! 케헥!"

 마른기침을 토하는 청년의 주변으로 사람들이 우르르 몰려들었다.

 "이 자식이 교회에 불을 낸 범인이다!"

 "이게 빠져나가려고 별수를 다 쓰는데!"

 마을 사람들의 번뜩이는 눈에선 흉흉한 살기가 뿜어져 나오고 있었다. 더군다나 각자의 손에는 흉기가 될 만한 모든 것들을 쥐곤 청년을 압박하듯 서서히 다가서기 시작했다.

 "하… 하하, 분명 누군가 있었는데 이상하네요. 하하하!"

 청년은 불안한 마음을 감추지 못했고, 기겁한 표정으로 마을 사람들을 둘러보았다.

"잡아! 아주 이 염병할!"

"우오오오!!"

"족쳐!!"

우렁차게 터져 나온 목소리와 함성, 그리고 냅다 목에 걸린 망토를 벗어젖히고 마을 밖으로 내달리기 시작한 청년은 고래고래 소리를 질러댔다.

"이! 오해에요! 일부러 한 게 아니야! 진짜!!"

"저, 천벌받을 놈을 꼭 잡아라!"

"사탄의 자식이다!!"

피슝!

죽기 살기로 도망치는 청년의 귓가에 큼지막한 돌멩이가 날카로운 파공음을 남기며 스쳐 지나갔다.

"히이익! 아저씨, 그 돌 내려놔요! 그거 맞으면 진짜 사람 죽는다고!"

따악!

말이 끝나기가 무섭게 날아든 나무 막대기가 청년의 뒤통수를 후려쳤다.

"아악! 이 막대기, 누구야?! 기억해 둘 거야!"

"저 자식! 놓치지 마!"

"아, 진짜! 좀 믿어줘요. 그리고 그 망토, 의뢰 물품이란 말이야! 찢지 마!!"

더욱 세차게 내리치기 시작하는 빗방울 사이로 밝아오려

는 새벽. 그날은 새벽을 알리는 닭의 울음소리 대신 도망치는 청년의 목소리와 그를 쫓는 마을 사람들의 외침으로 가득했다.

은발청년의 이름은 아이리스. 나타나는 곳마다 재앙을 몰고 다닌다 하여 붙여진 그의 또 다른 이름은 '재앙의 마법사'. 그는 어떤 마법에도 타격을 받지 않으며, 노스키아 대륙에서 모든 속성의 마법을 사용할 수 있는 유일한 존재.

하지만 슬프게도 그가 시전하는 모든 마법들은……

'랜덤' 이었다.

Chapter 1
나의 이름은 아이리스… 재앙의 마법사

“**너**, 의뢰 물품은 어디에 있어?”

“저, 그게…….”

잔뜩 얼굴을 찌푸리고 아이리스를 바라보고 있는 이 험상 궂은 사내의 물음에 아이리스는 아무런 대답도 하지 못했다.

“안 봐도 뻔하다.”

“아니, 뭐가 뻔해요? 허허, 내가 아무 말도 안 했는데 뭘 다 알고 있다는 눈빛으로 날 바라보는 거예요?”

“어디야?”

“헉! 혹시 점쟁이?”

아이리스의 고개가 푹 떨어뜨려진다. 이어 그의 앞에 앉아 있던 험상궂은 사내의 목소리가 또다시 방 안을 울렸다.

"인마, 그게 얼마 짜린데!! 도대체 몇 번째냐?!"

"후, 면목 없어요."

"사고 칠 때마다 우리 지부에 와서 이러고! 여기가 무슨 여관이야?"

"아, 그게 진짜 이번엔 느낌이 팍 하고 왔었거든요? 좋은 일 하는데 설마 또 그럴까 하는 확신감? 근데 아, 진짜 이상하네. 아~ 우!"

뭔가 잘못된 것이 분명하다며 오히려 성을 내는 아이리스를 보는 사내. 그는 급기야 골치 아픈 표정으로 자신의 이마를 짚으며 입을 열었다.

"내가 그 소리 100번은 넘게 들은 거 같아!"

"하하하, 축하해요! 100번 달성—"

"이게 콱!"

"아니, 그냥 웃자고 한……."

"죽을래?!"

"……."

사내의 핀잔에 아이리스는 아무런 대꾸도 하지 못했다. 자신의 앞에서 고래고래 소리를 지르는 이 남자는 이 길드의 길드장.

이곳은 노스키아 대륙에 퍼져 있는 수십 개의 길드. 그중에서도 연합이나 나라의 지원을 받지 않는 개인이 운영하는 길드 중에서 제법 유명한 곳이다.

웬만큼 이름이 퍼져 있는 연합 길드보다 유명한 이곳. 하지만 이곳이 유명한 이유 중 하나는 거물급 길드원들의 몫도 있었지만 문제 있는 길드원들이 배로 많이 등록되어 있기 때문이었다.

"이제 어쩔 거야? 이번엔 그나마 작은 일이니까 금방 잊혀지겠지만 계속 이러고 살 수는 없잖아."

"그러게요."

자신의 말에 오히려 담담하게 대답하는 아이리스를 바라보며 사내는 큰 한숨과 함께 고개를 숙였다.

이 길드는 대도시인 콰임 하르덴 안에 위치해 있어 자잘한 의뢰는 끊이지 않았고, 가끔은 제법 큰 건수가 들어오는 일도 있었다.

"아, 진짜 이놈을 어디다 써먹나……."

"이거 왜 이래요. 이래 봬도 나, 유명하다고요!"

"그래, 퍽이나 유명하시지!"

보고 있자면 대부분 문제아로 등록돼 있는 길드원들이 이곳에 몸을 담고 지내면서 가끔 들어오는 커다란 건수를 해결하고 거물이 되어나갈 수 있도록 해주는 역할을 하고 있는 것이었다.

"이참에 확 마법은 때려치우고 우리 길드에 정식으로 들어와서 검을 배워보는 건 어때?"

"절대 싫어요! 난 내 재능을 썩힐 수 없어요!!"

"그래, 쯧, 그래서 그 모양이지."

오른쪽 눈 옆 깊게 베인 상처 자국이 나 있는 험상궂은 외모와 말투 등과는 다르게 그는 자상한 면이 많은 사람이었다.

"아니, 이 모양이 어때서요?!"

"이상해서."

처음 갈 곳 없어 이곳저곳을 헤매던 아이리스를 받아주었고, 이렇게 늘 사고만을 치고 불쑥 찾아드는 그를 문전박대 안 하고 숨겨주는 것만 봐도 알 수 있는 노릇이었다.

"하아, 널 정말! 아우, 속 터져! 이 자식!"

아이리스가 사내의 말에 객쩍게 웃어 보였다.

"론드! 이보게! 큰일났네!"

덜컥!

요란하게 문이 열렸다. 그리고 한 노신사가 다급하게 외치며 길드 안으로 들어섰다.

"뭡니까, 퀴릴 씨? 웬일로 호들갑을 다 떨고."

"허억, 허억, 그러니까……!!"

그는 평소에는 점잖은 몸가짐의 노신사인 것 같았지만 지금은 무엇인가 급한 일이 있는지 얼굴이 온통 땀투성이였다. 얼마나 다급했는지 머리는 지저분하게 헝클어져 있었고, 계속해서 단숨을 내쉬고 있었다.

"우선 진정하고 숨을 천천히 들이마셔요."

"후욱, 후욱… 후우!"

론드가 노신사의 등을 쓸어내리며 진정시키기 시작했고, 겨우 숨을 고른 노신사는 이젠 괜찮다며 손을 들어보였다.

"후우, 고맙네. 이제 좀 괜찮군. 아니, 이게 문제가 아니지 론드, 여튼, 이걸 좀 보시게."

다시 다급해져 버린 듯한 노신사가 안주머니를 주섬주섬 뒤져 꺼내 든 빨간 봉투를 론드에게 내밀었다.

본트레앙의 눈물은 오늘 밤 내가 가져가기로 찜!

by 괴도 천사.

론드가 받아 든 봉투 안에 적혀 있는 장난스런 글귀를 보며 론드 옆에 있던 아이리스가 넌지시 물었다.

"뭐예요, 이 구질구질한 메시지는?"

"아, 이거? 요즘 이 근방에서 화제가 되고 있는 괴도천사라는 도둑의 도전장이야."

"아아, 그나저나 요즘 시대에도 이런 짓을 하는 사람이 있네. 바보 아냐? 예고장이라니……."

빠르게 메시지를 읽은 론드는 여전히 안절부절못하고 있는 퀴릴이라 불린 노신사에게 협박장을 돌려주었다.

봉투를 받아 든 퀴릴은 한시가 급하다는 표정을 지으며 다짜고짜 론드에게 매달리다시피 하며 입을 열었다.

"우리 쪽에도 경비를 강화했지만 아무래도 불안해서 말일세. 그래서 말인데, 지금 자네 길드에 쓸 만한 사람이 좀 없는가?"

그 이야기에 론드의 눈이 반짝하고 빛났다. 그것은 마치 물가에 드리운 낚싯대에 월척이 걸렸을 때 눈을 빛내는 낚시꾼의 그것이었으리라.

"쓸 만한 사람이라……. 지금 아주 대단한 사람이 한 명 있긴 하죠. 하지만……."

한참 뜸을 들이며 말을 잇던 론드는 말꼬리를 흐리더니 슬쩍 아이리스를 턱으로 가리켜 보였다. 퀴릴 역시 시선을 옮겨 아이리스를 바라보았다. 그러더니 금세 놀란 눈으로 그의 위아래를 훑어보기 시작했고, 이어 탄성을 내질렀다.

"그, 그 은색의 머리와 황금색 눈동자! 혹시 거물이라는 사람이?!"

퀴릴의 말에 론드가 음흉하게 미소를 지으며 고개를 끄덕여 보였다. 그래, 걸렸어!!

"예, 정확하게 보셨습니다. 역시 퀴릴 씨의 안목을 속일 수는 없겠군요. 그가 바로 세간에서 재앙의 마법사라 불리는 인물입니다."

"어이, 어이, 론드 씨. 쓸모없는 인간이라고 핀잔 준지가 5분도 채 안 됐는데?"

"엥? 내가 그런 소리를? 착각이겠지."

“헹! 아무튼 난 생각 없어요!”

아이리스의 대답에 퀴릴은 흠칫 놀라는 듯했지만 론드는 음흉한 미소를 지우지 않은 채 조용히 그의 귓가에 입을 가져가 말을 이었다.

“보시다시피 그는 의뢰를 받아들이는 데 있어서 무척이나 까다롭게 굴지요. 하지만 퀴릴 씨의 의뢰니 제가 특별히 부탁해 보도록 하겠습니다.”

“론드 씨, 전 안 해요!”

“부탁합니다, 마법사님.”

노신사는 고개를 연신 조아리며 아이리스에게 부탁하기 시작했다. 하지만 아이리스의 입장에서는 선뜻 일을 맡을 수가 없었다.

지금은 자신이 가장 중요하게 생각하는 감, 즉 필이 발동하지 않았던 것이다. 게다가 만약 이런 상태에서 이번 일마저 꼬여 버리게 된다면 자신은 어디로 피신을 가야 한단 말인가.

“아이리스 군~ 잠시 이쪽으로.”

“……?”

그런 자신의 입장을 아는지 모르는지, 얼굴 가득 피어 있는 미소를 지우지 않은 론드가 조용한 손짓으로 아이리스를 불렀다.

“아, 진짜 또 왜요?”

투덜거리며 아이리스가 자신의 앞에 서자 론드의 얼굴 가득 피어 있던 미소가 싹 사라져 들었다.

"잔말 말고 이리 와."

그는 곧바로 아이리스의 어깨를 잡아끌며 옆방으로 들어섰다. 옆방으로 억지로 끌려오다시피 한 아이리스가 인상을 한껏 찌푸리며 말했다.

"아, 론드 씨. 하기 싫어요. 또 잘못되면 욕먹을 거 아니에요."

동시에 론드의 머리가 아이리스의 머리를 턱! 하고 받아버렸다.

"아얏!"

"왜? 이번엔 그 얼어죽을 놈의 필이 안 오냐?"

"그래요! 왜요! 난 그 필을 안 받으면 찜찜하다니까요?"

"너, 저밖에 있는 퀴릴 씨의 경비대를 본 적 있냐?"

아이리스는 띵하게 울리는 머리를 문지르며 고개를 설레설레 흔들었다. 그런 아이리스를 내려다보며 론드가 쯧 혀를 차곤 말을 이었다.

"본트레앙의 눈물을 지키기 위해서 온 자들은 절대 만만한 자들이 아니야. 아무리 괴도 천사가 날고 긴다고 해도. 그걸 훔쳐 내기란 불가능하다 이거지. 그저 저 노인네가 노파심에서 호들갑을 떠는 것뿐이야."

"그 본트레앙의 눈물인가 하는 거 비싸요?"

"아마 네가 평생을 이곳에서 썩는다 해도 본트레앙의 눈물

가루도 못 살 거다.”

“히에엑! 말도 안 돼!”

“어때, 굉장하지?”

왠지 모르게 의기양양해하는 론드였다. 하지만 그런 그에게 아이리스는 오히려 정색하며 론드에게 따지듯이 물었다.

“론드 씨, 그렇게나 급여를 짜게 주는 사람이었어요? 최악이다, 진짜.”

“내 말의 요점은 그게 아니잖아!”

“아 씨—! 아무튼 그거랑 제가 거기 가는 거랑 무슨 상관인데요?”

싫다는 기색을 팍팍 내는 그의 이야기에 서서히 얼굴을 굳혀가던 론드가 아이리스를 향해 하나하나 질문을 던지기 시작했다.

“너, 숙박비 있냐?”

도리도리—

“괜찮은 건수 잡을 자신 있냐?”

도리도리—

“그것도 아니면, 넌 내가 자선 사업가로 보이냐?”

그리고 아이리스는 그의 질문 하나하나에 성심성의껏 고개를 가로저었다. 동시에 퍽—! 론드의 머리가 또다시 아이리스의 이마를 강타했다.

“아악! 이 돌머리!”

“이제 이유를 알았을 테니 다녀와! 그냥 서 있기만 하면 돼. 얘기는 내가 알아서 해놓을 테니까.”

달칵.

방 안에서 나온 론드는 초조한 얼굴로 두 사람을 기다리던 퀴릴에게 밝게 미소를 지어주었다. 그리곤 능청스럽게 이마 위의 땀을 쓸어내리듯 연기하며 입을 열었다.

“아아, 설득시키느라 정말 힘들었습니다.”

“오오! 그래, 그가 우리와 함께 있어주겠다던가?!”

한걸음에 다가온 퀴릴이 론드의 양손을 맞잡으며 기쁜 얼굴로 물었다. 그러자 론드는 잠깐 머뭇거리는 듯싶더니, 또 한 번 말꼬리를 흐리며 이야기를 꺼냈다.

“예, 하지만 워낙 거물급인지라 가격이……”

“걱정 말게! 내, 보수는 섭섭지 않게 주겠네!”

론드의 말이 끝나기가 무섭게 퀴릴은 계약을 서두르자며 보채기 시작했고, 론드는 시종일관 친절하고 음흉한 미소를 짓고 있었다.

“자, 그럼 오늘 밤 그를 퀴릴 씨 댁에 보내겠습니다. 그의 실력은 높은 가격만큼 확실할 것이니 오늘 밤은 마음 푹 놓으시길.”

“그래, 네 자네만 믿겠내. 덕분에 걱정이 싹 사라졌구먼.”

본트레앙의 눈물이 얼마짜리인데 그깟 경호 가격이 문제일까. 대륙 최고의 악명을 떨치고 있는 거물을 들어 확실한 경비를 보장받을 수 있다는데 더 이상 무엇이 더 필요한가.

*　　　　*　　　　*

"에, 그래서 오긴 했는데… 영 다들 표정이 별로시네."

작은 성을 연상케 하는 웅장함과 집 안으로 들어서기 위해서 지나쳐 온 성원들을 가득 메우고 있던 아름다운 나무들을 아이리스는 잊을 수가 없었다.

그리고 예고된 시간이 다가오자 자신들의 자리로 움직이는 용병들과 경호원들은 성의 입구부터 미로 같은 내부 곳곳까지 흐트러짐 없이 자리를 굳건히 지키고 있었다. 마지막으로 거실을 지나 자신의 키보다 두 배는 더 높아 보이는 문을 열고 들어선 복도 끝에 아이리스가 멀뚱히 서 있었다.

그곳은 만약 '본트레앙의 눈물'이라는 보석을 도둑맞았을 때 유일하게 집 밖으로 나갈 수 있는 출구라 했고, 최후의 보류인 셈이기에 아이리스를 그곳에 배치시켜 놓은 것이었다.

"…저 녀석인가?"

"소문처럼 악랄해 보이지는 않는데?"

"쉿! 원래 저렇게 생긴 놈이 더 잔인하고 잔혹한 거야. 그걸 모르나?"

주변에 매복해 있는 경비대원들은 눈앞에 재앙의 마법사라 불리는 이를 바라보며 자기네들끼리 작게 수군거리고 있었다. 그를 바라보는 병사들의 눈에는 두려움도 엿볼 수 있었고 호기심도 있었으며 증오심도 있었다.

"흠흠, 저기… 뭔가 상당히 오해들을 하고 계신가 본데, 제가 그렇게 나쁜 놈은 아니거든요."

자신에게 쏟아지는 따가운 눈초리에 작게 기침을 내뱉은 아이리스는 최대한 상냥한 미소를 띠며 그들이 잠복해 있는 풀숲이나 담벼락 구석들을 둘러보며 말했지만 그들의 반응은 지극히 냉소적이었다.

"흥! 어디서 재앙의 마법사가 그런 거짓말을!"

"거봐, 내가 뭐랬어. 저 사악한 웃음을 보라고."

"떨 것 없어. 지금은 비즈니스를 위해 한편이지만 이 일이 끝나면 내가 꼭 잡아줄 테니까."

그렇다. 무슨 말을 해도 소 귀에 경 읽기 식이다.

"하아……!"

결국 작은 한숨만을 내뱉은 아이리스는 묵묵히 시간이 지나가기만을 기다리기로 했다. 어두운 하늘에 떠 있는 달빛이 조금씩 사그라지기 시작할 때, 그리고 빳빳이 들려 있던 고개가 잠에 못 이겨 서서히 떨어뜨려질 때쯤 기어코 일이 터지고야 말았다.

콰장창!!

"뭐, 뭐야?!"

"저놈 잡아라! 아니, 저년 잡아라!"

"놓치지 마라! 한곳으로 몰아넣어!"

"왜 이렇게 날쌘 거야!"

쥐 죽은 듯 조용했던 저택 안이 삽시간에 벌집을 건들인 듯 소란스러워지기 시작한다. 투덕거리는 소리, 사람의 비명, 창문과 그 무언가가 깨지는 소리. 그것들이 점점 아이리스 자신이 있는 곳을 향하고 있었다.

'뭐야, 론드 씨? 이거 얘기가 다르잖아?! 죽었다 깨어나도 훔치는 거는 안 될 거라며!'

덜컹!

일직선으로 마주 보이는 복도의 문이 거칠게 열리며 한 인영이 재빠르게 뛰쳐나왔다. 그 괴도 천사라 불린 작자일 것이다.

"흥! 왜 이렇게 떨거지가 많은 거야?"

띠껍다는 듯 말을 내뱉는 그의 온몸은 검은 천으로 둘러싸여 있었다. 말 그대로 어둠에 동화된다면 그를 찾기란 어려울 것이다.

게다가 몸놀림은 얼마나 재빨랐던지 자신을 덮쳐 오는 경비대원들 사이로 요리저리 잘도 피해 다녔다.

'이대로 둘러싸이면 아무리 나라도 위험해. 저쪽이 출구인 것 같은데 기회를 노려서… 앙? 저 멀뚱히 서 있는 녀석은 뭐야?

괴도 천사는 사방을 두리번거리다 유일한 출구 앞을 막고

서 있는 아이리스와 눈이 마주쳤다.

　그가 재빠르게 아이리스를 향해 돌진하자 당황한 아이리스가 손을 저으며 외쳤다.

　"어어? 난 당신이랑 눈 안 마주쳤어! 안 마주쳤다니까!"

　'뭐야, 이 뜨내기 녀석은? 뭐라는 거야?

　문을 막는 녀석들은 대부분 실력자인데 이 녀석은 말 그대로 허수아비. 빙고나 마찬가지인 월척이었다고 생각하는 순간 퀴릴의 커다란 외침이 복도를 울렸다.

　"하하하, 걸려들었군. 암고양이 같은 것!"

　"……?!"

　'암고양이 같은 것? 설마 여자인가?

　동시에 괴도 천사가 뛰쳐나온 문에서 꾸역꾸역 10여 명의 병사가 쏟아져 나왔고, 매복해 있던 병사들도 뛰쳐나오기 시작했다.

　"히익!"

　갑작스런 외침에 놀란 것은 아이리스 역시 마찬가지였다. 하지만 적을 앞에 두고 그런 모습을 보일 수는 없었다. 계속해서 병사들과 함께 나타난 퀴릴은 의기양양했다. 퀴릴의 양 옆으로 뻗친 흰 수염이 아이리스 자신을 쿡쿡 찌르는 것 같았다. 그가 말이 이어졌다.

　"네 앞에 계신 분이 누군지 알면 넌 아마 까무러칠 거다!"

　"흥, 어디서 뜨내기 한 명 데려왔다고 내가 겁먹을 줄 알아?!"

톡 쏘며 말을 마친 괴도 천사가 품 안에서 작고 날이 휜 단도를 꺼내 보였다. 시퍼렇게 선 칼날이 달빛에 반사되어 반짝인다.

동시에 아이리스를 노려보는 괴도 천사의 눈에서 살기가 번뜩였다. 저 엉성해 보이는 녀석이 뭐가 대단하다는 거야?

"후후후! 하하하하! 그는 세간에서 이렇게 불리지! 재앙의 마법사라고! 그래, 바로 저분이 그 유명한 재앙의 마법사이시다!"

"……?!"

퀴릴의 목소리에는 자신감이 배어 있었다. 그리고 아이리스를 바라보던 괴도 천사의 눈에는 당혹감이 스쳐 지나갔다. 때마침 병사들 앞으로 나선 퀴릴이 괴도 천사를 가리키며 외쳤다.

"자, 아이리스님, 어서 저 요망한 도둑년을 잡아주십시오!"

"치잇! 골치 아프게 됐네."

음침한 복장과 다르게 튀어나온 것은 미성의 갸름한 목소리. 분명 여자였다. 이렇게 된 이상 이판사판.

'그래도 그 마을 때보단 훨씬 낫잖아.'

며칠 전의 마을 사건을 생각하자 자신도 모르게 온몸에 한기가 돌았다.

"그래, 까짓것! 이런 건 아무것도 아니지!"

아이리스는 아랫입술을 살짝 깨물고는 빠르게 주문을 외우기 시작했다. 다수보단 혼자가, 그리고 적어도 남자보단 여자가 상대하기 쉬울 거란 생각에서였다.

"주문이 끝나기 전에 도망치면 돼!"

하지만 그 생각은 여지없이 부서져 버렸다.

퍽—!

단도를 재빨리 품에 갈무리한 그녀가 아직 주문을 끝내지 못한 아이리스를 거세게 밀치며 문을 열어젖혔다.

'이거 너무 쉽잖아?

젖혀진 문을 타고 들어온 바람결이 괴도 천사를 지나 아이리스를 스쳐 지나간다. 그리고 아이리스의 코끝에 전해지는 라벤더 꽃의 향기.

"저, 저년이! 저년 잡아라!"

빠른 스피드로 정원을 지나친 그녀는 훌쩍 담을 타고 오르려 했고, 경비대들은 함성을 지르며 그녀를 잡기 위해 복도 위를 뛰어오기 시작했다.

"그냥 보내줄 수는 없지!"

때마침 아이리스의 주문 영창도 끝났다.

"바인드(Bind: 원래는 주문의 촉매가 되는 밧줄이 있어 그것에 대해 거는 마법이지만, 편의상 이 작품에서는 무형의 밧줄은 기본으로 생겨나도록 설정했습니다)."

터져 나온 아이리스의 외침이었다. 주문 시전이 끝났지만 그의 손에서는 커다란 불줄기도, 그렇다고 물줄기도 뿜어 나오지도 않았다. 그렇다면 성공인가?!

하지만 아무렇지 않게 담을 훌쩍 넘어서는 그녀의 모습을 보자니 자신이 쓴 마법이 그녀를 잡은 것도 아니었다.

"어어, 이게 뭐야!"

"바닥이 왜 이렇게 미끄러워?"

쿠당탕!

"악! 내 엉덩이!"

그의 뒤에서 지축을 울리는 비명 소리가 터져 나왔다. 고개를 돌리자 반짝거리는 광을 뿜내며 매끄럽게 변한 바닥이 가장 먼저 그를 반겼고, 그 위에 넘어져 버린 병사들이 엉덩이와 허리를 매만지며 아이리스를 무섭게 쏘아보고 있었다.

아니나 다를까, 이번 역시 실패였다.

"…아 씨! 필이 안 오면 꼭 이런다니까!"

아이리스가 뒷머리를 신경질적으로 긁어대기 시작했다. 그리고 이쯤 되면 어김없이 들려올 한마디가 그의 귓전을 때렸다.

"저, 저 쳐 죽일 놈! 도둑년이랑 한패가 분명하다! 잡아라!"

괴도 천사는 어스름한 달빛에 가려져 이미 사라졌고, 퀴릴의 분노가 담긴 목소리만이 복도 가득 울려 퍼지고 있었다.

*　　　　*　　　　*

철컹!

아이리스는 별 반항도 못해보고 그 자리에서 잡혀 감옥 안에 갇혔다. 마법사들을 위한 특수 제작된 감옥이라고 하니 여차하면 마법을 이용해 나가려 한 계획도 무용지물이 되어버렸다.

"아, 진짜 미치겠네. 왜 자꾸 엉뚱하게 나가지?"

다시 한 번 신경질적으로 머리를 긁적이는 그였지만 서서히 마음을 다잡고 기분을 풀어나갔다. 나쁘게 생각해 봐야 이미 일어난 결과가 바뀌는 것도 아니었으니 말이다.

"뭐, 다음에는 잘나가겠지. 뭔가 원인이 있을 거야. 그래, 이번에도 필! 그것이 조금 모자랐을 뿐이야!"

어릴 적, 그러니까 그가 마법의 재능을 인정받아 마법 학교라 불리는 탑으로 갔을 때의 일이다. 하나뿐인 아버지가 갑자기 눈앞에서 사라지고 나서 막막했던 그다.

하나 다섯 살이 채 되지 못했던 어린 그가 무슨 재능이 있었는지 대륙의 소수만이 들어갈 수 있다는 마법 학교를 들어가 게 된 것은 정말 기구한 운명이었다.

그를 데려온 선생들이 말하기를, 아이리스 자신의 몸에는 특별한 몇 가지의 기운이 녹아 있다고 했다. 그것은 병이며 그 병을 고쳐 주기 위해 자신을 데려왔다는 이야기였다.

그 뒤로 그는 하루에도 수십 권의 알지 못할 책을 읽어야 했으며, 주기적으로 피를 뽑혀야 했다. 게다가 지쳐 쓰러질 때까지 잘 되지 않는 마법을 시전하기 위해 노력해야 했다.

그곳에서 여러 자신의 또래인 친구들과 만나 지내는 것, 그것만이 자신을 이곳에서 버티도록 해준 유일한 것이었다.

시간이 흐를수록 수업은 빠듯해졌으며, 자상하게 돌봐주던 선생들 역시 점점 험악하게 변해갔다. 소년이 열세 살이 되던 해, 그를 보살피던 학교 선생들은 소리 소문 없이 하나 둘씩 사라져 버렸다.

무엇이 어찌 된 것인지는 모르나 모두가 떠난 탑에는 아이리스 자신 혼자만이 남아 있었다. 식량에서부터 기자재까지 모든 것이 남아 있었지만 사람들은 보이지 않았다. 선생들부터 몇몇 함께 지내던 그의 친한 친구들까지 전부였다.

홀로 남아 있는 자신은 살아남기 위해 마법을 공부했다. 좀 더 정확하게 이야기하자면 나갈 수 없는 이 탑에서 빠져나가기 위해서 미친 듯이 공부했고, 미친 듯이 마법을 연마했다.

그 방법 이외에는 다른 것이 없었기 때문이기도 했다. 하루가 아쉬웠고 두려웠다. 그러는 사이 지금의 그의 나이는 어느덧 스물두 살이 되어 있었다.

자신은 이제 그때의 일이 무엇인지 알고 있었다. 자신이 믿고 살았던 마법 학교는 진짜 마법 학교가 아니라는 것을.

그곳은 자신의 몸 안에 녹아 있는 영문 모를 기운을 조사하기 위해 만들어진 실험실이었으며, 언제부턴가 폐쇄되어 버린 그곳에 자신만을 가둬둔 채 모두가 나가 버렸다는 것을 말이다.

그리고 함께 아파하며 버텨왔던 친구들 역시, 자신과 분명 비슷한 무언가 때문에 그곳으로 끌려온 것이라는 걸 이젠 알고 있었다.

"아, 정말 오늘은 유난히 달이 밝네."

괴롭기 때문에 괴롭다고 생각하지 않는다. 그래서 모든 것을 밝게 보려 하고 허영심에 가득한 자신감을 보이기도 했다.

늘 마법에 실패하지만 아이리스는 그 결과에 대해서 낙담하지 않았다. 언젠가는 꼭 이것을 고쳐 자신의 힘으로 만들 것이라 생각하기 때문이다. 그리고 찾아야 했다. 자신의 소중했던 그 친구들을…….

철커덩!

순간, 아이리스의 귀가 고양이처럼 쫑긋거렸다. 먼발치에서 들려온 소리는 다름 아닌 이곳으로 들어서기 위해 잠겨 있는 복도의 문을 여는 소리였기 때문이다.

"저기, 이봐요! 저는 언제쯤 나갈 수 있나요?! 그리고 배가 고픈데 밥은 아직 안 주나요?"

대답은 없었다. 다만 또각거리는 발소리가 다가오고 있을 뿐이었다.

"저기요오~ 론드 씨에게 사정을 설명하면 이 오해에 관해 우리 서로 대화로 풀어나갈 수 있을 거예요!"

또각거리던 발소리가 점차 빨라지기 시작했다. 계속 외쳐 보아도 대꾸가 없자 크게 숨을 들이마신 아이리스가 크게 소리치기 위해 입을 여는 순간,

"저기, 읍!"

"아, 감옥에 갇혀 있는데, 이 마법사 아저씨, 긴장감 하나도 없네."

빠르게 뻗어 나온 가느다랗고 하얀 손이 아이리스의 입을 막아버렸다. 그러자 라벤더 향기가 아이리스의 코를 간질이기 시작했다.

"읍읍! 우우읍?!"

"좀 조용히 해. 기껏 여기까지 와서 들킬 수는 없으니까."

갸름한 미성의 목소리였다. 여자? 게다가 아이리스의 귓가를 간질이는 이 목소리는 어디선가 들은 적이 있는 익숙함이 있었다.

온몸을 덥고 있는 검은 천에 의해 보이는 것은 희끗 보이는 파란색 눈동자뿐이었지만 아이리스는 확실하게 알 수 있었다. 바로 이 사람은 어젯밤 만난 괴도 천사가 분명하다는 걸.

"읍! 읍!"

"아, 왜 또? 가만히 좀 있어."

"우우웁!"

아이리스의 얼굴이 점차 붉게 변하는 것을 보며 괴도 천사는 눈을 똥그랗게 떠 보였다. 그리곤 살짝 눈웃음치며 말을 이었다.

"뭐야? 꺄르르~ 아저씨! 부끄러워서 얼굴이 빨개졌나 봐?"

"우우웁!"

"헤에? 그땐 바빠서 몰랐는데 이제 보니까 영계에다가 미남이잖아?"

"우우우우웁!!"

"아, 좀 가만히 있으라니까. 들키고 싶어?!"

바둥거리는 아이리스의 얼굴이 점파 파란색 빛을 띠기 시작했다. 이건 위험해!

"정말 애처럼 왜 그래?"

"우웁! 우웁!! 웁! 웁!"

필사적으로 손으로 자신의 코와 입을 막고 있는 그녀의 손을 가리키는 아이리스의 행동에 그제야 자신이 아이리스의 숨을 막고 있다는 것을 알아챈 그녀가 급하게 손을 떼었다.

"푸화악!!"

손을 놓자마자 팅기듯 자리에서 벌떡 일어선 아이리스가 침을 튀기며 크게 숨을 들이마셨다. 그 뒤로는 그녀가 멋쩍은 듯 웃어 보이며 철창 사이로 아이리스의 등을 토닥여 주었다.

"아, 미안, 미안. 워낙 밖에 신경을 곤두세우고 있었거든."

"아하, 그러셨어요? 그런 분이 잘도 제 얼굴은 뜯어보셨네요?"

"어머, 나는 마법사는 물속에서도 숨을 쉴 수 있는 줄 알았는데……."

어색하게 웃어넘기며 말을 잇던 그녀의 이야기에 아이리스가 심드렁한 표정으로 대꾸했다.

"그 주문을 외우게 해준다면 말이죠."

"사내가 그깟 일로 꽁해가지고. 허허허 하고 웃어넘기는 남자다운 면도 보여줘야지 말이야."

장난스럽게 말을 툭툭 내뱉는 그녀의 모습에서 생각 외로 잔인한 사람 같지는 않다고 아이리스는 느꼈다. 사람마다 특유의 분위기가 있는데, 이 사람은 단지 발랄함이 격할 정도로 많이 느껴질 뿐이었다.

"그때 왜 단도로 날 찌르지 않았나요?"

"나는 물건을 훔치는 것뿐이지 사람을 죽이려고 한 게 아니었으니까."

망설임없이 대답하는 그녀를 아이리스가 힐끗 쳐다본다. 창문 사이로 들어서는 은은한 달빛이 그녀의 눈동자에 비추어져 반짝이고 있었다.

"너야말로 날 왜 도와준 거야? 재앙의 마법사, 이 대륙에서 모르는 사람이 없을 정도로 유명인이면서 말이지. 나를 잡는 것쯤은 식은 죽 먹기 아니야?"

“아, 뭐, 그게 도와주고 싶어서 도와준 건 아니에요.”

쩝, 입맛을 다시며 말하는 아이리스의 이야기에 그녀가 자리에서 일어서며 입을 열었다.

“뭐, 이유야 어쨌든 내가 도움을 받은 건 확실하니까 이 은혜는 갚도록 할게.”

또각또각 몸을 돌려 걸어가는 그녀의 발소리가 조금씩 멀어져 갔다. 이내 닫혀 있던 철문이 끼이익 소리와 함께 열리며 그녀의 목소리가 들려왔다.

“조만간 보자고요, 재앙의 마법사님!”

“당신의 이름은요?”

“어머, 예고장 안 봤어? 아름다운 괴도 천사님이지. 다음에 만날 때 정식으로 소개할게.”

쿵—!

두꺼운 철문이 닫히자 주변은 다시 고용해졌다. 괴도 천사는 뭐 하러 잡힐지도 모르는 위험을 감수하면서까지 자신을 보고 간 것일까?

그렇게 아이리스는 이런저런 생각을 하다 자신도 모르게 선잠에 빠지게 되었다.

“잇힝, 누님, 거기는 안 돼요. 하지만… 오우! 정 그러시다면야~”

그가 무슨 꿈을 꾸는지는 말할 수 없었다.

끼이익!

다음날 새벽. 철창이 열리며 간수 한 명이 불쾌한 표정으로 아이리스를 바라보며 말을 내뱉었다.

"나와. 석방이다."

어느새 달빛이 비춰지던 창살에는 환한 태양빛이 내리쬐고 있었고, 어둑했던 하늘에는 푸른 하늘이 하얀 구름과 섞여 흘러가고 있었다.

"헤헤, 다행이다. 오해가 풀렸나 보군요. 이제 나가도 되나요?"

"마음대로 해. 그리고 사칭을 하려면 제대로 하지, 재앙의 마법사라니. 앞으로 눈에 띄지 않도록 조심해!"

"예? 하지만 진짜인데……."

"아직도 정신 못 차리고!"

"대화, 우리 아름다운 대화로 해결합시다!"

덕분에 한참 동안 구박을 받고 감옥에서 풀려나 길드로 들어선 아이리스가 가장 먼저 한 일은…….

"타핫!"

자신이 돌아오든지 말든지 별 신경 쓰지 않는 모습으로 물자 정리를 하고 있던 론드의 등짝에 날아 차기를 먹여주는 것이었다.

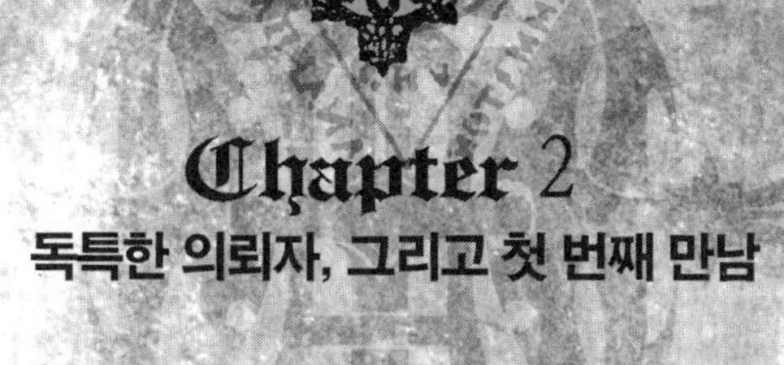

Chapter 2
독특한 의뢰자, 그리고 첫 번째 만남

"아아! 나도 엉터리로 소개시켜 줬다고 공범 취급당할 뻔했다니까."

론드는 아이리스에게 맞은 허리를 툭툭 치며 울상을 짓고 있었다. 그의 눈빛은 일 처리 하나 제대로 못해서 자신을 왜 이리 힘들게 하느냐는 그런 것이랄까?

"아! 그래서 안 하겠다니까 괜히! 쩝, 여하튼 고마워요, 빼내줘서."

잠시 머뭇거리며 고맙다는 이야기를 꺼낸 아이리스였지만 그의 이야기를 들은 론드는 심드렁하게 대꾸했다.

"나한테 왜 감사해, 감사는 괴도 천사에게 해."

"예?"

놀란 눈으로 물어보는 아이리스에게 론드가 자신의 목을 살짝 쓰다듬으며 재미있다는 듯 입꼬리를 올려 웃어 보였다.

"어제 이곳으로 와서 목에 칼을 대곤 다짜고짜 네가 있는 감옥을 물어보더라? 그냥 콱 잡아버릴까 했는데 이유를 들어보니까 그 생각이 사라지더라고."

"엥? 인간 짐승 론드 씨가 웬일로?"

퍼억!

"으윽! 그래, 신사 같은 론드 씨. 무슨 이유였는데요?"

"퀴릴에게 훔쳐 간 본트레앙의 눈물을 돌려다 놓고는 그를 풀어주지 않으면 다시 훔쳐 가서 바다 한가운데 던져 버리겠다고 했다더라. 빚지고는 못 산다나 뭐라나. 그래서 네 상판이나 한번 보고 싶다고 해서 알려줬지, 뭐."

론드의 이야기를 듣고 있자 불현듯 그녀의 파란 눈이 떠오른 아이리스의 얼굴이 살짝 붉혀졌다. 그 모습을 본 론드가 음흉한 웃음을 흘리며 그에게 물었다.

"혹시 무슨 일 있었냐? 그 녀석이랑?"

"무, 무슨 일이요? 그런 일 있을 리가 없잖아요."

화들짝 놀라며 대답하는 아이리스를 보며 론드가 그럼 그렇지 하는 표정으로 고개를 끄덕여 보였다.

"하긴, 토끼가 아니고서야……."

"무슨 소리에요? 이 저질 같으니……."

"뭐야? 저질이라니? 오히려 내가 정상인 거라고! 아 참, 그러고 보니까 아까 이단 옆차기 맞은 거 복수해야겠다!"

부웅─

한 덩치 하는 그의 몸이 하늘을 날았다. 날카롭게, 그리고 빠르게 날아드는 론드의 발차기를 아이리스는 도저히 피할 길이 없었다.

그 이유인즉, 그가 내뻗은 다리가 아이리스 자신이 서 있는 곳까지 닿지 않았기 때문이다.

쿵!

커다란 소리를 내며 바닥 위로 떨어진 론드가 비명을 질렀다.

"아이고, 허리야!"

"이 양반이 무리하지 말라니까. 그러니까 어서 결혼해 버려요. 언제까지 이러고 살 생각이에요?"

"근데 이게 아까부터 속 긁는 소리만 하네! 확!"

"아아! 폭력 반대입니다!"

론드의 위협적인 손짓에 아이리스가 성큼 뒤로 물러섰다. 그런 아이리스를 어이없다는 표정으로 쳐다보던 론드가 품을 뒤적이다 노랗고 두툼한 봉투를 그에게 던졌고, 얼결에 봉투를 받아 든 아이리스가 심드렁하게 물었다.

"뭐예요, 이건?"

"배달 물품이니까 다녀와. 이거라도 해야지, 공짜로 먹여

주고 재워줄 수는 없잖아?"

"만날 이런 거나 시키고. 울고불고 짜도 어쩔 수 없습니다. 하고 메에로—"

론드의 구박에 아이리스가 투덜거리며 밖으로 나서려는 순간, 슬그머니 현관문이 열리며 한 사내가 쭈뼛거리며 들어왔다. 사내는 잠시 머뭇거리더니 조심스러운 말투로 두 사람에게 물었다.

"저, 실례지만 유능한 마법사가 있다고 해서 왔는데 어떻게……."

청년의 이야기에 누가 먼저라고 할 것도 없이 론드와 아이리스는 동시에 손을 들어 엑스 자를 만들고는 소리쳤다.

"없어요!"

"우리 길드는 마법사 취급 안 합니다!"

*　　　*　　　*

간단한 봉투 배달. 우편 역시 길드가 밥벌이를 할 수 있도록 해주는 중요한 일 중 하나였다. 중요 문서나 서신으로 분류되고, 또다시 중거리냐 장거리냐 하는 거리에 대해서 등급이 매겨졌다.

귀족이나 중요 문서를 먼 곳까지 배달하는 데에는 노련한 길드원이 적임이었고, 가격 또한 비싸기 때문에 문제 해결보다 어떨 때는 더 큰 돈벌이가 되었다. 하지만 이렇게 편지와 비슷한 내용을 전달하는 것, 게다가 거리까지 짧은 곳이라면 말 그대로 돈이 얼마 안 되는 푼돈 일이었다.

길드에서 서비스 차원으로 해주는 것이랄까? 물론, 아이리스는 이런 일을 거들어주면서 이곳에 빌붙어 있었지만 말이다.

마을에서 몇 안 되는 주점 앞을 지날 때 낮부터 술에 취한 사장이 아이리스를 보며 크게 외쳤다.

"어이, 아이리스! 넌 또 봉투 배달이냐~?"

"시꺼요! 자꾸 놀리면 술에 물 타서 판다고 확 소문내 버릴 거야!"

그러자 주변에서 과일을 파는 아주머니도 거들기 시작한다.

"여기 온 지가 몇 년째인데 봉투만 배달하고 그러니—! 호호호, 정말 명물이라니까!"

"아줌마도 자꾸 놀리면 그 사과 농약 수치 검사 시키라고 의회에 편지 보낼 거야!"

몇 개의 상가 건물을 지나 대로를 지나쳐 세 번째 골목에 있는 작은 변두리 집이라고 쓰인 약도를 따라 목적지에 도착한 아이리스였지만 선뜻 문을 두드리지 못했다.

이곳은 사람이 살 것 같지 않은 모양새의 변두리 집이었으니까. 하지만 의뢰를 받은 이상 이런 것 저런 것을 따질 이유가 없었다. 다시 한 번 약도를 보고 이 집이 목적지가 맞는다는 것을 확인한 아이리스는 조심히 문을 두드렸다.

똑똑.

"실례합니다. 우편 배달 길드에서 나왔는데요."

"들어와요."

문은 낡아 있었고, 여는 도중에도 끼이익 하는 소리가 신경을 거슬렸다. 역시나 문을 열고 들어간 그곳은 아무 가구도 없었다.

그저 중간에 책상 하나만 덩그러니 놓여 있을 뿐. 하지만 아무도 살지 않을 것이라는 생각과는 달리 책상 위에 한 여인이 앉아 있었다.

"어제는 잘 잤어?"

"예? 그럼 잘 잤겠지요."

아이리스를 본 여자는 다짜고짜 엉뚱한 질문을 날렸다. 어깨에 닿을락 말락 하는 금발, 날카롭지만 아름답다고 생각되는 턱 선과 분홍빛 입술, 그리고 무엇보다 시선을 뗄 수 없도록 만드는 저 파란색 눈동자.

"혹시 당신……?"

그녀의 눈동자를 바라보던 아이리스가 돌연 화들짝 놀라며 묻자 그를 바라보던 여자의 입가에 미소가 드리워졌다. 하지만 그녀는 고개를 갸웃거리며 아이리스에게 물었다.

"왜? 예쁜 누나 얼굴에 뭐라도 묻었니?"

"아, 아뇨. 잠시 제가 아는 사람이랑 착각했나 봐요."

"흐음, 꽤나 미인인가 보네. 나랑 착각할 정도면."

"……."

그래, 미인은 맞았다. 길거리에서 흔히 볼 수도 없을 정도의 얼굴. 게다가 잘만 꾸미면 영락없이 미녀라는 소리를 달고 다닐 정도였다. 하지만 결정적으로 자기 입으로 저렇게 자랑스럽게 이야기하는 사람은 많지 않았다.

"저… 실례지만 여기가 거주하는 집인가요?"

"왜?"

"아니, 너무 허전한 게 아닌가 싶어서… 요."

아이리스는 말꼬리를 흘리며 집 안을 둘러보라는 눈짓을 했다. 여자 역시 그런 그의 시선을 따라 주변을 둘러본다.

"아니, 이렇게 휑하고 낡은 곳에서 어떻게 살아. 직업상 가끔 이곳을 이용할 뿐이야."

"저, 대단히 죄송한데… 그 직업이라는 게……."

아이리스가 다시 한 번 말꼬리를 흐린다. 정상적으로 우편 배달 온 사람이 이것저것 물어보는 건 예의가 아니었으니까. 하지만 그녀는 의외로 쉽게 대답했다.

"응, 도둑."

"아, 도둑. 에? 그럼 혹시……?!"

"네가 생각하는 사람 맞아."

"역시!"

당연하게 흘러나온 대답에 자기도 모르게 맞장구치던 아이리스가 화들짝 놀라 그녀를 바라보았다.

"정말 너, 재앙의 마법사가 맞는 거야? 길드장에게 물어봤을 때 사실이라는 소리는 들었지만 영 꺼림칙하네."

"원래 그런 소리 많이 들어요. 불리고 싶어서 불린 것도 아니고요. 그럼 물품 전달했습니다. 여기 사인해 주세요."

입을 쭈뼛 내밀며 사인을 부탁하는 아이리스의 모습을 바라보던 그녀의 입꼬리가 올라간다. 그리곤 그녀가 아이리스에게 놀란 만한 이야기를 꺼냈다.

"너, 나랑 동업하지 않을래?"

"근데 왜 아까부터 너는 다짜고짜 반말이세요?"

까르르르 배를 부여잡고 웃던 그녀가 눈가에 고여 있는 눈물을 훔쳐 내며 입을 열었다.

"너, 정말 재미있구나, 반말한 게 신경 쓰였다면 미안. 아무리 봐도 내가 누나 쪽 같아서 그랬어. 근데 너, 몇 살이니? 누나는 스물두 살인데……."

"스물두 살?"

"그래, 누나는 스물두 살이야. 그래, 우리 도련님은 열여덟? 열아홉?"

"스물두 살이라고."

"……."

"그러니까 네 말은 세계 여러 진귀한 보물들을 훔쳐 내자 이거지?"

"그래, 훔쳐 내는 거라면 내가 어떻게 할 수 있지만 문제는 훔치고 나서야. 빠져나가기 위해 정말 말도 안 되는 일이 많거든. 그래서 든든한 보디가드를 두고 싶어. 재앙의 마법사가 보디가드라면 누가 감히 나를 건드리겠어."

의기양양한 표정의 그녀가 말을 이으려 했지만, 아이리스가 한발 앞서 그녀의 말을 끊었다.

"거절."

"어째서?"

그녀가 놀란 두 눈을 동그랗게 뜨고 아이리스를 바라보며 의문을 표하자 아이리스는 당연하다는 듯 말을 이었다.

"어째서라니? 내가 왜 그런 일을 해야 하는데?"

"돈이 되잖아!"

"난 별로 관심 없어."

"에에?!"

그녀는 아이리스의 거절에 이해할 수 없다는 표정이었다.

"나는 먹고사는 것이 문제가 아니라 다른 목적이 있어. 안타깝지만 별로 돈에 대해 큰 욕심이 없어."

"그럼 관심이 있는 게 뭔데?"

"내 몸을 원래대로 되돌리는 것."

대낮부터 술을 마신 것도 아닐 테고, 도대체 무슨 소리야?

사지 멀쩡히 붙어 있겠다, 얼굴도 저 정도면 나름대로 쓸 만
하겠다. 그녀는 점점 아이리스가 하는 이야기를 알아들을 수
가 없었다.

"그건 또 무슨 소리야?"

"그런 게 있어."

그녀의 물음에 그가 짧게 대답한다.

"뭐야? 별 이유도 없으면서 내 제의를 거절하는 거야?"

"그거야 내 자유 의사 아니야?"

"허, 야! 너! 사회 경험 얼마나 해봤어?!"

"여, 여기서 갑자기 그게 왜 나와?!"

아이리스가 발끈하며 언성을 높이자, 그녀가 탁자에서 내
려와 그에게 성큼성큼 다가섰다. 그녀가 가까워질수록 아이
리스는 뭔가 불길한 예감에 뒷걸음질을 쳤다. 저 무엇인가 자
신의 내면에 가득 담긴 신념을 내보일 것만 같은 날카로운 눈
빛! 돌연 그녀가 상큼한 미소를 날리며 엄지손가락을 치켜들
었다.

"헤헤, 물론 돈이 최고라는 걸 입증시켜 주기 위해서지!"

"뭐, 뭐야?!"

그의 당황스러운 반응에 그녀가 쯧 하고 가볍게 혀를 차며
말했다.

"네가 찾으려는 게 뭔지는 모르겠지만, 돈 없이 너는 여기
저기 돌아다닐 수 있어? 겨울에 돈이 없으면 밖에서 노숙하겠

다는 거야? 얼어 죽을 걸? 밥은 또 어떻게 하고? 쓰레기통이
라도 뒤질 생각이야?"

"아니, 그 정도로 가난하게 사는 건 아니고……."

"내 말, 끝까지 들어!"

"어?! 어어……."

어느새 그녀의 알지 못할 박력에 아이리스의 목소리는 점
차 기어들어 가고 있었다.

"돈은 있으면 좋은 거고 없으면 나쁜 거야. 네가 나중에 무
엇을 목표로 삼고 어찌할지는 모르지만 절대 손해 보는 일은
아니야. 지금 당장 넌 할 일도 없잖아."

그녀의 말이 끝나고, 그가 뭐라 입을 여는 순간, 그녀가 재
차 말을 끊으며 입을 열었다.

"여하튼 군소리 말고 나랑 동업하는 거야. 길은 걷다 보면
저절로 열리게 돼 있어."

"그런 억지가 어디 있어?"

"아, 좀!"

아이리스가 계속 거부하려는 움직임을 보이자 결국 짜증
섞인 그녀의 목소리가 터져 나왔다. 이마 위에 튀어나온 힘줄
에 아이리스는 영문 모를 살기를 느꼈다.

"알았어. 그럼 론드 씨랑 상의 좀 해보고 말해줄게."

"론드? 그 험상궂게 생긴 길드장 말이야?"

"론드 씨 앞에서 그 말 그대로 하고서도 살아남는다면 널

인정해 줄게."

그 길로 두 사람은 곧장 길드로 향했다. 너무나도 간단한 대화, 그리고 결단력까지. 조심성이나 신중함이라곤 찾아볼 수 없는 그 모습이 스물두 살 먹은 청년과 아가씨의 행동이라고는 전혀 생각되지 않았다.

그녀의 이름은 글라디스. 그리고 요즘 한창 떠들썩한 괴도 천사가 자신이라고 소개한 그녀의 이야기를 차근차근 듣고 난 뒤 론드는 곧장 아이리스를 바라보며 말했다.

"해봐."

"론드 씨."

너무나도 간단히 수락하는 론드를 보며 아이리스가 인상을 구겼지만 그는 아이리스의 뒤에 서 있는 글라디스를 턱으로 가리키며 말을 이었다.

"저 아가씨 말이 맞아. 돈이 있어야 나중에 뭘 해도 되니까 말이지. 훔치는 것에 대해서는 찬성이라고 못하겠지만 그건 살아가기 나름이니까."

"그럼, 그럼! 내가 그리고 가난한 사람들 것을 뺏는 것도 아니고 말이야."

"그렇다고 의적도 아니지."

되받아친 론드의 이야기에 글라디스가 그의 얼굴을 요모조모 살펴보더니 한마디 툭 내뱉었다.

"흐음, 아저씨, 험상궂게 생긴 거완 다르게 차분하네?"

으어억! 아이리스의 입이 떡하니 버러지고 말았다. 저 계집애, 결국 저지르고 말았어!

"흐라압!"

아니나 다를까, 론드의 몸이 카운터를 넘어 붕 떴다. 이건 위험해!

"꺄악!"

"위험해!"

아이리스가 재빨리 글라디스를 밀쳐 내고 그녀가 서 있던 자리에 섰다.

퍼억!

론드의 발차기는 정확히 아이리스의 가슴을 강타했고, 발차기를 맞은 아이리스는 구석 후미진 곳까지 데굴데굴 굴러 나가떨어졌다.

멍하니 입을 벌린 채 그를 바라보는 글라디스에게 아이리스는 힘겹게 엄지를 치켜 올리곤 입을 열었다.

"론드 씨에게 정말 그 말을 하다니, 내가 널 인정할게."

"고, 고마워."

얼떨결에 내뱉은 말이었지만 결과적으로 아이리스에게 인정받은 셈이 된 글라디스였다. 그녀는 바닥에 누워 피를 토해 내고 있는 아이리스를 내려다보며 얄궂게 한 소리를 해댔다.

"아니, 그렇다고 피를 토하는 건 너무 억지 아냐? 그럼 일단 다시 한 번 테스트를 하자."

“테스트?”

“너와 동업을 하기 위해서 한 번 더 너의 실력을 보여줬으면 해.”

“아니, 같이 가달라고 애원할 때는 언제고 이제 와서 테스트야, 테스트는?”

“애원하진 않았거든요!”

“했거든요~”

“아니거든요~”

유치한 말장난의 시작. 두 사람을 보던 론드마저 어이없다는 표정을 지을 정도로 두 사람의 말싸움은 유치하기 짝이 없었다.

“아, 좀!”

결국 글라디스가 신경질을 내고나서야 사태가 원만하게 수습되었다.

동업 아닌 동업에 억지로 동참시켰으면서, 또다시 테스트라니? 대체 이게 어느 나라 법, 아니, 무슨 경우냐는 아이리스의 표정에 글라디스는 히죽 웃어 보였다.

“나는 퀴릴의 집에 가서 눈물을 다시 훔칠 생각이야.”

“에엑?! 또?”

“내가 찜한 건 꼭 가져야 하거든.”

‘악랄하다. 마녀가 분명해. 분명해! 이 여자에게 원한을 산다면 그것보다 두려운 일은 없을 거다’ 라고 아이리스는 속으로 생각하며 몸을 떨었다.

"자, 그럼 출발?!"

"에, 뭐, 이렇게 빨라?"

"장난이야. 너도 준비할 게 있으면 하고, 요 앞 광장 시계탑 앞에서 자정에 만나도록 하자."

그녀는 준비를 위해 밖으로 나섰고, 자정이 깊은 시각, 마을 광장에서 만난 두 사람은 퀴릴의 집을 향해 걸음을 옮겼다.

*　　　　*　　　　*

"여하튼 넌 내가 보이면 병사들을 부탁해. 재앙의 마법사라면 그 정도는 식은 죽 먹기겠지?"

"당연하지!"

"그런데 오늘은 예고장 안 보내?"

"아, 예고장? 뭐 됐어."

오늘따라 초승달이 환하게 비춰줘야 할 밤거리가 어둑어둑했다. 커다란 담장 앞에 도착한 그녀가 아이리스를 돌아보며 고개를 끄덕여 보였다.

"그럼 잘 부탁해요, 재앙의 마법사 씨, 명성에 맞는 그런 모습 보여줘."

"내 걱정은 마시고 잘 빠져나오기나 해."

그녀의 파란 눈이 반짝였다. 그리곤 자기 키의 두 배만 한 담장을 훌쩍 뛰어넘어 반대편으로 사라져 버렸다.

"허, 마치 마법 같군."

마법이야 뭐가 나가도 병사들의 시선을 끌 수는 있을 것이다. 게다가 불꽃 같은 것이 나간다면 병사들의 발을 묶으면서 자신이 빠져나가기에도 제격일 것이다. 아무래도 자신이 연류되었다는 것을 감추기 위해서는 정체를 숨길 수 있는 마법을 쓰는 편이 좋으려나?

콰장창!

어느 정도 시간이 지났을까? 조용한 거리에 창문이 깨지는 요란한 소리가 울려 퍼지기 시작한다.

'흠, 저기쯤 왔군 그래.'

그 요란한 소리를 시작으로 커다란 저택에 차례대로 불이 밝혀졌고, 사방에서 커다란 외침이 터져 나오고 있었다.

"그년이 또 왔다!"

"이 악랄한 년! 독한 년!"

"저년 잡아라!"

변함없이 고래고래 소리 지르는 퀴릴의 목소리와 깨지고 부서지는 소리. 괴도 천사 그녀는 진짜 갈 때마다 남의 살림을 전부 거덜 내는 그런 도둑인 듯싶다.

아이리스가 키득거리며 상황을 지켜보고 있을 때, 유독 한 외침이 그의 귀에 또렷하게 들려왔다.

“오늘은 그 거지 같은 마법사도 없으니 놓치지 않는다!!”

그것은 분명 자신을 두고 한 말이렷다.

“하하! 이거 왠지 할 수 있다는 마음이 숏구치는 대사인 걸!”

아이리스의 이마 위로 볼록 퍼런 심줄이 튀어나왔다. 거지 같은 마법사라고 했겠다? 그가 이를 갈고 있을 때쯤, 별안간 담벼락을 뛰어넘으며 나타난 글라디스가 아이리스에게 짧게 외쳤다.

“헤이!”

“좋았어! 나 지금 의기충천이라고!”

“그거 잘됐네!”

동시에 커다란 대문이 열렸고, 횃불을 든 십수 명의 병사가 고래고래 소리치며 분한 얼굴로 뛰어나왔다.

“저년 잡아라!”

“조금만 더 몰면 잡을 수 있어!”

그렇게 외치며 밖으로 나온 병사들을 향해 아이리스가 목청 높인 외침을 날렸다.

“이번에야말로 성공해 주겠어! 모두 장님으로 만들어주마!”

결의에 가득한 그의 두 눈에서 안광이 뻗어 나왔다. 그 모습에 글라디스 역시 분위기가 심상치 않음을 느끼고는 아이리스의 뒤로 두어 발자국 물러섰다.

밝게 빛나던 주문 영창이 끝나자 아이리스가 크게 외쳤다.

"블라인드니스(Blindness:이 마법은 그 대상을 일시적으로 장님으로 만들어 눈앞에 잿빛만이 보이게 한다)!!"

쿠구구쿠궁!

"어, 어라!"

"뭐, 뭐야?!"

돌연, 요상한 울림에 당황하던 아이리스의 앞 땅이 커다란 굉음을 내며 요동쳤다. 덕분에 문밖으로 나서던 병사들은 그 자리에서 꼴사납게 나뒹굴었다. 게다가 그 마법을 시전한 아이리스조차 놀라는 바람에 자신의 얼굴을 가리는 것을 깜박해 버렸다.

휘리릭~

한 병사가 횃불을 던졌고, 그것이 아이리스의 발밑에 떨어졌다. 서서히 드러나는 아이리스의 얼굴을 확인한 병사는 두려움에 가득한 목소리로 고래고래 소리를 쳐댔다.

"재, 재앙의 마법사다! 그가 복수를 위해 돌아왔다!"

게다가 목소리는 얼마나 큰지 주변 사람들이 전부 귀를 막고 들을 정도였다.

"아니야! 난 사이비야! 사람 잘못 보셨어요!"

쩌저적!

아이리스의 변명의 외침이 무색할 정도의 타이밍. 돌연 땅이 커다랗게 두 갈래로 갈라지기 시작했다. 땅 밑으로 깊고 어두운 구덩이가 보인다. 떨어지면 말 그대로 비명횡사.

"으아악! 재앙의 마법사다!"

"살려줘!"

병사들은 비명을 지르며 사방으로 뿔뿔이 도망치기 시작했고, 집 안을 굳건히 지켜주던 커다란 대문은 힘없이 부서져 떨어져 내렸다.

정원의 나무들은 뿌리째 뽑혀 나뒹굴었다. 그뿐만 아니라 커다란 저택은 순식간에 반으로 갈라져 이젠 지붕까지 무너져 내리고 있는 상태였다.

이것은 그야말로 풍비박산!

"피, 피해! 집이 가라앉는다!"

"악마! 악마 같은 놈! 처음엔 아닌 척 우리를 방심시키고 이런 짓을 할 줄이야!"

순식간에 일어난 지진으로 마을 일대가 소란스러워졌다. 모두가 잠들어야 할 시간에 마을은 집 안 곳곳 켜진 등불로 인해 아침보다 활짝 빛나고 있었다.

"아이리스, 이쪽으로!"

"야! 먼저 가지 마!"

가까스로 자리를 벗어난 두 사람은 그나마 어둑한 골목으로 들어서 숨을 몰아쉬고 있었다. 글라디스가 흥분이 채 가시지 않은 목소리로 입을 열었다.

“하아, 하아! 너 정말 대단하잖아?”

그녀는 거친 숨을 몰아서며 아이리스를 바라보고 있었다. 지금 그를 바라보는 그녀의 파란 눈은 말로 표현 못할 그런 감탄을 안고 있었다.

“하하하! 그럼 이 정도는 가뿐하지!”

그녀의 이야기에 의기양양한 표정으로 아이리스가 거만하게 웃어 보였다. 처음 의도한 마법이야 어쨌든 결과가 좋으면 되는 거랄까?

“진짜 대단하다. 어떻게 저 커다란 집을 쩌저적, 하고! 좋아, 지금 당장 길드로 돌아가서 여행을 떠나기 위한 준비를 하자!”

“그래! 거칠 것 없는 이 몸만 믿으라고! 하하하!”

돌아가는 길에도 그칠 줄 모르고 계속되는 아이리스의 실성한 웃음에 결국 글라디스는 짜증을 내게 되었고, 아이리스는 다시 잠잠해질 수밖에 없었다.

덜컹—!

잽싸게 길드의 문을 열고 들어오는 두 사람을 본 론드가 가슴을 쓸어내리며 안도의 한숨을 내쉬어 보였다.

“휴~ 너희, 무사했구나. 일은 성공했다고 들었다.”

“역시 론드 씨! 방금 전 일을 어떻게 바로 안 거지?”

“그야 나름의 정보원들이 있으니까.”

숨 돌릴 틈도 없이 그가 책상 서랍에서 무언가를 뒤적거리더니 종이 한 장과 펜을 꺼내 아이리스에게 건넸다. 그리곤 멀뚱히 자신을 바라보고 있는 그에게 론드가 다급히 말을 이었다.

"아이리스, 먼저 여기에 서명해."

"서명? 이게 뭔데요?"

"응, 길드 탈퇴서."

"아 씨! 진짜!"

탁 펜을 집어 던지는 아이리스를 보며 론드가 추궁하듯 입을 열었다.

"너, 얼굴 들켰다며."

"아……!"

순간, 묘해지는 분위기. 깜빡했었다는 표정의 그를 바라보던 론드가 무겁게 말을 이었다.

"우리의 입장상 너는 감옥에서 나왔을 때 내쫓은 걸로 할 거야. 그리고 그것에 네가 앙심을 품고 공격한 것처럼 말이지."

"하?"

"안 그러면 일이 복잡해지니까. 한마디로 이젠 더 이상 여기 올 수 없다는 이야기야. 이제 슬슬 너도 갈 길을 가야지."

아이리스의 얼굴에 당혹감이 묻어났다. 론드 역시 작게 한숨을 내쉬며 아이리스의 어깨를 토닥여 주었다.

"그리고 이쪽에서는 최대한의 성의를 보이기 위해 너를 죽일 암살자를 고용할 거다."

"뭐라고요?! 암살자요?"

"그래, 암살자. 가장 악명 높은 암살 집단 킹스필드에, 그것도 그 단장의 아들을 지목해서 말이다."

"론드 씨, 너무한 거 아니에요?!"

당혹감을 넘어선 아이리스의 경악한 표정. '아무리 그래도 암살자라니' 라는 표정의 그를 바라보며 걱정하지 말라는 투로 론드가 말을 이었다.

"아아, 걱정하지 마. 일반인들은 잘 모르지만 이쪽에 빠삭한 자라면 다 알고 있는 이야기니까. 넌 걱정하지 않아도 돼. 저 아가씨나 따라가라고. 그리고 밝혀내는 거다. 이제 시작인 거야. 10년이 다 됐다. 그 계기가 좀 꼬이고 마음의 준비가 덜 되었을 뿐. 언젠가는 겪어야 할 일이잖냐."

론드의 한마디에 갑작스레 분위기가 숙연해진다. 천천히 상대방을 배려하면서 보낼 수도 없는 이별의 순간이 찾아온 것이다.

작게 고개를 끄덕이는 아이리스를 보며 론드는 환하게 미소 지어 보였다.

"얌마, 건강해라. 일 잘되면 은근슬쩍 놀러 오고."

"…쳇, 눈물나게 하고 있어. 험상궂은 주제에."

부웅!

아이리스의 눈물 젖은 목소리에도 어김없이 론드의 몸은 하늘을 날았다.

퍽!

"헤헤, 아프다."

"쳇, 결혼할 사람이라도 찾아봐야겠다."

하지만 그런 아이리스를 강타한 발차기는 약간의 소리가 나는 가벼운 공격. 안정된 자세로 착지한 그는 눈가에 작게나마 눈물이 고여 있는 눈으로 글라디스를 바라보았고, 그녀 역시 그런 론드의 시선에 작게 고개를 끄덕였다.

"아가씨, 이 녀석 잘 부탁한다. 그러면 내 목에 칼을 겨눈 건 잊어버려 주겠어."

"전 보디가드로 고용한 건데요."

"같이 다니다 보면 알아."

"그게 무슨……?"

글라디스가 뭐라 물을 새도 없이 더 이상 지체할 시간이 없다며 론드는 두 사람을 문밖으로 끌어내렸다.

"자, 그럼 나도 손님 맞을 준비를 해볼까?"

푸욱—

작은 단검을 손에 쥔 론드는 자신의 왼쪽 어깨를 깊숙이 찔렀다. 그의 어깨를 파고든 단검의 손잡이까지 붉은 피가 흘러내리기 시작했다. 아니나 다를까, 조금의 시간이 지나자 문을 박차고 들어선 퀴릴이 충혈된 눈으로 론드를 노려보며 소리쳤다.

"이 괘씸한 자식들!"

"……."

론드는 그들이 들어오자 잽싸게 어깨에 찔려 있던 단검을 뽑아 테이블 밑에 숨겼고, 피가 흐르는 곳을 손으로 막았다. 시뻘게진 얼굴로 길드 안에 들어선 퀴릴은 다짜고짜 어깨를 부여잡고 작게 신음하는 론드에게 다가가 그의 멱살을 움켜잡았다.

"크윽!"

"어디에 숨겼어?!"

퀴릴에게 멱살을 잡힌 론드가 작게 신음을 흘리곤 그의 손을 잡고 거칠게 뿌리쳤다. 론드의 행동에 당황해하던 퀴릴. 하지만 뜨거운 느낌에 자신의 손바닥을 바라본 퀴릴은 기겁하며 뒤로 물러섰다.

"피, 피다!"

"그 자식, 나를 공격하고 괴도 천사와 함께 달아났소."

뿌드득—

론드는 이빨을 강하게 갈며 거칠게 숨을 몰아쉬었다. 그런 그를 바라보는 퀴릴과 병사들의 눈동자엔 혼란스러움이 가득했다.

연기일지도 모른다고 생각했지만 그러기엔 자신의 몸에 상처까지 내며 그를 보호할 필요가 있겠는가 하는 점이 문제였다.

"우리 길드로서는 이것은 치욕. 그깟 애송이에게 농락당한 벌, 피로 갚을 것입니다."

"어, 어떻게?!"

하지만 이러진 론드의 이야기에 그들의 의심은 곧 경악과 두려움으로 바뀌게 되었다. 아픔조차 짓누를 분노한 표정을 지어 보인 론드가 길드 안에 모여든 사람들을 강렬한 시선으로 훑어보며 입을 열었다.

"킹스필드에 의뢰할 것이오."

"허억! 키, 킹스필드! 그 악명 높은 암살 조직 말인가?!"

"그렇소. 그것도 보통 사람으로는 안 돼. 킹스필드를 이끄는 자, 그의 아들을 집행자로 지목할 것이요."

꿀꺽.

퀴릴과 병사들을 포함한 모두는 마른침을 삼켰다. 암살 조직 킹스필드. 그 악명은 대륙의 어린아이도 웃다 울게 만든다는 힘이 있었다.

"그들의 악명은 퀴릴 씨도 잘 알고 있으리라 믿습니다."

"아, 알다마다. 돈만 주면 국왕까지도 살해할 수 있는 녀석들이라지?"

론드의 분노 어린 표정에 퀴릴은 떨리는 목소리를 진정시키며 말을 이었다. 그리고 생각했다. 암살 의뢰를 하는 것만으로도 완전히 의심이 풀릴 법한데, 지목하는 암살 처리 자가 그 맹주의 아들이라니……. 그것은 론드가 분노가 극에 달했다는 것이나 마찬가지였다.

"그러니 아무도 이 일에 개입하지 마시오. 함부로 개입했다간 우리 길드도, 그리고 의뢰를 받은 킹스필드도 가만히 있지 않을 테니."

"아, 알았네. 그런 줄도 모르고 자네를 공범 취급했구먼. 내 정말 미안하네."

번뜩이는 눈으로 사방을 흘어보는 론드의 연기는 그야말로 대단했다. 그는 좌중을 압도했고, 모두를 물러서게 만들었다.

물론 론드 자신은 웃음을 참기 위해 왼손으로 허벅지를 줄곧 꼬집고 있었지만 말이다.

"상처를 치료해야 하니 이만 나가주셨으면 합니다."

"아, 그렇지. 내가 그만 깜빡했네. 꼭 그 녀석들을 잡아주게."

"걱정하지 마십시오. 본트레앙의 눈물도 조만간 찾아올 것입니다."

"그, 그래! 자, 자 어서들 나가자고!"

급하게 자리를 뜨는 퀴릴과 그들을 내보낸 론드는 자신이 단도로 만든 어깨의 상처 위에 작게 갈린 약초를 발랐다. 상처에 약초가 닿자 쓰라림이 시작되며 흐르던 피가 조금씩 응고되어 갔다. 상처가 욱신거리며 아픔을 전했다. 하지만 그보다 더 쓰린 것은 자신의 마음이었다.

"아이리스, 건강해야 한다."

지난 수년의 세월, 투덕거리며 싸우고 간간이 얼굴을 내밀던 꼬마에서부터 지금의 나이까지 그와 함께한 시간. 내색하지 않았지만 그는 아이리스를 자신의 아들처럼 여겨왔다. 그래서 더욱 가슴 한구석이 무엇인가로 후벼 파듯 아파오는 것일 테지.

"레이스, 자네의 아들이 이제야 내 품에서 떠나가게 되었네. 그 녀석을 지켜줘."

그의 조용한 중얼거림이 방 안을 가득 메웠다.

Chapter 3
이것이 바로, 첫 실전이다!

여행 길의 첫날.

아이리스가 자신의 몸에 있는 여러 기운을 제어하기 위한 방법을 찾아 여러 유적이나 외딴 곳을 돌아다니는 은둔형 여행을 해왔다면, 글라디스와 함께하는 이 여행은 사람이 많고 북적거리는 곳, 유명하고 진귀한 무언가가 있는 곳들을 찾아다니는 개방형 여행이나 마찬가지였다.

"첫 번째로는 이 본트레앙의 눈물의 짝이라고 불릴 본트레앙의 코!"

"설마 그거, 본트레앙의 눈, 입, 귀 다 있는 건 아니지?"

"어?! 너, 그걸 어떻게 알았어?!"

어이없다는 아이리스의 물음에 글라디스가 놀란 표정을
지어 보였다.

“아니, 아무래도 그게 다 없으면 얼굴이 허전할 것 같아
서…….”

두 사람은 지금 그녀가 말하는 본트레앙의 코를 훔치기 위
해 이곳에 와 있었다. 보닛 지방의 작은 영주가 가지고 있던
그것을 얼마 전, 벼락부자가 된 알메르라는 상인이 사들였다
는 소문이 돌았기 때문이다.

“하아, 그걸 다 모으면 어떻게 되는데?”

아이리스가 작은 한숨을 내쉬며 고개를 흔들었다. 취미도
고약하셔라. 누군진 몰라도 왜 얼굴을 다 분리해 놓고 그러신
다니?

“아직 아무도 다 모은 적이 없다고 들었어. 다만 다 모으면
그것이 엄청난 양의 보물을 찾을 수 있는 열쇠가 된다던
데…….”

“아무도 모은 적이 없는데 보물이 있는 곳의 열쇠가 된다
는 건 어떻게 알았대?”

글라디스의 말에 아이리스는 의심쩍은 목소리로 말했고,
그의 이야기에 그녀 또한 박수치며 맞장구쳤다.

“어쩜? 그러게? 하지만 괜찮아. 그 보물이 없어도 이것을 완
성하면 그 가치만으로도 상상도 못할 돈을 손에 쥐게 될 거야.”

“뭐냐, 그 근거없는 자신감은?”

눈을 반짝거리며 빛내는 글라디스의 모습을 보고 있자니 그는 저절로 한숨이 새어 나왔다. 하는거진이나 말투를 보면 이 여자는 죽어서도 돈을 싸가지고 갈 것 같다는 생각이 저절로 들 수밖에 없었다.

한참을 걸었고, 두 사람은 허기를 달래기 위해 근처의 작은 식당 안으로 들어섰다. 전반적인 분위기도 그렇지만 가게 안으로 들어서는 순간, 어수선함과 전형적인 서민형 가게의 모습이 들어오는 곳이었다. 이런 곳에서는 작은 실수로도 시비가 붙을 수 있으니 몸가짐을 바르게 해야 한다.

"가벼운 미트 요리와 소다수 주세요."

"푸훗, 애도 아니고 소다수가 뭐니?"

"예, 예… 어린아이라서 죄송합니다, 그려."

우습다며 계속해서 아이리스를 놀리는 글라디스와 대꾸하기 귀찮다는 듯 손을 휘휘 휘저으며 답하는 아이리스.

"주문하신 식사 나왔습니다!"

이곳은 싼 가격 대신 주문한 음식들은 손님이 직접 가지고 와야만 했다. 저 카운터 앞에 대문짝하게 붙어 있는 문구는.

잔말 말고, 셀프 서비스!!

요즘 유행하는 셀프 서비스라고 하는데 그런 건 잘 모르겠고, 예전 저 문구가 걸려 있는 가게에서 늘 움직이는 것은 아이리스 자신이라는 것만은 확실했다. 보라, 그리고 지금도 어김없이 아이리스는 주문한 요리들을 가지러 카운터로 걸음을 옮기고 있지 않은가.

"어이, 예쁜이 아가씨. 오늘 시간 좀 되시나?"

한 무리의 사내들이 모여 있던 테이블에서 한 이가 아이리스가 카운터로 걸음을 옮긴 사이 글라디스가 앉아 있는 테이블 앞으로 다가섰다.

"어이, 아가씨. 묻잖아. 시간 있냐고."

껄렁한 자세와 뭘 그리 씹고 있는지 모를 정도로 쉴 새 없이 질경거리고 있는 턱. 딱 봐도 뜨내기 불량배들이었다.

"시간은 되는데, 당신한테 나눠줄 시간은 없으니 저리 가라. 응?"

"오, 쌀쌀맞은데?"

글라디스의 차가운 반응에 남자는 휘파람을 불었고, 주변의 사내들은 환호를 지르며 추파를 던지기 시작했다.

"그래, 여자가 어느 정도 도도한 맛도 있어야지!"

"그러지 말고 우리랑 화끈한 밤 어때?!"

"잊지 못할 추억을 만들어보자고!"

계속되는 추파에 주변의 시선들까지 전부 그녀를 향했다. 더 이상 참지 못할 것 같은 표정의 글라디스는 들었던 포크를 내려놓으며 사내에게 쏘아붙였다.

"입맛 떨어지니까 저리 꺼져라, 좀—!"

"헐, 못생긴 년이 관심 좀 가져줬더니 이렇게 기어오르는
구먼!"

사내들은 처음부터 이럴 생각이었을 것이다. 시비를 걸기
위해 온 것이고, 그 목적을 달성했으니 때려눕히거나 때려눕
힘을 당해 돈을 받으려는 수작인 흔하디 흔한 수법이었다.

"뭔 일이야?"

"마침 잘 왔어."

"오, 백마 탄 왕자님 등장이신가~?"

음식을 양손 가득 들고 있는 아이리스를 보며 사내가 능글
맞게 웃어 보였다. 아무리 봐도 전자 쪽의 이유에서 다가왔을
것이다. 저쪽은 사내 여섯 명, 이쪽은 예쁘장하게 생긴 아가
씨와 가냘프게 생긴 남자 한 명뿐이었으니까.

"아이리스, 가볍게 하나 보여줘."

"뭐, 뭘?"

"뭐긴 뭐야. 저 녀석들의 콧대를 꺾어버릴 만한 그런 마법
이지!"

탁—

그녀가 탁자를 내려지차 아이리스가 내려놓은 음식 접시
들이 요동을 쳤다.

"앗! 내 소다수! 야!"

"그깟 소다수가 대수야, 지금?!"

두 사람의 티격태격하는 모습에 어이없어하던 사내가 의

외라는 듯 아이리스를 바라보았다. 하지만 능글능글하며 얼굴 가득 상대를 얕보는 표정은 지우지 않고 있었다.

"뭐야, 이쪽 샌님은 마법사셨구먼?!"

"예, 일단 마법사이긴 하죠."

"어이쿠, 그럼 부탁 하나 해도 되겠습니까?"

완전히 상대방을 무시하는 억양의 말투, 계속되는 사내의 행동에 아이리스 역시 무엇인가 가슴속에서부터 끓어오름을 느꼈다. 그때, 더 이상 아이리스도 참을 수 없는 일이 벌어졌다. 사내가 자신의 테이블에서 들고 온 것을 그에게 내밀며 히죽 웃어 보인 것이었다.

"……."

"헤이~ 마법사 양반. 이 닭고기가 식어서 그런데 이것 좀 마법으로 데워주시죠?!"

"푸하하하하!!"

동시에 사내의 일행이 모여 있는 테이블에서 폭소가 튀어나왔다. 그것에 힘입은 듯 사내는 자신에 손에 있는 커다란 닭고기를 들어 보이며 더욱 히죽거렸다. 뿐만 아니라, 주변 테이블의 사람들도 작지만 킬킬거리며 웃음을 흘리는 모습이란 정말로 화를 안 낼래야 안낼 수가 없는 상황이었다.

"왜 그래? 좀 구워달라니까, 마법사 씨?"

"푸하하하!! 혹시 얼리는 것밖에 못하는 거 아냐?!"

요즘 시대에 와서는 마법사라는 것이 그리 흔한 존재가 아니기 때문에 일반인들은 그들을 접하기가 힘들었다. 가끔 어쩌다가 일반인이 볼 수 있는 마법사라고 해봐야 전쟁에 나가지 못하는 어중이떠중이라서 손 안에서 가벼운 불이나 물로 인형극 정도를 보여주는 수준이었다.

상황이 그러하고 배경이 그러하다 보니, 직접적으로 전쟁에 참여하지 못한 일반 세대들이라면 분명 자신 주위에서 가끔 보는 마법사들의 수준으로 아이리스도 같이 보는 것이 어찌 보면 당연했다.

"아아, 그래, 구워주고말고. 단⋯⋯."

"단?"

아이리스는 자신이 노려봄에도 불구하고 놀리듯 대꾸하는 사내들을 둘러보았다. 그래, 네놈들 오늘 한번 죽는 거다!

으득—

아이리스가 이빨을 물고 자리를 박차고 일어섰다.

"단, 너희들 전부를 통째로 구워주마!"

아이리스의 외침에 맞춰 신이 난 글라디스의 파란 눈동자 역시 날카롭게 빛났다.

"너희들은 이제 죽었어! 아이리스, 없애 버려!"

글라디스의 응원에 힘입은 아이리스가 크게 외쳤다. 너희들에게 본때를 보여주마!

"파이어— 볼(Fire— ball:커다란 불덩이를 손 안에 만들어 적에게 쏘아내는 자연계 마법. 그 크기와 표면 온도는 마법사 자신의 기량에 따라 다르다)!!"

그가 뻗은 손 주변이 붉게 변하더니 이내 불꽃이 피어오르기 시작했다. 그러자 놀란 사람들이 자리에서 일어서서 아이리스의 손에 피어오르는 불꽃을 바라보았다.

"으아아악!"

"크아악! 이럴 수가!"

사람들은 놀라며 탄성을 내질렀고, 눈앞에 닭다리를 들고 있던 사내는…….

"……."

아이리스의 손에 피어 있는 작고 애처로운 불꽃 위로 닭다리를 굽기 시작했다.

치이익!

모락모락 연기가 올라서며 노릇한 냄새가 아이리스의 코를 찔렀다. 그렇다. 사내의 손에 들린 닭고기는 노릇하게 익어가고 있었다. 자신이 쏘아낸 회심의 일격 덕분에 말이다.

"진짜 마법사 맞는데 그래?! 푸헤헤헤!"

"노릇하게 정말 잘 구워졌군. 고맙다. 푸하하하!"

"어이쿠! 마법사 양반. 여기 조리장으로 취직해도 좋겠어!"

사내가 노릇하게 구워진 닭고기를 입에 넣고 씹으며 웃었다. 주변의 사람들 또한 이제 더 이상은 참지 못하겠다는 듯 소리 내어 웃기 시작했다. 그렇다. 늘 그래왔듯이 또다시 실패였다.

　털썩—

　“따라와 봐!”

　자리에 앉은 그를 글라디스가 구석으로 잡아끌었다.

　“아이리스, 뭐 하는 거야?! 장난치지 마!”

　저런 녀석들을 동정할 필요는 없다는 둥, 너의 명성을 기억하라는 둥, 쉴 새 없이 떠들어대고 있는 그녀의 이야기를 듣고 있던 아이리스가 조심스럽게 입을 열었다.

　“아니, 그게 사실…….”

　이어 아이리스는 그녀의 귓가에 손을 대고 작게 속삭였다. 그의 이야기를 듣던 글라디스의 눈이 점점 커져만 갔다.

　“뭐?! 네 의지대로 마법이 안 나간… 홉!”

　놀란 글라디스의 비명 같은 외침이 퍼져 나가려는 찰나, 글라디스는 자신의 입을 틀어막으며 게슴츠레한 눈으로 아이리스를 위아래로 훑어보았다. 그러더니 손을 들어 살며시 아이리스의 이마를 짚어보았다.

　“열은 없는데…….”

　“진짜야.”

　진짜라며 그녀에게 사실대로 털어놓는 아이리스였지만 그녀는 좀처럼 그의 말을 믿지 않았다.

　“이거 심각한걸.”

　“진짜라니까 그러네.”

아이리스가 다시 한 번 진짜임을 강조하자 그녀 역시 얼굴을 굳혔고, 재차 물었다.

"장난 아니지?"

"응, 신에게 맹세코."

"정말 심각한 증상인데?"

"야! 아니라니까!"

참다못한 아이리스가 소리를 지르자 글라디스의 눈이 동그랗게 변했다.

"아, 알았어. 왜 소리를 지르고 그러니—!"

"아니, 네가 사람 말을 안 믿으니까 그렇지!"

그 말이 끝나자 글라디스 역시 할 말이 많다는 표정으로 쏘아붙이듯 입을 열었다.

"너 같으면 그런 사실을 '아, 예' 하고 믿겠냐?"

"아니."

"거봐!"

"아무튼 사실이라니까."

잠시 인상을 찡그리듯 눈을 감고 생각하던 글라디스가 툴툴거리기 시작했다. 살다 살다 이런 녀석은 처음이다. 도저히 나타나는 곳마다 재앙을 몰고 오고, 목격자가 없다는 둥, 사자를 간식거리로 삼는다는 둥의 소문으로 듣던 그 공포스러운 이미지는 눈 씻고 찾아봐도 볼 수가 없었다.

"오, 왜 사람을 그렇게 뚫어져라 쳐다보는 거야, 부끄럽게 시리?”

“하아……!”

그녀가 아이리스와 여행을 같이하면서 느낀 거라곤 매사 뭔가 나사 하나 빠진 듯하게 행동하는 것과 무엇보다 뭘 믿고 이렇게 매사에 자신감이 넘치는지 모를 그의 인생관이었다.

“허 참, 마법을 쓰고 못 쓰고는 알지만 마법이 멋대로 나가는 건 처음 본다.”

“그렇지? 아마 확실치 않지만 내가 처음일 걸?”

“아— 퍽이나! 자랑할 만하시겠네!”

그의 이야기를 듣고 있자니 글라디스는 분통이 터졌지만 일단은 참기로 했다. 그것보다 저 사내들에게 당한 수치스러움이 더욱 중요했기 때문이다.

물론 그녀 자신이 나서서 해결할 수도 있었지만 그렇게 되면 옆에 있는 이 바보 같은 녀석의 이미지는 땅에 떨어지고 말 것이다.

“그래서 이대로 당하고 앉아 있을 거야? 아무 거라도 좀 써 봐!”

“오늘은 필이 좀 모자란 것 같아. 이런 날 마법을 쓰면 거의 대부분 멋대로 나가건든. 여차하면 우리한테 벼락이 떨어질 수도 있는데 괜찮겠어?”

“상관없어! 난 당하고는 못살아!”

“…뭐, 난 책임 안 진다?”

"아! 좀!"

글라디스의 성화에 못 이긴 듯 아리리스는 재차 주문을 영창하기 시작한다. 한참을 티격태격하다 자신들을 향해 손을 뻗는 아이리스의 모습을 바라보며 사내들은 낄낄거렸고, 삿대질까지 하며 두 사람을 비웃었다.

"또 그 웃기지도 않는 짓 하려는 거야?! 이봐, 누구 식은 닭고기 있는 사람이 좀 가서 놀아줘라."

"하하하하!"

"푸케케!!"

때마침 주문 영창이 끝났고, 곧이어 나직한 그의 목소리가 가게 안을 뒤덮었다.

"파이어— 볼!"

중후한 울림에 사람들의 시선이 쏠린다. 게다가 이번엔 아이리스의 상태가 뭔가 다르게 있어 보여서인지 사람들의 얼굴에는 내심 긴장한 표정이 담겨 있었다.

하지만 모두의 기대를 저버리듯 손끝에서 시작돼야 할 불꽃은 좀처럼 나오지 않았다. 옆에 있던 글라디스도 그 모습에 이마를 탁 소리나게 짚고 말았다. 설마 설마 했지만 진짜야?!

"아 씨!! 파이어— 볼!!"

"하, 하하, 이번엔 그 작은 불도 안 나오네? 이거 완전 엉터리 양반일세!"

"가서 좀 더 수련하고 오시라고, 마법사 양반. 어디 그 주방에 취직돼도 밥 먹고 살겠어? 하하하!"

또다시 식당 안의 사람들이 한마디씩 빈정대기 시작했다. 그리고 그 빈정거림이 극에 달하려는 순간.

콰앙!!

순간 갑작스런 굉음이 터져 나왔다. 그곳에 있던 모든 사람들의 눈앞에 번쩍거리며 무엇인가가 떨어져 내린 것이다. 사람들의 고개가 조금씩 돌아갔다. 그리고 놀라 자빠진 사내들의 테이블이 잿더미가 되어 바람에 날리는 것을 멍하니 보았다.

"히, 히이익?!"

"헉, 허억?"

그를 손가락질하며 웃던 사내들의 테이블 위로 벼락이 떨어진 것이었다. 커다랗게 뚫린 지붕 위로 보이는 하늘은 한없이 푸르고 맑았다.

"뭐, 뭐야?!"

쿠웅! 후두둑!

벼락이 내리쳐 구멍 뚫린 지붕의 잔해들이 바닥으로 떨어지기 시작했다. 그중에 돌무더기는 사방에 날려 사내들과 손님들에게 날아들었다.

"으아악!"

"괴, 괴물이다!"

콰앙! 콰앙!

　연이어 두 번, 세 번째 벼락이 음식점의 지붕을 날려 버리며 바닥으로 내리꽂혔다. 놀란 사내가 먹다 내던진 통닭구이는 벼락에 맞아 눈 깜짝할 새 타버렸다.

　"사, 살려줘!"

　"모두 밖으로, 밖으로 나가!"

　순식간에 주변의 테이블은 잿더미가 되어버리고, 결국 가게 안은 아수라장으로 변했다. 우왕좌왕하는 사람들의 비명 소리에 귀청이 날아갈 것 같았지만, 그중 한 사람이 떨리는 손으로 아이리스를 가리키며 외치는 소리만큼은 모두에게 똑똑히 각인되었다.

　"그, 그러고 보니 기억났어! 은빛 머리, 그리고 저 황금의 눈동자! 재, 재앙의 마법사다!"

　"옴마나!"

　"살려줘! 재앙의 마법사다!"

　"흐이에에엑!!"

　"아악! 밀지 마! 나도 나가고 싶어!"

　"근데 왜 파이어— 볼이라고 소리쳤는데 벼락이 떨어지는 거지!"

　"따지지 마! 어서 도망쳐!"

　음식점의 모든 사람들이 우왕좌왕, 좌충우돌 밖으로 물밀듯 빠져나가기 시작했다. 사내들 역시 혼비백산한 표정으로 도망치려는 순간, 글라디스가 가장 앞서 있던 사내의 다리를 걸어 넘어뜨렸다.

쿠당탕!

"어이쿠!!"

"어딜 그렇게 급하게 가시나? 잠시 대화 좀 할 수 없을까?"

척 엎어진 사내의 등을 밟아 선 글라디스가 사악한 미소를 지었다.

"잘 봤지? 이게 바로 재앙의 마법사야. 네 머리 위에 떨어뜨리려고 하는 걸 내가 간신히 말린 거니까 어떻게 처신할지 잘 생각해 봐."

"히이익! 죄송합니다."

그녀의 말에 사내는 새파랗게 질린 얼굴로 울고 불며 아이리스의 다리에 매달렸고, 수십 번을 고개 숙이며 목숨만을 살려달라 애원하기 시작했다.

"하하하! 약간 맞장구쳐 준 거 가지고 그렇게 놀려대니! 아무리 나라도 열받아서 그런 거니까 신경 쓰지 말아요! 하하하! 암—! 위대한 내가 참아야지!"

"감사합니다, 감사합니다!"

한껏 코가 높아진 아이리스는 팔짱을 낀 채 거만한 말투로 계속해서 나불거리고 있었고, 글라디스는 한심하다는 표정으로 그런 아이리스를 뒤에서 바라보고 있었다. 그녀는 정말 아이리스의 저 근거없는 자신감이 어디서 나오는지 궁금할 뿐이었다.

“뭐, 어찌 되었든 결과가 좋았으니까. 계속 다녀봐도 나쁘지 않겠네.”

가게고 뭐고, 주인이고 손님이고 할 것 없이 모두가 나가버린 탓에 두 사람은 음식 값조차 내지 않고 유유히 도주할 수 있었다.

*　　　*　　　*

역시 대부호의 집답게 주변은 대낮처럼 밝았고, 수십 가지의 아름다운 조각상들로 꾸며져 있었다.

돈을 쓸 곳이 그렇게도 없었던지 거대한 대문 위에도 갖갖의 문양이 아름답게 수놓아져 있다. 그 앞을 교대로 경비대가 지키는 것을 보고 있자니 본트레앙의 눈물을 훔쳤던 퀴릴의 저택과는 비교 자체가 불가할 정도였다.

“저, 여긴 너무 큰데 위험하거나 하지 않을까?”

“너는 그렇게 굉장한 힘을 가지고 있는데도 조심성이 많아서 탈이야. 쓸데없는 곳엔 그렇게 자신감이 넘치면서 이런 일에는 늘 그러더라? 나 같았으면 벼락이랑 땅을 울려서 다 때려 부수고 가져올 텐데…….”

“나쁜 짓 하면서 떳떳한 건 자네밖에 없을 걸세, 글라디스 양.”

그녀의 이야기에 근엄한 표정으로 아이리스가 글라디스의

어깨를 토닥이며 말하자.

"그 칭찬, 참으로 감사드리는 바입니다."

글라디스 역시 근엄하게 그의 말을 받아쳤다. 정말 알게 모르게 지내온 시간 동안 죽이 맞아가는 콤비였다.

"너도 이 처지에 놓여봐. 그런 이야기가 쏙 들어갈걸."

"흐음, 그 정도야? 자기가 막 불타고도 그래?"

그러자 쯧쯧 검지를 양쪽으로 움직여 보인 아이리스가 가소롭다는 듯 말을 이었다.

"그 정도야 예삿일이지. 그 덕분에 한동안 불에 관한 얘기는 꺼내보지도 못한 적도 있다고. 뭐, 나도 느낌이 오는 날에는 아무 거리낌 없이 난발하긴 하지만……."

"한마디로 제멋대로네."

"따지고 보면 그런 건가?"

"아아, 내가 이런 놈을 믿고 일해야 하다니……."

휘릭!

그에게 가벼운 핀잔을 주며 글라디스는 담을 넘어 사라졌다. 담의 높이나 크기는 아무런 제약이 되지 않는 가벼운 몸놀림이었다.

"너, 이씨!"

아이리스의 입장에서는 핀잔만을 날린 채 사라진 그녀가 돌아오면 한참 동안이나 욕을 해줄 생각이었다.

"보자, 그럼 저번처럼 대기하고 있다가 마법 한번 쏘면 되는 건가?”

등불이 닿지 않는 곳. 약간 어스름한 곳에서 글라디스를 기다리던 아이리스는 잠시 생각에 잠겼다. 자신도 그녀와 다니면서 찾아야 할 것이 있었다.

“반드시 찾을 수 있을 거야.”

그러기에 그녀를 따라나서는 것에 대해서 부정적이지 않았지만 지금 같아선 아무런 단서도 없이 너무 성급하게 밖으로 나선 건 아니었을까 하는 생각을 종종하곤 했다.

콰당탕!

그녀가 들어간 지 얼마 되지도 않았을 터인데 집 안 내부가 시끄러워진다. 설마 벌써 물건을 훔쳤을 리가 없는데…….

마침 그의 귀를 가득 채우는 다급한 외침이 들렸다.

“튀어! 아이리스!”

“뭐, 뭐야?!”

뭐라 대꾸할 틈도 없었다. 날쌘 몸놀림으로 글라디스가 아이리스의 옆을 지나치는 바람에 아이리스 역시 덩달아 뛰기 시작했다.

“어떻게 된 거야?!”

“도중에 걸렸어!”

“뭐야?! 어쩌다가 들킨 거야?!”

콰앙!

“저기 있다!”

"잡아라!"

돌연 대문이 부서질 듯 거칠게 열리며 수십 명의 병사가 뛰쳐나왔다.

"방구, 아, 아니, 생리적 혀, 현상이 갑작스럽게 나와 버려서!"

얼굴을 작게 붉히며 이야기하는 그녀의 말에 아이리스는 웃을 수도 그렇다고 울 수도 없는 표정을 지었다.

"미리 말해두는데, 웃으면 너, 죽여 버릴 거야!"

"이 상황에서 넌 웃을 수 있나?!"

"지금 네 얼굴이 웃음을 필사적으로 참고 있잖아!"

"오, 오해야! 푸, 푸흡!!"

글라디스는 역시 예리했다. 아니면 아이리스의 연기가 시원찮았다던가.

"저기다!"

"녀석들이 도망친다! 잡아라!"

다급하게 뛰고 있는 아이리스와 글라디스를 발견한 병사들은 살기등등해서 쫓아오기 시작했다. 갑옷을 입었음에도 그 뜀박질 솜씨가 얼마나 빠른지 도망치는 것만으로도 심장은 터질 듯 쿵쾅거렸다.

"거기 서라, 도둑년! 어? 놈도 있다! 이 도둑 연놈들아!"

"년뿐만 아니라 놈도 있다! 연놈 모두 잡아!"

그리고 웃지 못할 추격전이 시가지에서 벌어졌다. 담을 재빨리 타고 넘어 다니는 글라디스와 다르게 아이리스는 낑낑거리며 올라설 수밖에 없었다.

"아— 씨, 더럽게도 쫓아오네!"

"아직 훔친 것도 없는데 왜 그래?"

"잡아라—!!"

숨은 턱까지 차오르고 다리는 금세라도 풀려 버릴 듯 휘청거렸다. 글라디스가 가쁘게 숨을 내쉬며 외쳤다.

"그 뭐야! 땅이 막 갈라지고 그랬던 거 있잖아!"

"내 마음대로 나가는 게 아니라니까! 주문을 외울 시간은 좀 줘야지!"

"알았어! 나한테 맡겨!"

그녀는 말을 마치자마자 뒤돌아 바닥에 널려 있는 돌멩이를 주워 던지기 시작했다. 빠르고 정확하게 날아간 돌멩이들이었지만 그것은 허무하게도 병사들의 방패에 막혀 버렸다. 그 모습을 본 아이리스가 기가 찬다는 듯 말했다.

"지금 코미디하는 거지, 너?"

"아, 몰라! 몰라!!"

신경질적으로 아이리스의 말에 대꾸한 글라디스는 손에 잡히는 모든 것을 던져 대기 시작했다. 주변에 널린 돌덩이며 썩은 나무토막, 그리고 개똥까지 말이다. 개똥…….

"꺄악!! 이게 뭐야?!"

역시나 자신의 손에 물컹한 느낌을 전해받은 글라디스는

그것을 확인하고 고음의 괴성을 질러댔다.

"시끄러! 집중을 못하겠잖아!"

부우웅!

빠르게 아이리스의 입술이 달싹였다. 그러자 빠르게 그의 손에 빛무리가 모여들기 시작했다. 한시가 중요한 상황, 그리고 글라디스는 마법 시전에 집중하는 아이리스의 옷 위에 몰래 개똥을 닦고 있었다.

"됐다!"

"저, 저 마법사다! 녀석이 마법을 쓰기 전에 먼저 잡아!"

아이리스가 마법 주문을 외우는 것을 발견한 병사 몇 명이 다급하게 소리쳤다. 하지만 병사들이 그를 막기엔 시간이 너무 짧았다.

"헤헹! 늦었어! 그리스(Grease：바닥을 미끄럽게 하여 반경 8 x 8m안의 대상들을 넘어뜨린다)!!"

승리의 미소를 지어 보인 아이리스의 외침이 터져 나왔다. 외침과 동시에 마을 곳곳을 밝혀주던 등불들이 순식간에 꺼져 내렸다. 그야말로 완벽한 어둠! 원하는 마법은 안 나갔지만 이 정도의 어둠이라면 병사들의 눈을 속이기에는 충분할 것이라고 아이리스는 생각했다.

"뭐, 뭐야? 아이리스, 앞이 아무것도 안 보여!"

"괜찮아! 걱정할 것 없어!"

갑작스러운 상황에 당황스러워하는 글라디스의 목소리가

들려왔다. 어? 그러고 보니 아이리스 자신도 눈앞이 깜깜했다. 뭐, 뭔가 이상해! 이 느낌, 이 기분!

탁!

곧이어, 아이리스는 누군가 자신의 목덜미를 거세게 움켜잡는 것을 느꼈다.

"어, 어디냐?!"

"잡혔으면서 뭐가 좋다고 소리를 지르는 거야?"

그리고 아이리스는 자신의 양손에 차가운 금속 팔찌가 채워지는 느낌을 받았다. 어라? 설마……?

"어이, 이 녀석들, 장님인가 본데? 눈에 초점이 없어."

"뭐?! 아까 그렇게 잘도 피해 다녔는데 그럴 리가?!"

"마법 부작용인가? 아무튼 저 마법사 놈이 주문을 외우면 귀찮아지니까 재갈부터 물려!"

"으악! 더러운 자식! 이 녀석 옷에서 온통 똥 냄새가 나!"

병사들은 아이리스의 옷에 묻어 있는 개똥을 보며 질겁해서 물러섰다. 하지만 기어코 강제로 아이리스의 입을 벌렸고, 현장에서 급조한 천 재갈을 물렸다.

"읍읍!"

비교적 얌전히 잡힌 아이리스와 다르게 글라디스는 몸부림치며 완강하게 반항하고 있었다. 게다가 병사들을 향한 거친 협박도 주저하지 않았다.

"가까이 오지 마! 가까이 오면 자결할 거야!"

"아니, 도둑놈 주제에 자결한다고 협박하는 건 어느 나라
법이냐?!"

"…어? 그러네."

그녀의 어처구니없는 협박에 병사들은 저마다 피식거리며
웃음을 흘렸다. 정말 이 여자가 방금 전까지 쥐도 새도 모르
게 빠져나가던 그 도둑인가 하는 의구심마저 들 정도로 어벙
해 보였기 때문이다.

"꺅! 어딜 만져, 이 변태들아!"

"어디긴, 도둑 머리카락이지! 그게 왜 변태야?!"

결국 소란 끝에 잡힌 두 사람의 시야가 정상으로 되돌아오
게 된 것은 임시 감옥에 갇히고 30분 정도가 더 지난 뒤였다.

"…사이비 마법사."

"하하하―! 뭐, 이럴 때도 있지만 저번처럼 땅이 갈라지기
도 하고 벼락을 부르기도 하잖아? 그러니 릴렉스하자고~ 하,
하하……!"

글라디스의 불신 가득한 말에 아이리스는 궁색한 변명만
늘어놓을 수밖에 없었다.

"그나저나 이걸 어쩐다……."

두 사람의 양손은 뒤로 돌려 묶여 있었으며, 다리에는 족쇄
가 채워져 있었다. 게다가 방은 아이리스를 위한 마법을 차단
시키는 방이었다. 이런 방을 가지고 있는 것이 요즘 부자들의

취미인 듯하군.

말 그대로 형무소로 압송되기 전 임시로 가둬놓는 것이다. 아마 내일 새벽쯤에서 군 관계자가 두 사람을 인계받기 위해 올 것이다.

그전에 이곳을 빠져나가지 않는다면 여행이고 나발이고 간에 모든 것이 무의로 돌아갈 것이 확실했다.

"… 도움도 안 되는 놈."

"어허! 왜 이래! 나도 최선을 다했다고!"

아직도 분이 안 풀린 글라디스의 이야기에 아이리스는 억지 눈물까지 글썽이며 억울함을 호소하기 시작했다.

그것이 통한 것일까, 아니면 '이야기해 봐야 내 입만 아프지' 식이었을까. 아이리스의 얼굴을 말없이 바라보던 글라디스는 작게 한숨을 내쉬었고, 건성으로 고개를 끄덕거렸다.

"뭐, 됐어. 내가 낙천적인 건 아니지만 이런 일이 그렇게 흔한 건 아니니까. 안 그래? 그치?"

"어? 나는 흔한데……."

"……."

"아! 그냥 죽자, 죽어!"

아이리스의 고민없는 대답에 그녀가 열을 내기 시작한다. 분명히 귀엽게 생긴 외모와 흔하지 않은 머리카락, 거기다가 신비로운 황금색의 눈동자. 하지만 얼빵했다.

그리고 가끔은 말도 안 되는 자신감에 넘친다. 그것이 자신이 직접 곁에서 지켜보고 느끼고 있는 재앙의 마법사 아이리스였다.

"후, 정말 모르겠다. 모르겠어."

철컥.

그녀가 수갑을 차고 있는 손을 몇 번 움직이자 절대 풀릴 것처럼 보이지 않던 자물쇠가 마법처럼 풀려 버렸다.

"우와!"

"쉿!"

그것을 지켜본 아이리스가 감탄사를 토해내었다. 이럴 때마다 자신보다 그녀가 더 마법사같이 느끼는 아이리스. 게다가 이런 적이 한두 번이 아니었다. 그 커다란 담장을 넘는 것도 그렇고, 이번엔 이런 것까지.

"내가 마법사가 아니라. 글라디스 네가 마법사 같아."

"흐응, 간만에 옳은 소리 한번 하네? 헤헹! 내가 괜히 괴도 천사로 불리는 줄 알아? 이런 건 팔다리가 크로스로 묶인 채 물구나무 서고 있어도 할 수 있다고."

아이리스의 감탄 어린 이야기에 한층 코가 높아진 글라디스는 자랑을 늘어놓는다. 그러자 그런 그녀를 멀뚱히 쳐다보던 아이리스가 한마디를 보탰다.

"해봐."

부웅―!

“죽어!”

쾌속하게 족쇄와 수갑을 푼 글라디스의 주먹이 아이리스의 안면을 향해 뻗어나갔다.

“뭐, 겸사겸사 어쨌든 안으로 들어왔으니까. 코나 훔쳐 가 볼까?”

아이리스의 발에 묶인 족쇄까지 풀어준 글라디스는 손목을 어루만지고 있었고, 아이리스는 흐르는 코피를 닦아내며 훌쩍이고 있었다.

“흑! 때릴 것까진 없잖아. 게다가 코를 훔친다니까 어감이… 좀…….”

“시끄러워! 내가 상황을 보고 올 테니 넌 여기 있어.”

“알았어.”

아이리스를 감옥에 남겨둔 채 조용히 자택 안을 둘러보려는 글라디스. 원래 감옥이라기보단 임시적인 지하 대피소로 사용될 곳이기 때문에 비교적 빠져나가기는 쉬웠다.

퍽! 털썩.

“미안. 하지만 오늘 이곳에 보초를 선 당신이 재수가 없었던 거야.”

지상에서 문을 지키고 있던 경비병도 간단히 기절시킨 그녀는 숨죽인 채 조심스럽게 저택 내부를 탐험하듯 돌아다니기 시작했다.

“자, 그럼 잠시 중단했던 본업을 계속해 볼까나.”

처음 시도에서는 피치 못할 사정으로 발각되었으나 좋은 일이든 나쁜 일이든 이렇게 된 것, 건물 내부로 잠입하기가 수월해진 것이다.

그녀가 멈춰 선 곳은 커다랗고 화려한 문이 삼중의 열쇠로 잠겨 있는 곳이었다. ‘이곳은 중요한 곳이다’ 라고 광고를 해놓은 것처럼 만들어진 이곳이 분명했다.

“빙고! 역시 이 언니의 코를 속일 순 없지.”

대부분의 귀족들이 그러하듯 집 안 내부에는 경비를 두지는 않았다. 있어봐야 야간 불침번이나 상태 점검자 정도? 애초에 외부에서 내부로 침입을 못하게 하면 그만이라는 생각이기 때문이다.

게다가 개인 프라이버시를 끔찍이 중요시하는 귀족들이 외부인을 집 안에 들여놓을 이유는 더더욱 없었다. 설령 그곳이 자신의 수집품을 모아놓는 방이라 할지라도 말이다.

뚜벅뚜벅—

순간 뒤에서 들려오는 발자국 소리에 그녀의 귀가 예민하게 반응한다. 걸음은 빠르고, 그리고 정확하게 어둠 속에 몸을 웅크리고 있는 그녀에게 다가오고 있었기 때문이다.

‘설마 들킨 건가? 그렇다면 상당한 녀석인데…….’

글라디스는 조용히 품에서 단도를 꺼내 들었다. 그녀는 사람을 죽이는 걸 좋아하지 않았다. 그녀가 용무가 있는 것은 물건이지 사람을 다치게 하는 것이 아니었기 때문이다. 실제로도 그런 것을 즐기지도 않는다.

'살기조차 느껴지지 않아. 살기를 숨길 정도인가?

여태껏 물건을 훔쳐 오면서 사람을 죽인 적이 없었다. 물론 피치 못할 사정으로 가벼운 상처를 입히는 것은 애교라고 생각하고 있었다.

"후우……."

그녀가 마른침을 꿀꺽 하고 삼킨다. 상대는 그녀가 숨어 있다는 것쯤은 이미 간파한 듯 아무런 거리낌 없이 다가선다. 살기도 느껴지지 않는다. 하지만 자신의 기척을 숨기면서 다가오는 것도 아니었다.

이런 자들은 대부분 자신의 실력에 만족하는 자가 아니면 그야말로 절대고수뿐이었다. 후자의 쪽인 절대고수라면 이미 자신의 실력으로는 어림없을 것이다.

'한순간에 내 모든 것을 건다!!'

조용히 웅크려 있는 그녀의 어깨를 낚아채려는 순간, 그녀가 먼저 몸을 돌려 녀석의 목을 향해 단도를 빼내려 했다. 하지만 녀석은 그녀보다 훨씬 빠르게 그녀의 입을 막아버렸다.

"……!"

자신의 행동보다 빨랐다. 게다가 자신의 입을 막는다는 건 언제든지 자신의 목을 칠 수도 있음을 뜻했다. 거기까지 생각이 미치자 그녀의 등줄기로 식은땀이 흘러내렸다.

"쉿!"

그녀의 입을 막은 녀석이 나지막하고 조심스러운 목소리로 말했다. 그리고 그녀 역시 자신의 입을 막아선 자의 얼굴을 확인할 수 있었다.

"글라디스, 왜 여기 웅크리고 있어?"

"……."

묘한 정적이 두 사람의 주변에 감돌았다. 그리고 그자의 모습을 확인한 글라디스의 얼굴이 벌겋게 달아올랐다.

"야, 이… 개! 흡!"

아이리스였다. 몰래 잠입해서 물건을 훔치러 집 안을 돌아다녀야 할 주제에 당당히 발소리를 내며 돌아다니다니! 게다가 한술 더 떠 지금 자신의 입을 막으며 주의를 주는 꼴이라니……!

"쉬잇! 들키고 싶어? 갑자기 왜 소리를 지르고 그래?"

"……."

그리고 조용히 아이리스를 올려보던 글라디스가 강하게 주먹을 내질렀다.

커다란 방. 곳곳에는 한눈에 봐도 명화로 보일 여러 그림들이 걸려 있었고, 곳곳에는 아름다운 석상들이 즐비하게 놓여 있었다.

"우왕, 징짜 크당. 글라디스, 이곳에성 코를 어터겡 차장?"

사방을 두리번거리며 묻는 아이리스에게 글라디스는 성큼성큼 걸어가 커다란 그림 앞에 서서는 그림을 떼어내며 말했다.

"원래, 부자인 녀석들은 취향이 독특해서 그림 뒤에 금고를 만들어놓기도 하거든. 시간도 널널하니까 전부 떼어내 봐."

그녀의 말에 아이리스 또한 사방의 그림들을 떼어내 본다. 그의 양 콧구멍에 쑤셔져 있는 휴지가 참 인상적이다.

"암무리 차자도 엄능데?!"

코가 막힌 채 애써 발음하는 그의 말 역시 인상적이다.

"도대체 어디다가 숨긴 거야? 이 너구리 같은 자식."

그녀와 아이리스가 커다란 홀에 그림들을 전부 떼어내었지만 기대했던 금고는 나오지 않았다. 혹 지하 쪽으로 통하는 비밀 문이라든가 하는 것이 있으면 귀찮아질 것은 뻔했다. 게다가 그림을 떼어내느냐고 시간을 많이 소비해서 더 이상 널널하게 작업할 수도 없었다.

"글라디스, 이거 방."

"그런 건 못 들고가. 신경 꺼."

아이리스가 가리키는 석상을 본 그녀는 건성으로 대답했다. 그가 가리키고 있는 것은 나체의 남자가 멋진 근육을 뽐내며 포즈를 취하고 있는 석상이었다.

작품의 이름을 알리는 이름표엔 다비드상(Dabid) 이라고 적혀 있었다 (다비드상(David):르네상스를 대표하는 불후의 화가이자 고대 그리스 이후 가장 저명한 이탈리아의 조각가 미켈란젤로의 작품인 대리석 동상. 하지만 여기에 있는 것은 (Dabid)입니다. 즉 잡입니다).

"아니, 그게 아니고오— 이 석사상, 코 뿌분망 반짜기고 이능데?"

"개기름인가 보지."

"……."

성의없는 글라디스의 대답에 아이리스는 막고 있는 휴지를 콧바람으로 킁 하고 뱉어내 버렸다. 그 광경을 바라보던 글라디스가 인상을 한껏 찌푸렸다.

"아, 더러워! 저런 건 정말 어디서 배웠을까?"

"론드 씨한테."

"아, 혹시나 했더니 역시나네."

투덜거리며 한참을 바닥을 샅샅이 뒤지고 있던 그녀의 어깨를 아이리스가 툭툭 쳐댔다.

"왜?"

"이거."

그녀가 돌아보니 아이리스의 손에는 방금 전 석상에 붙어 있어야 할 코가 들려 있었다.

"아, 진짜 가지가지 하네. 그 코는 왜 또 뜯어왔어?"

"아니 그냥 툭 하고 떨어지던데?"

"석상이 성형이라도 했냐? 이게 보형물이야, 보톡스야?! 갑자기 왜 툭 하고 떨어……."

"힝, 왜 나한테 신경질이야?"

"어? 잠깐! 이거 수상한대?"

아이리스의 들려 있는 코는 정말 눈부시게 반짝거리고 있었다. 게다가 석상이라면 돌이어야 할 것이 이건 아무리 봐도 보석이었다. 그녀가 재빨리 코가 떨어져 나온 다비드상 앞으로 다가섰다.

"진짜네? 이거 깨져서 떨어진 게 아니잖아?"

예상대로였다 코가 깨어진 것이 아니라 애초에 이 코에 맞도록 다비드상이 제작된 듯했다.

"그럼 혹시……?!"

"거기까지다!!"

파앗!

커다란 외침이 홀 안을 가득 메웠다. 동시에 방 안의 불이 일제히 밝혀졌고, 우르르 수십 명의 병사들이 커다란 발소리를 내며 홀 안으로 들어섰다.

"이 쥐새끼들! 아무리 임시방편이라지만 그렇게 묶어놓았는데 잘도 빠져나갔더구나!"

병사들 사이에서 걸어나온 사내. 분위기로 보아 경비대장 정도로 되어 보이는 그가 가소롭다는 듯 두 사람을 훑어보고 있었다. 그러던 중 글라디스의 손에 들린 석상의 코를 바라보곤 펄쩍 놀라 뛰며 외쳤다.

"아니, 그거?! 후— 잘도 본트레앙의 코를 알아봤구나! 어수룩한 좀도둑은 아니었나 보군."

"훗, 이 괴도 천사의 눈썰미를 속이려면 멀었어! 한눈에 알아볼 수 있었다고!"

퍽!

"꺅! 갑자기 날 왜 때려?!"

"아니, 때려야 할 것 같은 느낌이 들어서."

얼얼해하며 볼을 부여잡고 있는 글라디스와 멍한 표정으로 그녀를 바라보는 아이리스.

"예사 놈들이 아니군. 그렇다면 혹시 내부로 들어오면 작업이 쉬워질 거라 생각하고 이걸 노리고 일부러 덜떨어진 마법을 사용해서 잡혀 들어왔다는 건가?"

놀라 마른침을 꿀꺽 삼키는 경비대장을 보곤 이번엔 아이리스가 의기양양하게 앞으로 나섰다.

"후후후— 제대로 짚었다. 이것은 전부 계획된 거지! 이 몸이 실수를 할 리가 없지 않겠어?"

퍽!

큰 웃음을 내려는 아이리스의 뒤통수를 글라디스가 후려쳤다.

"아앗! 글라디스, 갑자기 무슨 짓이야?!"

"아니, 굳이 널 때려야 할 것 같은 느낌이어서."

아이리스는 도끼눈을 뜨고 글라디스를 바라보았고, 글라디스는 그런 그를 보며 어깨를 으쓱해 보이며 태연하게 말을 이었다. 이것은 방금 전 아이리스가 자신을 때린 것에 대한 복수가 분명했다.

"뭐, 뭐가? 너는 맞을 짓을 했잖아! 아예 몰랐으면서 '저 사람이 그런 거냐?' 하니까, 그제야 '후후후' 이랬잖아!"

"사실은 다 알고 있었다니까! 아쭈? 그 눈초리는 뭐야? 그러는 너는, 너는 아니냐? 뭐? 후후후, 실수를 할 리가 없지 않겠어? 웃기시네! 이 사이비 마법사야!!"

갑작스레 두 사람이 티격태격하는 것을 바라보던 경비대장의 얼굴이 점점 일그러지기 시작했다. 주변의 병사들은 수군대거나 낄낄거리며 두 사람의 싸움을 지켜보고 있었고, 시간이 지나도 끝낼 것 같지 않던 두 사람의 싸움은 결국 경비대장의 큰 소리에 끝을 맺었다.

"저것들을 잡아라! 이번엔 생사 불문이다!"

"와아아아!! 잡아라!"

동시에 집 안이 흔들릴 정도의 큰 외침이 병사들의 입에서 터져 나왔다.

휘릭!

병사들이 입구를 막아서기 전 글라디스는 아이리스의 손을 잡은 채 경비대장의 머리 위를 뛰어넘었다. 그 모습이 어

찌나 화려해 보이던지 몇몇 병사들은 넋을 잃고 그녀를 멍하
니 바라볼 정도였다.

재빨리 빠져나온 두 사람은 복도를 지나 넓은 정원으로 쏜
살같이 튀어나왔다. 글라디스가 재빨리 담벼락을 넘으려 했
지만 어느새 담벼락 위에 날카롭고 작은 창살들이 설치돼 있
었다.

"이런 담을 타는 건 무리야! 아이리스, 어떻게 좀 해봐."

"뭘 어떻게 해. 기다려 봐. 요행을 바라자."

"어?! 정문이 열려 있다! 우선 저리로 가자!"

아이리스가 주문을 외우려 했지만 금세 쫓아온 병사들 때
문에 여유롭지가 못했다. 결국 미심쩍긴 했지만 정원을 가로
질러 정문으로 갈 수밖에 없었다.

정원의 나무와 조각들 사이를 요리저리 잘 피해 가며 정문
을 향하는 두 사람이었지만 병사들의 추격 역시 만만치 않았
다.

"잡아라!"

"녀석들이 본트레앙의 코를 가져간다! 잡아라!"

병사들은 고래고래 소리를 쳤으며, 심지어 들고 있는 검이
나 창을 집어 던지기까지 했다.

푹!

병사들이 던진 창 중 하나가 마침 글라디스가 빠져나가는
길목 바로 옆 나무에 힘있게 박혔다. 그것에 깜짝 놀란 글라

디스가 뒤돌아 큰 소리로 외쳤다.

"야! 무기를 소중히 다루지 않는 자식들아! 무기는 목숨이란 거 몰라?! 화장실 갈 때도 가져가라! 모르냐고!"

"예, 옛!"

더욱 놀라운 것은 그녀의 외침에 창을 던진 병사가 놀라 자리에 멈춰 뒷머리를 긁는 것이었다. 정원은 생각 외로 난잡했다. 여러 가지 보호구를 착용한 병사들과 글라디스의 빠른 리드로 달리는 두 사람과의 격차는 점점 벌어졌다. 이대로만 간다면 저택에서 빠져나가기는 수월할 것이다.

"다 왔다! 빠져나가자!"

정원에서 병사들을 멀찌감치 따돌린 두 사람이 정문 앞에 다다른 순간.

"어어!!"

"안 돼!"

철커덩!!

활짝 열려 있던 철문이 빠르게 닫혀 버렸다.

"아 씨, 뭐야?!"

"아앗! 틀렸어! 안 열려!"

글라디스가 철문을 두드리고 밀어보지만 육중하고 거대한 문은 꿈쩍도 하지 않았다.

"글라디스, 도둑이잖아! 열쇠가 없어도 문을 열 수 있을 거 아냐!"

"열쇠 구멍이 있어야 뭘 시도를 하든가 하지!"

"어떻게 좀 해봐! 그렇지! 아이리스 마법! 마법!"

"알았어. 나에게 맡겨."

팔을 걷어붙이고는 주문을 외우기 시작한 아이리스였지만 돌연 들려오는 큰 소리에 깜짝 놀라 뒤를 돌아보게 되었다.

"하하하! 걸려들었구나!"

어느새 정원을 빠져나온 병사들과 저택의 정문에서 여유롭게 걸어나온 경비대장이 두 사람을 바라보며 말을 이었다.

"너희가 정문 앞으로 오도록 한 것인데 이렇게 잘 따라줄 줄이야……."

"너 이 자식, 일부러 열어뒀다가 닫은 거지?!"

"당연하지! 일부러 이 밤중에 문을 열어두는 바보가 어디에 있지?!"

의기양양한 표정으로 자신들을 바라보는 경비대장과 병사들을 보며 글라디스가 조심스럽게 아이리스의 옆구리를 쿡쿡 찔렀다.

"아이리스, 빨리."

"보채지 마. 정신 집중을 해야 잘 나간다고."

"무슨 놈의 정신 집중이야. 맘대로 나간다며."

부우웅.

아이리스의 손 위로 하얀 빛무리가 몰려들기 시작하자 그

것을 본 경비대장이 놀라 소리쳤다

　"마법을 쓸 생각인가? 어서 녀석들을 잡아라!"

　"와아!"

　정원을 빠져나오느라 지친 기색이 역력한 병사들이었지만 상관의 명령에 죽기 살기로 뛰어들 수밖에 없는 노릇. 꽤나 짧은 캐스팅이 끝낸 아이리스가 외쳤다.

　"오픈 더 도어(Open the door)!!"

　철컹! 철컹!

　아이리스의 주문이 끝나고 잽싸게 글라디스가 철문을 잡아당겼지만 정문은 아까와 똑같이 꿈쩍조차 하지 않았다.

　"뭐야? 이거 또 실패야?!"

　"기다려 봐. 이렇게 되면 다시 한 번!"

　아이리스도 위기감을 느끼는지 다시 한 번 주문을 시전하려 눈을 감았다. 그때 갑자기 두 사람의 몸이 공중 위로 뜨기 시작했다.

　"어어!"

　"뭐, 뭐야, 이거?!"

　그리곤 병사들이 정문으로 당도할 때쯤, 두 사람은 지상에서 대략 15m 이상 떠올라 있었다. 그야말로 하늘 위로 작게 보이는 두 사람의 모습에 병사들은 어이없다는 표정으로 중얼거렸다.

　"하늘을 날았어……."

“와— 날고 있다!”

“뭐가 그렇게 신기해? 녀석들은 도둑이다! 어서 잡아!”

“하늘에 떠 있는 걸 무슨 수로 잡습니까?”

“제기랄!”

눈앞에서 도둑을 놓쳐 버린 꼴이 된 경비대장이 애꿎은 병사들에게 소리쳤지만 하늘 위에 둥둥 떠 있는 사람을 무슨 수로 잡는단 말인가.

그들을 내려다보던 글라디스는 아이리스의 어깨를 토닥이며 웃어 보였다.

“앗싸! 아이리스, 잘했어. 이대로 이곳을 벗어나자!”

“좋아!”

그녀가 곧이어 밑에서 발만 동동 구르고 있는 경비대장을 향해 소리쳤다.

“메롱~ 약 오르지? 잡아보시지, 이 대머리야!”

“누, 누가 대머리야?!”

엉덩이까지 탁탁 치며 놀리는 모습이 어린아이도 아니고 이렇게 유치할 수가……. 그것을 지켜보던 아이리스의 얼굴이 다 화끈거릴 정도였다.

게다가 경비대장은 그녀의 놀림에 머리를 주섬주섬 매만지며 얼굴까지 붉혔다. 이거, 뭔가 수상해!

한참 동안을 의기양양한 모습으로 병사들을 놀리던 글라디스가 미소 띤 얼굴로 아이리스에게 물었다.

"근데 이거, 어떻게 앞으로 움직이는 거야? 발을 굴려 봐도 허우적거리기만 하는데?"

"아, 그건 말이지, 우선, 우선… 아, 그러니까… 우선… 음……."

그녀의 물음에 아이리스가 기억을 더듬는 듯 이마에 손을 가져다 놓았지만 좀처럼 입을 열지 않았다.

"……."

"야, 왜 말이 없어?"

계속되는 침묵에 무언가 불안감을 느낀 글라디스는 조심스럽게 아이리스에게 물었고, 아이리스는 고개를 갸웃거리며 입을 열었다.

"모르겠어."

"잉?"

"아무리 생각해 봐도 어떻게 앞으로 가는 건지 생각이 안 나."

"뭐?!"

갑작스레 튀어나오는 이야기에 글라디스의 표정이 벙찌게 변해 버렸다. 그러자 아이리스가 뒷머리를 긁적이며 환한 미소를 지으며 말을 이었다.

"하하하! 그러고 보니 난 이 마법, 처음 써보는 것 같아. 어쩐지 기억이 안 나더라! 하하하!"

"……."

부웅!

그녀의 주먹이 그를 향해 내질러졌지만 몸의 중심을 잡지 못하고 허공에서 허우적거린다. 그렇다. 날긴 날았지만 두 사람은 마치 하늘에 떠 있는 풍선마냥 둥실 떠 있을 뿐이었다.

"하하, 괜찮아! 아직 마력 시간은 많이 남았을 테니까 천천히 생각해 보자고. 저 밑에 있는 사람들이 우릴 어떻게 하지도 못할 테니까. 화살로 쏘면 모를까."

웃으며 방법을 강구해 보자는 아이리스의 말이 끝나기가 무섭게 밑에서 그들을 바라보던 경비대장이 생각났다는 듯 기쁜 목소리로 외쳤다.

"그래, 활! 활을 가져와라! 활로 저 녀석들을 쏴버려!"

결국 집념의 움직임으로 자신에게 날아온 글라디스에게 아이리스는 한 대 맞고 말았다.

"이… 쓸모없는 사이비 마법사!"

"안 되겠다. 우선 어떻게든 팔을 휘저어 봐!"

휙! 휙!

아이리스가 마치 바닷속에 들어간 사람처럼 발을 구르며 팔을 휘젓기 시작했다. 글라디스 역시 그를 따라 휘저어보지만 생각만큼 나아가지도 않았으며 죽어라 휘두른 운동량에 비해 거리는 턱없이 모자랐다.

"안되잖아!"

"나는 그래도 세 걸음 정도는 왔어! 힘내라고! 이 마법의
생명은 스피드야!"

"아 씨!!"

열심히 그를 독려하며 팔을 휘젓는 아이리스를 그녀는 잡
아먹을 듯 바라보았다. 그리고 아이리스는 애써 그녀의 시선
을 피해야만 했다.

'땅에 내려서기만 해봐! 아주 그냥!'

이를 갈며 아이리스를 노려보는 글라디스, 그리고 마침내
밑에서는 병사 세 명이 활을 들고 나왔다.

"쏴라!"

경비대장의 외침에 병사들은 아이리스와 글라디스를 향해
활을 쏘기 시작했다. 그중 하나가 아이리스의 귓가에 날카로
운 바람 소리를 내며 스쳐 지나갔다.

"흐에엑!"

"저게! 내려가면 죽었어!"

"에베베~ 내려와 보시지—!"

약이 바짝 오른 글라디스가 경비대를 노려보며 소리쳤지
만 오히려 경비대원들을 아까 그녀가 한 행동과 똑같이 엉덩
이를 쳐 보이며 놀려대고 있었다.

"준비!"

"아이리스! 어떻게 좀 해봐!"

"응!"

다시 한 번 활에 화살이 걸린다. 그리고 화살이 두 사람을 향해 쏘아지려던 순간, 아이리스의 두 번째 마법이 발동되었다.

"더 쉴드(The Shield)!!"

동시에 은은한 무형의 기운이 병사들을 덮쳤다. 덕분에 활을 들고 있던 병사들이 놀라 조준점을 놓쳤고, 화살은 두 사람을 피해 엉뚱한 방향으로 날아가 버렸다.

"당황하지 마! 그저 시시껄렁한 애송이 마법사일 뿐이야!"

악에 받친 경비대장이 병사들을 독려했지만 큰일은 그 뒤에 바로 터졌다.

"어어어! 뭐야?!

당황하는 경비대원들의 몸이 홱 뒤집어져 버린 것이다.

"이게 어떻게 된 거야?!"

"젠장! 저 마법사! 우리를 거꾸로 띄웠어!"

"몸이 안 돌아가!"

발바닥이 하늘을 향해 버린 것이었다. 갑작스러운 사태에 모두는 놀라 무기를 놓쳐 버렸고, 곧이어 뒤집어진 상태 그대로 병사들은 서서히 하늘 위로 붕 떠오르기 시작했다.

"어? 어어?! 이거 왜 이래?!"

"몸이 공중에 뜬다!"

"그것도 하필이면 거꾸로 뜬다!"

우스꽝스러운 상태로 병사들 역시 공중으로 떠올라 아이

리스와 글라디스의 바로 뒤편에 서게 되었다.

"아이리스, 어떻게 된 거야?!"

"묻지 마. 내가 알 리가 없잖아?"

수명의 경비대들은 공중에서 허우적거리고 있었다.

"어어! 떨어진다!!"

"안 돼! 좀 내려줘!"

그 높이의 공포는 그야말로 보통 사람이라면 오금을 저리고도 남을 정도였으니 병사들이 저런 모습을 보이는 것도 당연했다.

"근데 아이리스, 이거 갑자기 팍 하고 떨어지는 건 아니지?"

"글쎄… 나도 잘 모르겠는데?"

"야! 갑자기 떨어지면 어쩔 거야! 바로 즉사라고, 즉사!"

아이리스가 고개를 갸웃거리며 애매모호한 답변을 내놓자 흥분한 글라디스가 재차 그에게 물었다. 물론 바로 뒤에서 그 소리를 들을 수밖에 없던 병사들 또한 얼굴이 하얗게 질려 소리치기 시작했다.

"뭐어? 즉사?!"

"마법사! 어떻게 좀 해봐!"

"당신들은 입 다물어!"

엉엉 울기까지 하며 애원하는 병사들에게 글라디스는 매몰찬 한마디를 던졌지만 그들의 외침은 끊일 생각을 하지 않왔다.

"죄송합니다. 당신은 애송이가 아니에요."

"제발 좀 살려주세요."

"죽고 싶지 않아—!"

"그깟 코 같은 거는 그냥 가져가시고, 제발!"

그 애원 중에는 방금 전 거만하게 으름장을 늘어놓던 경비대장도 포함되어 있었다.

"당신들, 아까랑 너무 다르게 비굴하지 않아?"

"목숨이 걸렸는데 비굴한 게 대수입니까! 아이고! 아가씨, 저희 좀 어떻게 잘 무사히 해달라고 마법사님께 얘기 좀 해주세요."

양손으로 머리를 감싸 쥔 경비대장은 눈물까지 글썽이며 글라디스에게 애원하기 시작했다. 때마침 이제야 생각났다는 듯 아이리스가 손바닥을 마주치며 입을 열었다.

"맞아! 예전에 본 적 있는 거 같아. 그래, 맞아!! 책에서도 읽었어! 분명히 서서히 내려앉는다고 쓰여 있었어!"

"휴, 그럼 다행이고."

아이리스의 이야기에 글라디스는 안도의 한숨을 내쉬었다. 그리고 그것은 뒤편에 있던 병사들 역시 마찬가지였다.

"저 녀석들을 잡아라!"

"이 녀석들, 내 손에 걸리면 가만두지 않겠어!"

"녀석들의 얼굴을 똑똑히 기억해!"

"감히 우리에게 이런 치욕을 안겨줬겠다?!"

아이리스가 안전하게 착지한다는 말을 하자마자 병사들은 안면몰수하고 악을 쓰기 시작했다. 그 모습에 글라디스가 기가 찬 목소리로 물었다.

"어이, 이봐들! 아까랑 태도가 너무 다르잖아!"

"그딴 거는 상관없어!"

"네 이년이 감히 나를 이렇게 매달아놓다니 조금만 기다려라!!"

특히 그중에서 가장 과민반응을 보이며 악을 쓰는 이는 다름 아닌 경비대장이었다.

"아이리스, 그냥 팍 하고 떨어뜨릴 수는 없는 거야?"

경비대장의 이야기에 욱해 버린 글라디스가 사납게 소리쳐 아이리스를 불렀다. 그러자 사납게 독설을 내뱉던 경비대장의 얼굴이 또다시 하얗게 변해 버렸다.

"히이익! 잘못했습니다, 마법사님. 그냥 농담이었어요!"

"마법사님, 제발 저희에게 자비를!"

"아까 저희가 한 이야기는 전부 농담이었습니다! 진짜에요!"

병사들이 다시 울고불고 짜는 모드로 들어가 애원해 보지만 글라디스는 이제 그들의 이야기에 작은 코웃음조차 보이지 않았다.

"흥! 이제는 늦었어! 아이리스, 죽지 않을 정도로만 땅에 떨어뜨려 버려!!"

"아니, 다른 방법은 없어. 그냥 시간이 지나면 서서히 안전하게 내려앉을 걸?"

글라디스도 그저 위협용으로 이야기한 것일 뿐이지만 아이리스는 너무나도 정직하게도 모든 사실을 술술 털어놓았다.

"야! 야!"

물론 글라디스 또한 알고 있었다. 아이리스의 마법이 랜덤으로 나가기 때문에 그냥 이대로 땅에 내려앉는 것이 무엇보다 안전하다는 것을 말이다.

아이리스에게 글라디스는 필사적으로 한쪽 눈을 깜박여 보였다. 그것은 일종의 무언을 가장한 신호였던 것이다. 하지만 아이리스는 이번에도 그녀의 기대를 저버렸다.

"응? 글라디스, 눈에 뭐 들어갔어? 왜 자꾸 깜빡거려?"

"아, 진짜 손발 안 맞네!"

모든 것은 까발려졌다. 그리고 어김없이 병사들은 방금 전 비굴한 모습은 온데간데없이 두 사람을 향해 욕설을 퍼붓기 시작했다.

"너희를, 꼭 잡고야 말겠어!"

"그럼 그렇지, 네깟 것들이 감히!"

"그.러.니.까. 당신들, 아까부터 너무 태도가 획획 돌변한다고!"

이렇게 된 것, 뭐 어쩔 수 없는 일이다. 특별히 그들을 속이려는 의도는 없었지만 그나마 쉽게 일을 마무리 지을 수 있었던 것을 아직도 옆에서 헤엄치듯 팔과 다리를 휘젓는 이놈이 망쳐 놓은 것이었다.

"적어도 우리가 저 사람들보단 먼저 마법이 풀릴 테니까 그때 달아나자."

아이리스의 이야기에 글라디스 또한 고개를 끄덕여 보였다. 뭐, 별 뾰족한 방법도 없었고, 무엇보다 땅 위로 내려서면 이 화상을 어떻게 처리할 것인가에 대해 생각하느라 그녀는 여념이 없을 것이다.

"앗!"

갑작스런 단발의 비명에 모두의 시선이 그곳을 향하였다. 경비대장의 머리카락이 훌러덩 벗겨지며 바닥으로 떨어져 버린 것이다.

"아, 안 돼! 쳐다보지 마!"

양손을 이용해 필사적으로 자신의 머리를 가리는 경비대장의 머리는 휑했다. 그렇다. 그는 대머리, 그리고 아래로 떨어진 머리카락은 가발이었던 것이다.

"뭐, 뭐야? 푸하하하! 진짜 대머리였어?"

배를 잡고 미칠 정도로 웃기 시작하는 글라디스를 보며 바늘로 찌르면 피가 철철 날 듯 빨개진 얼굴로 경비대장은 그녀에게 욕지거리를 내뱉었다.

“이, 잊지 않는다, 네놈들! 특히 네년!! 얼굴도 똑똑히 기억해 뒀어! 꼭 잡고 말 테다! 잡아서 아주 죽도록 때려주겠어!”

쉬지 않고 계속되는 경비대장의 독설에 계속해서 웃어 보이던 글라디스의 얼굴이 딱딱하게 굳었다. 그 모습이 어찌나 진지하고 카리스마 있어 보이던지, 뒤에서 신랄하게 그녀를 욕하던 다른 병사들마저 입을 다물고 시선을 위로 향할 수밖에 없었다.

글라디스가 날카롭게 경비대장을 쏘아보며 입을 열었다.

“뭐?! 자꾸 이게 소리치네! 쥐도 새도 모르게 집 안에 들어가서 물건 대신 네 녀석을 확!”

“히, 히이익—!”

글라디스는 참 장난스러운 아가씨였다. 자신의 말에 경비대장이 몸서리를 치자 언제 그랬냐는 듯 굳었던 표정을 풀고 특유의 장난스러운 얼굴로 돌아간 것이었다.

“글라디스, 이제 점점 아래로 내려갈 거야.”

“오케이!”

아이리스의 말대로 먼저 바닥으로 내려선 두 사람은 여차여차해서 굳게 잠겼던 정문을 여는 데 성공했고, 곧바로 저택을 벗어났다.

“꼭 찾아내고야 말겠어!”

병사들은 허우적거리며 그들의 뒤에 대고 고래고래 악을

쓰며 소리쳤다. 달리 그것밖에 할 것이 없었다. 게다가 시간이 지날수록 자신들의 원성은 뒤로한 채 저 멀리 사라지는 두 사람을 바라보고 있는 것도 힘에 부치기 시작했다. 그 이유인 즉,

“대장님, 머리에 피가 쏠리기 시작합니다!”

“그래서 어쩌자는 거야?! 나도 쏠려!”

“아! 눈알이 빠질 거 같아!”

Chapter 4

초대받지 못한 손님

저택을 떠나 두 사람은 한참 동안 산속을 헤매고 있었다. 지도도 없었다. 그렇다고 해서 길을 찾는 따위의 잡다한 마법을 아이리스에게 부탁할 수가 없었다.

피곤함에 지친 두 사람으로선 그의 마법에 기댄다는 것은 자살 행위나 다름없을 테니까 말이다.

"우선 몸을 숨길 곳을 찾자. 마을 내에는 분명 경비대가 돌아다닐 테니까 무리야. 우선 산 깊은 곳에 사는 사람에게 부탁해야겠네. 깊은 곳에 사는 사람이면 마을 소식에는 그리 밝지 않을 거야."

"이런 산중에 누가 산다는 게 더 이상할 텐데?"

“누가 산대? 그러면 좋겠다는 거지.”

“이상하다. 분명 여기 어디서 한 번 본 거 같은데, 기분 탓인가?”

투덜거리는 글라디스의 이야기에 아이리스는 열심히 주변을 두리번거리다. 그렇게 또 얼마나 많은 시간이 흘렀을까? 온통 주변은 푸른 잎사귀와 하늘 위로 높게 뻗어 있는 나무들, 그리고 그 나무들이 뻗어 있는 푸른 하늘은……

“아, 진짜 지겨워! 몇 시간째야! 이젠 좀 벗어나고 싶다고! 뭔 놈의 산이 이래! 개발 몰라? 땅을 깎고, 파고, 뭔가 새롭게 면적을 넓혀야지! 이러니까 저 마을이 저 모양 저 꼬락서니인 거야!”

갑작스레 신경질적으로 꽥 하고 소리를 지른 뒤 투덜대기 시작하는 글라디스의 이야기를 아이리스는 단 하나도 알아들을 수가 없었다. 도대체 뭐라는 거야?

“글라디스, 무슨 소리인지 하나도 모르겠어.”

“그냥 이곳에 사람이 살았으면 좋겠다는 거야.”

아, 그렇군.

“어? 글라디스, 좋겠네.”

그러던 중 아이리스가 한곳을 가리키며 그녀를 불러 세웠다.

“아, 왜 또?”

“사람이 살아.”

너무나도 간단한 대답에 그녀 역시 놀라 아이리스가 가리키는 부근을 바라보았다. 이런, 세상에! 정말이었다. 그곳에는 모락모락 흰 연기를 굴뚝으로 뿜어내는 산장 같은 곳이 있었다.

"봐, 집 맞지?"

"이야! 개똥도 약에 쓸려면 없다더니! 너 정말 잘했어!"

"뭔가 말이 이상하지 않아?"

"그런 것쯤 아무렴 어때! 아, 이제 살았어! 진짜 뜨거운 물에서 푹 담그고 목욕하고 싶어! 아, 맞다!"

그녀가 허리춤의 작은 주머니를 뒤적이더니 조금한 약병 두 개를 꺼내며 그에게 내밀었다.

"우선 이걸 발라."

"이게 뭔데?"

퐁.

아이리스가 그녀에게서 받은 병의 뚜껑을 따고 냄새를 맡았다. 동시에 코를 찌르는 독한 냄새가 아이리스의 얼굴을 찡그리게 만들었다.

"으엑! 뭐야, 이거?!"

"즉석 염색약이야. 행여 비슷해도 머리색이라도 바꿔놓으면 좋잖아."

냄새는 지독했다. 하지만 참아야 하는 신세. 대충 염색이 끝나고 아이리스와 글라디스는 각각의 다른 머리색으로 변했다. 아이리스는 신비롭던 은발에서 거무튀튀한 색으로, 그리고 글라디스는……. 어?!

"어?!"

"왜?"

휘둥그레진 눈으로 자신을 바라보는 아이리스에게 글라디스가 무슨 문제 있느냐는 표정으로 그를 바라보았다.

"왜 너는 머리색이 똑같은 거야?"

"둘 다 염색할 필요가 뭐 있어. 어차피 수배지에는 2인조로 나올 텐데……."

"야! 그런 게 어딨……!"

"자자! 맛있는 음식과 따듯한 물이 나를 기다린다!"

"아직 내 얘기 안 끝났……!"

"아―! 사내가 쪼잔하게 그거 가지고 그러니?! 내일 감으면 되잖아!"

아이리스가 뭔가를 항의하려 했지만 그런 그를 무시한 채 글라디스는 이미 멀찌감치 산장을 향해 걸어가고 있었다.

똑똑.

"저기, 실례합니다."

"지저분하게 여기서 실례를 할 생각인 거야?"

"이 상황에 그런 농담이 나와? 하여간 농담 수준 하고는. 쯧쯧."

"아니, 그냥 불현듯 떠올라서……."

똑똑.

"실례합니다. 아무도 안 계세요—?"

상당히 여성스러운 말투로 말하는 그녀의 모습에 아이리스는 자신의 목을 부여잡고 토하는 시늉을 했고, 글라디스는 그런 그를 가볍게 발로 차버렸다.

"누구신지……?"

끼이익—

글라디스가 다시 한 번 문을 두드리려 손을 들었을 때 닫혔던 문이 열리며 한 사내가 문밖으로 나왔다.

단정하게 다듬어진 짙은 검은색 머리의 남자는 한눈에도 보통의 사람이 아닌 기운이 느껴진다.

"아, 예. 저희가 길을 잃어서 그러는데, 슬슬 밤이 될 것 같기도 하고… 해서… 실례가 안 된다면 잠시 이곳에서 쉴 수 없을까 해서요."

"실례라니요. 당치도 않은 말씀이십니다. 이렇게 어여쁜 아가씨가 방문해 주시다니 지극한 영광이지요. 자, 어서 들어오십시오."

좋게 말하자면 말투, 행동, 하나하나에 기품이 넘쳐 나고 있다는 것이었고, 나쁘게 말하자면 행동 하나하나에 똥 폼이 잡혀 있다는 것이었다.

"감사합니다."

"그럼 아무쪼록 폐 좀 끼치겠습니다."

아이리스가 글라디스에게 맞은 다리를 절뚝거리며 집 안으로 들어서는 것을 본 사내가 놀란 표정으로 물었다.

"혹시 일행 분께선 다리를 다치셨습니까?"

"아, 다리요? 예, 산속에서 갑작스럽게 곰에게 맞아서……."

아이리스는 능청스럽게 거짓말을 늘어놓으며 글라디스를 물끄러미 바라보았다. 그의 이야기에 글라디스의 눈동자에 힘이 들어간다.

"곰이요?"

사내의 놀란 물음에도 전혀 당황하는 기색없이 뻔뻔히 거짓말을 늘어놓는 아이리스. 물론 누구를 겨냥하고 그가 이런 말을 하는지는 뻔한 것이었다.

"아, 예. 정말 제가 본 녀석 중에 가장 사나운 녀석이었……."

퍽!

"흐업!"

아이리스는 순간 옆구리를 찌르는 강력한 충격에 놀라 헛바람을 들이켰다. 더 이상 입을 잘못 놀렸다간 자신이 성치 못할 것이란 것도 글라디스의 눈에서 뿜어져 나오는 살기로 대략 알아챌 수 있었다.

"호호호, 저희 일행이 좀 농담을 좋아해요. 그리고 이건 이곳에 올라서다가 자기 혼자 넘어진 거랍니다. 안 그래, 아이리스? 호호호!"

"아, 아아! 하하하! 예, 그렇죠. 제가 좀 농담이 심했죠. 하하하! 곰이라니, 하하하!"

"호호호!"

계속해서 멈추지 않는 두 사람의 어색한 웃음에 사내 역시 형용할 수 없는 표정을 지어 보이며 어색한 이 분위기를 넘어가려 했다.

"그, 그러시군요. 저도 처음엔 당황했습니다. 이런 낮은 지역까지 곰이 내려올 리가 없을 텐데 말이죠."

"에? 여기가 낮아요?"

"예?"

글라디스의 물음에 사내 역시 무슨 소리냐며 고개를 갸웃거렸다.

"아니요. 저희는 몇 시간 동안을 헤매다가 이곳을 찾은 것이라……."

"이런, 길을 잃고 같은 곳을 헤매셨나 보군요?"

안타까움을 담고 있지만 한편으로는 두 사람을 보며 눈웃음 짓고 있는 이 사내. 이때부터 글라디스의 시선은 그런 사내의 얼굴에서 단 한순간도 벗어나지 않았다.

"어쩐지! 아까부터 계속 풍경이 낯이 익었어!"

"이곳은 마을에서 불과 한 시간도 안 되는 거리에 있지요. 꽤나 많이 고생하신 것 같습니다."

"그, 그렇군요."

"아, 왠지 되게 힘 빠지네."

사내의 이야기는 뭔가 두 사람의 가슴 깊은 곳에서부터 허탈함을 끄집어내기에 충분했다. 겨우 한 시간인 그 거리를 자신들은 계속 돌고 돌아 몇 시간이나 늘려놨다니…….

"여하튼 요깃거리와 차라도 가져올 테니 내 집이다 생각하시고 편히 쉬시길 바랍니다."

"정말 감사드립니다. 호호호!"

게다가 사람이 어찌나 친절한지 그는 두 사람에게 아무것도 묻지 않은 채 사람 좋은 미소를 계속해서 보여주며 먹을 것과 따듯한 차까지 대접해 주었다.

아이리스와 글라디스는 자신들의 정체를 숨겼고, 여행의 목적까지 숨긴 채 사내와 여러 이야기를 나누기 시작했다.

"그러셨군요. 유명한 관광지를 둘러보시는 여행을 하고 계시다니, 참 좋은 인연이시군요."

그의 이름은 레베 드 클린츠. 이 외딴 산속에서 살아가기 시작한 것은 근 일 년이 넘어가고 있다고 자신을 소개한 이 남자는, 예전엔 여러 분쟁 지역 등을 다니며 활약했다고 한다. 하나 지금은 개인적인 사정으로 한동안은 이곳에서 혼자 머물 생각이라 밝혔다.

"지금쯤이면 수프가 끓고 있을 텐데 잠시……."

예의 바른 성격과 상대방을 우선시하는 행동. 글라디스는

이 사내에게 호감을 보이며 얌전한 체하곤 내숭을 떨고 있었
다.

“글라디스.”

“응?”

레베가 저녁을 위해 잠시 자리를 비운 사이 아이리스가 글
라디스를 물끄러미 바라보며 말했다.

“너, 연기도 그 정도면 수준급이다, 진짜.”

“무슨 연기?”

“내숭 연기.”

퍽!

“악!”

아니나 다를까, 거침없이 말을 내뱉던 아이리스의 안면에
글라디스의 주먹이 내질러졌다.

“아, 정말 여자 손이 뭐 이리 매섭냐? 어떻게 보면 칭찬이
라고, 이거.”

“이왕 할 거면 좋은 말로 칭찬해 줬으면 좋겠어. 내숭이라
니, 이 무슨 실례니? 여자가 가진 최대의 무기인 내면 연기라
고 해줘.”

“그거나 그거나.”

두 사람이 짧은 대화를 나눈 사이 레베는 따듯한 김이 모락
모락 나오는 수프를 식탁 위에 올려다놓았다.

“호호, 저희가 본의 아니게 너무 폐를 끼치게 되는 것 같아

요. 죄송해요.”

“이야~ 향기가 식욕을 막 돋우네요!”

눈앞의 수프는 정말 너무나도 먹음직스러웠다. 수프라고 부르기 미안할 정도로 건더기가 많았고, 게다가 화려했다. 두 사람이 배가 고픈 탓도 있었지만 아이리스는 콧물이 흘러나올 정도로 감탄하고 있었다.

“저, 아이리스 씨?”

“예?”

수저를 들고 수프를 떠올리는 찰나 레베의 걱정스러운 말투가 아이리스의 움직임을 멈췄다.

“괜찮으십니까?”

“예? 뭐가요?”

영문 모를 레베의 이야기에 아이리스가 어리둥절한 표정을 지어 보였다. 그러자 레베가 자신의 코를 가리키며 말했다.

“코피 나는데요.”

“코피요?”

레베의 이야기에 아이리스는 자신의 코를 팔로 문질러 보았다. 돌연 비릿한 피 냄새가 코를 자극한다. 게다가 팔뚝엔 붉은 피가 선을 그은 듯 묻어 있었다. 그렇다면 방금 전 콧물이라 느꼈던 것이……?

“악! 피다! 너어! 글라디스!”

"어머! 어쩜 좋아?! 레베님, 아무래도 아이리스, 오늘 많이 피곤했나 봐요. 괜찮아, 아이리스? 어쩌면 좋아."

"뭐가 피곤해! 이건 네 주먹……!"

빠르게 휴지를 잡아 든 글라디스가 아이리스의 코에 휴지를 꽉 끼워 넣으며 그의 귓가에 나직한 목소리로 말했다.

"죽인다?"

"하하! 제가 원래 이렇게 허약하진 않은데, 그동안 쌓였던 피로가 한꺼번에 터져 나왔나 봐요. 하하하!"

"호호호, 그러기에 좀 조심하지. 걱정되잖아."

급작스러운 태도의 반전이었다. 도대체 이것이 몇 번째의 반전이란 말인가. 이쯤 되면 레베가 바보가 아닌 이상은 문제를 제기해야 함에도 그 역시 시종일관 미소 지으며 두 사람의 연기에 속아주는 듯했다.

똑똑똑.

때마침 문밖에서 조심스럽고 작은 노크 소리가 들렸다.

"실례합니다. 마을 경비대에서 나왔습니다."

푸흡!

들려온 소리에 아이리스는 입에 넣었던 수프를 글라디스의 안면에 뱉어버리고 말았다.

"……."

"하, 하하……."

결국 그는 레베가 노크 소리가 들린 문을 향해 고개를 돌렸을 때, 나머지 한쪽 코마저 응징을 당해야만 했다.

"왜 이렇게 빨리 온 거지?"

"생각해 보니까 여긴 깊은 산속이 아니잖아."

"맞다!"

정말 단순하기 짝이 없는 두 사람이었다. 서로 소곤거리며 호들갑을 떠는 두 사람을 레베가 물끄러미 바라본다. 동시에 그와 눈이 마주친 두 사람의 어색한 미소가 레베의 말문을 열었다.

"뭔가 곤란하신가 보군요."

"히, 히이……."

정곡을 찌르는 그의 이야기에 아이리스가 뒷머리를 긁적이며 어색하게 웃어 보였다.

"아, 예……. 아니… 저, 그게… 하하하!"

"잠시 자리를 비우는 것, 용서해 주시길……."

잠시 아이리스를 뚫어져라 살피던 레베는 살짝 고개를 숙여 보이며 경비대가 기다리고 있을 문 앞으로 향했다.

"야, 우리 숨어야 하는 거 아냐?"

"우선 식탁 밑에라도 숨자."

재빨리 식탁 밑으로 숨어드는 두 사람. 한편, 레베는 잠긴 문을 열고 그를 기다리던 경비병들을 맞이했다. 레베가 나오자 경비대들은 그에게 허리를 숙여 정중히 인사했다.

"오랜만입니다, 경비대 여러분들. 이런 곳까지 무슨 일로……?”

“예, 저희는 지금 저희 어르신 댁에 들었던 2인조 도둑을 찾아 수색하고 있습니다. 마을 안은 샅샅이 뒤졌지만 녀석들이 코빼기도 보이지 않아서…….”

“그 복장으로 들어오실 겁니까?”

가죽으로 만들어진 간단한 보호구에 발은 온통 진흙투성이었다. 병사들을 위아래로 훑어본 그가 미간을 찡그리며 물었다. 그 말에 병사가 송구스럽다는 듯 얼굴을 붉힌다.

“예? 아, 저희가 지금 근무 중이기 때문에…….”

“그럼 근무를 쉬시는 날 와주십시오 지금은 손님이 계시기 때문에 부탁을 들어드리기가 곤란하군요.”

“손님이 계십니까? 어쩐지 딱 들어맞는 거 같은데…….”

“레베님, 안에 계신 손님들을 좀 봐야겠습니다.”

“이 무슨 무례입니까?”

“죄송합니다. 하지만 저희도 명령이라…….”

레베의 위협적인 말투에도 병사들은 좀처럼 물러설 기색이 없었다. 그들도 꽤나 아이리스와 글라디스를 찾아 여기저기를 돌아다닌 듯했다. 하긴, 그 정도로 당했는데 헤헤거리고 돌아다닐 수는 없었겠지.

“그 명령이 저와 제 손님들이 머물고 있는 집에 기본적인 예의조차 무시하고 들어올 정도의 것입니까?”

“아, 아니, 그런 게 아니라…….”

레베의 굳은 표정에 병사가 연신 고개를 조아리며 굽실거렸다.

식탁 밑에서 조용히 그 모습을 바라보던 두 사람은 레베가 경비대원들과 어떤 관계인지는 알 수 없었으나 그가 분명 이 마을에서 중요한 존재라는 것을 알아챌 수 있었다.

"그렇다면 갑옷을 벗고 정중하게 다시 들러주십시오. 제가 드릴 말씀은 이것뿐이군요."

"레, 레베님……."

"밤이 되려 합니다. 계속 있으실 생각이신지요?"

"아닙니다. 당치도 않습니다. 결례를 범했습니다."

레베와 의미심장한 말을 주고받던 병사들은 못내 아쉬운 듯 입맛을 다시며 돌아섰다. 그제야 레베 역시 얼굴에 미소를 띠며 그들을 배웅했다.

산을 내려 돌아가는 길. 병사의 동료가 궁금하다는 듯 그를 바라보며 입을 열었다.

"자네, 저분이 유명하단 건 얘기를 들어서 알지만 이렇게 쉽게 돌아가면 우리는 어떻게 하나? 머리색만 달랐지 창문 밖에서 딱 봤을 때도 그놈들이지 않았나? 저분이 그렇게 대하기 힘든 사람인 건가? 방금 전 옷이 더러워서 안 된다고 한 건 완전 억지였다고."

동료의 이야기에 병사는 주변을 두리번거렸고, 손가락을

입술에 대며 조용히 입을 열었다.

"쉿! 모르면 가만히 있게. 우리가 저분을 두려워하는 건 물론 유명한 것도 있지만 또 다른 이유도 있어서야."

"다른 이유?"

"자네는 여기 발령난 지 얼마 안 돼서 모르겠지만 밤에 잘 때쯤 되면 가끔 큰 소리로 욕지거리가 들려오고 그런 적 없나?"

작년부터인가 이 마을에서는 밤만 되면 요란한 웃음소리와 욕설 등이 산에서 메아리처럼 터져 나왔다. 때로는 잠을 설칠 정도로 큰 소리에 화를 낼 법한데 마을 사람들은 아무런 일도 없다는 듯 행동하고 있었다.

사람들 대부분은 그 원인이 무엇인지 알고 있는 듯했지만 별 이야기가 없는 것에 때마침 그 병사도 궁금한 참이었다.

"아, 산속에서 들리는 욕지거리라면 나도 몇 번 들었네. 덕분에 익숙하게 잠드는 데 시간이 좀 걸렸지. 하지만 그게 지금 이거랑 무슨 상관이라는 거야?"

"상관있으니 이야기했지, 이 사람아."

"엥? 설마……?!"

병사는 뭔가 깨달았다는 듯 눈을 휘둥그레 뜨며 동료를 바라보았다. 그리고 그의 동료는 의미심장한 미소를 지으며 말을 이었다.

"저 녀석들이 저대로 밤늦게까지 있을 거라면 우리는 힘도 안 들이고 좋게 끝날 수 있을 거야. 어서 보고하러 가자고."

의미심장한 대화, 그리고 어느새 두 사람의 발걸음은 가벼워져 있었다.

"감사합니다."

"저희가 폐를 끼치네요."

이미 자신들의 정체는 들통났을 것이다. 그럼에도 자신들을 변론해 준 레베의 마음 씀씀이에 두 사람은 진심으로 탄복했다. 그는 어김없이 사람 좋은 미소를 지어 보이며 입을 열었다.

"아닙니다. 아무리 심증이 있다 한들 저의 집에 머무는 동안은 저의 손님, 예의를 갖춰 찾아오지 않는다면 현 시점의 국왕 폐하라 해도 들여보내지 않았을 것입니다."

"왠지 너무 멋있어요."

"아잉, 레베님, 너무 겸손하시다. 호호호!"

국왕 폐하라 해도라니, 뻥이 너무 심한 거 아닌가? 하지만 두 사람 역시 그의 말에 살살거리며 맞장구를 쳐댔다. 자고로 은인에게는 최대한의 성의를 보여줄 것!

"과찬이십니다. 당연한 도리이지요. 사실 좀 억지를 부리긴 했습니다만 두 분을 보고 있자니 뭔가 오해가 있거나 큰일은 아닐 거라 생각했습니다."

"호호호, 어쩜. 반해 버릴 거 같아."

유별나게 요란을 떠는 글라디스. 그녀의 모습을 물끄러미 바라보던 아이리스가 참을 수 없다는 듯 자리를 박차고 일어섰다.

"이젠 너의 그 내면 연기를 보는 것도 지쳤어!"

"무슨 소리야, 아이리스? 난 늘 이렇잖니. 호호호!"

"호호호, 호호호는 무신! 넌 언제나 입에 욕… 커헉!"

꾸우욱!

비아냥거리듯 말을 잇던 그가 돌변한 듯 갑작스레 상체를 숙였다. 글라디스의 손이 그의 옆구리를 강하게 꼬집고 있었던 것이다.

"왜 그래? 어디 아파?"

"하하하! 아니, 갑자기 배가 조금 당기네."

뜨드득—

꼬집는 그녀의 손에 더욱 힘이 가해진다.

"아아악!"

"얼마나 아프면 비명까지 지를까? 아이리스, 들어가서 쉬어야지, 많이 아프면?"

살살거리며 아이리스의 등을 두드리는 글라디스의 눈빛은 '어서 쳐 들어가서 잠이나 주무시지' 라고 말하는 듯했다.

협박에 못 이겨 자리에서 일어서는 아이리스와 가식적인 미소를 한껏 띠며 자신을 바라보는 글라디스 두 사람에게 레베가 낮은 목소리로 말했다.

"두 분, 제가 한 가지 부탁을 드리자면 이곳에 머무르는 동안은 절대 밤에는 나오지 마십시오."

"밤에 나오지 말라고요?"

"예, 이유는 묻지 마시고. 부탁드립니다. 밤에는 나오지 않는 편이 좋습니다. 그리고 방문은 꼭 걸어 잠그시길. 꼭입니다."

"아, 예? 예, 그렇게 할게요. 자, 어서 가서 쉬어야지, 아이리스?"

"들어가야지. 맞아, 들어가야지."

아이리스가 투덜거리며 방으로 들어간다. 그 후부터 글라디스는 쭉 레베를 그윽한 눈빛으로 바라보았지만, 그는 전혀 그녀의 행동거지를 알아차리지 못하는 듯했다.

결국 한참 뒤 아무 소득 없이 그녀 또한 투덜거리며 방으로 들어왔고, 곧바로 침대 위에 누워 있는 아이리스를 발로 뻥 차버렸다.

"악! 아프잖아! 갑자기 발로 차고 그래?"

"여긴 내 자리니까."

바닥에 떨어진 그가 허리를 매만지며 아픔을 호소했지만 그녀는 쌀쌀맞게 침대 위로 몸을 뉘었다. 홱 갑작스레 몸을 돌린 글라디스는 바닥에 엎어져 있는 아이리스를 게슴츠레한 눈으로 바라보며 말했다.

"엉뚱한 짓 하면 죽을 줄 알아."

“무슨 소리야, 그게?”

“몰라서 물어?”

“응.”

천진한 그의 표정과 대답에 글라디스는 인상을 찡그려 보였다. 모른 척하는 거야, 정말 모르는 거야?

“침대가 하나뿐인 좁은 방. 문은 잠가져 있고 가녀린 여자와 늑대 같은 녀석이 있다. 그럼 내가 뭘 말하는지 뻔하잖아.”

“……”

자세한 그녀의 설명에 아이리스는 무엇인가 말하려다 입을 닫았다. 그 모습에 글라디스가 빽 하고 소리를 쳤다.

“모른 척하지 말라고!”

“아니, 그게 아니라……”

이어 한차례 머리를 긁적인 아이리스가 유쾌하게 웃어 보였다.

“하하, 미안해. 네가 여자였다는 걸 잠시 망각했어.”

“……”

티끌 없이 순수해 보이는 저 미소. 그 미소가 그녀를 더욱 열받게 한다. 게다가 수줍은 듯 치켜들어 올리는 저 엄지손가락까지.

으득—!

어금니를 강하게 깨무는 소리. 이어 그녀의 펀치가 불을 뿜었다.

"레베 씨, 굉장히 곤란한 표정이었지?"
"……."
"왜 그랬을까?"
"……."

계속되는 그녀의 이야기에는 대답이 돌아오지 않았다. 다만 푸르스름하게 변한 눈가를 어루만지며 아이리스가 그녀를 흘겨보고 있을 뿐.

"말 좀 해! 이 쫌생이 같으니!"
"폭행녀 같으니……."
"그 정도로 남자가 쪼잔하게구냐? 별로 아프지도 않으면서."
"그 정도래. 오늘 맞은 것만 해도 내 평생 맞은 것보다 많이 맞았겠다. 그리고 안 아픈지 아픈지는 너도 맞아보면 알겠지."

구시렁거리는 아이리스의 말에 으득, 그녀의 어금니가 다시 한 번 물렸다. 어금니 무는 소리가 들려서였을까? 아이리스의 귀는 살짝 쫑긋거렸고, 이어 갑자기 태도를 바꾼 그는 글라디스의 이야기에 대꾸하기 시작했다.

"혹시 밤에 무서운 산짐승이라도 다니는 걸 걱정해서 그런 것 아닐까?"

“그럼 방문은 왜 잠그는데?”

“그럼 혹시 우리 몰래 금괴를 정리한다든가…….”

“생각하는 거 하고는. 말을 말자. 말을 말어.”

약간 상기된 표정으로 글라디스가 말을 잇자 더 이상 상대하기 싫다는 듯 아이리스는 이불을 뒤집어쓰고 조용히 잠을 청했다.

“아니, 뭐, 그럴 수도 있겠다는 거지.”

“잠이나 자.”

그녀 역시 꿍얼거리다 침대에 누워 잠을 청했다.

얼마나 오랜 시간이 지났을까. 밖에서 들리는 영문 모를 외침 소리 같은 것에 달콤한 꿈을 꾸던 글라디스는 잠에서 깨어나 버렸다.

“아… 씨! 뭐야?”

부스스한 머리로 일어선 그녀가 한껏 짜증 섞인 목소리로 툴툴거리며 다시 자리에 누웠지만 한 번 깬 잠은 쉽사리 들지 못했다.

꾸르륵.

그러고 보니 아까부터 배가 꾸르륵거렸었다. 레베 앞에서 티 낼 수 없어 참았던 것이 지금에서야 터지려고 하는 것인가?

“에이, 별게 다…….”

투덜거리며 화장실로 향하려던 글라디스. 하나 그녀는 문득 레베가 했던 당부의 말을 떠올렸다.

'절대 밤에는 밖으로 나오지 마십시오.'

동시에 뜻 모를 오한이 그녀의 등 뒤를 스치고 지나갔다. 밖에서 들리던 괴기스러운 소리, 영문 모를 오한과 깊은 밤은 마지막으로 그녀에게 이것은 뭔가 있다고 확신을 주는 여자의 직감으로 하여금 그녀의 행동을 망설이게 했다.

"야, 아이리스, 자?"

"……."

그녀가 바닥에서 자고 있는 아이리스의 어깨를 흔들었지만 그는 미동조차 하지 않았다. 다시 한 번 그녀가 그를 흔들었다.

"저기, 아이리스. 헤이— 요— 맨?"

"아… 씨! 왜?!"

그녀의 집요함이 이루어낸 결과였다. 신경질적으로 눈을 뜨며 대답하는 아이리스에게 그녀가 조심스럽게 이야기를 꺼냈다.

"저기… 잠시 밖에 같이 나가줄 수 없어?"

한동안 부스스한 눈으로 그녀를 멍하게 바라보던 아이리스가 어이없다는 듯 대꾸했다.

"애도 아니고, 화장실 가는 게 뭐가 무서워서 날 끌어들여?!"

“실례잖아!”

“그런 일로 날 깨운 게 실례야!”

“매정한 놈, 사이비 마법사, 매너라고는 눈곱만큼 없는 그런 놈. 내가 변을 당하면 파란 휴지, 하얀 휴지 어느 쪽이나 감사.”

도로 바닥에 누워 버린 그의 귓가에 대고 그녀가 소곤거리기 시작했다. 처음에는 필사적으로 참는 듯했지만 그녀의 속삭임을 당해내지 못했다. 이내 아이리스가 이불을 연달아 발로 차올리며 벌떡 일어섰다.

“아, 알았어! 거참! 다 큰 처녀가 부끄러운지 모르고!”

“아, 예. 됐수다. 나 혼자 가요, 나 혼자 가!”

“왜? 가준다니까?”

“됐다고!”

신경질적으로 문을 열고 나서는 그녀의 모습에서 더 이상 오한이라든가 망설임은 보이지 않았다. 그녀의 뒷모습에 아이리스는 쩝 아쉬운 듯 입맛을 다시고 도로 자리에 누웠다.

“뭐, 별일 있겠어?”

다시 잠을 청하기 위해 눈을 감았지만 10분, 20분, 30분이 지나도록 돌아오지 않는 글라디스 때문에 잠을 들 수가 없었다.

“왜 안 와? 변비인가?”

계속해서 몸을 뒤척일 뿐 조금씩 자라나는 불안감이 그의 가슴을 누르기 시작한다.

"우씨! 신경 쓰여 죽겠네."

혼잣말을 중얼거리던 그는 결국 방문을 나섰다. 썰렁한 거실. 그 아침 따듯한 온기가 감도는 거실이라고는 생각도 못할 만큼 다른 분위기였다. 탁자 위에 놓여 있는 작은 촛불의 어스름함만이 주변을 비추고 있을 뿐이었다.

"야아, 글라디스, 어디야?"

조심스럽게 집 안을 찾아봐도 화장실은 보이지 않았다. 결국 아이리스는 집 안 문을 열고 밖으로 향했다. 레베의 당부가 있었기에 더욱 글라디스가 돌아오지 않는 것이 신경 쓰였던 것이다.

"흐흐흔~ 왕자님은 멀쑥한 차림의~ 랄라라~"

아이리스가 밖으로 나와 조금 발걸음을 옮겼을 때 쯤 익숙한 목소리의 노랫소리가 귓가에 아른거렸다.

'분명 글라디스의 목소리인데? 혹시 볼일 보면서 노래 부르는 괴상한 취미?'

뭐가 저리 신나서 노래까지 하는 걸까? 노랫소리를 따라 아이리스가 걸음을 옮겼고, 도착한 곳은 김이 모락모락 나는 온천이었다.

이런 곳에 웬 생뚱맞은 온천이냐 하겠지만, 개인적인 취향으로 만들어놓은 걸 수도 있기에 별 신경 쓰지 않기로 한다.

하지만 한가롭게 목욕을 하고 있다니, 그것도 온천에서 자기 혼자만.

"조금이라도 걱정한 내가 등신이지."

그는 자신의 이마를 누르며 몸을 돌렸다. 괜히 자신이 이곳에 있는 것을 글라디스가 알게 되면 시끄러워질 것 같아서였다. 순간 뒤돌던 그의 어깨를 누군가 잡아챘다.

"역시 그랬구먼. 어쩐지 염색약 냄새가 코를 찌르더니……."

어깨를 잡아챈 사람은 다름 아닌 레베였다. 하지만 지금의 그는 뭔가 달랐다.

"꺅! 거기 누구야?!"

"시끄럽긴! 볼 것도 없으면서 뭘 가려?"

그 목소리에 깜짝 놀란 글라디스가 날카로운 비명을 질렀다. 그러자 레베가 한쪽 귀를 후비며 거칠게 말을 내뱉었다. 그 모습이 너무나도 생소한 것처럼 느껴져 아이리스가 조심스레 그의 이름을 불렀다.

"레베 씨?"

"꺅악—! 넌 또 왜 왔어? 이 변태!"

아이리스의 목소리까지 들리자 그녀는 주섬주섬 옷을 챙겨 입으며 땍땍거리기 시작했다. 물론 비명 소리는 계속 이어지고 있었다.

"꺅! 아무리 이 몸이 예쁘기로서니 그런 추악한! 어디까지 봤어? 물론 자신없는 곳은 없지만! 꺄악! 변태들!"

"기껏 걱정해서 와줬더니만 한가롭게 목욕이나 하고 있어? 그리고 누가 온천에서 목욕을 하냐? 무식하긴! 그만 가죠, 레베 씨."

글라디스의 계속되는 외침에 아이리스는 기가 찬다는 듯 혀를 차며 끌끌거렸다. 그리곤 자신의 어깨에 얹어진 레베의 손을 살짝 치우는 순간 레베가 인상을 찡그렸다.

"친한 척 부르지 마, 새끼야."

"예? 예옛!"

180도 달라져 버린 모습. 아이리스가 놀란 눈을 끔벅이며 그를 자세히 바라보았다. 혹시나 자신이 어깨 위에 얹었던 손을 치워서 화가 났나 하여 그의 손을 도로 자신의 어깨 위로 올려봤지만 레베는 팍 하고 아이리스의 손을 쳐내었다.

"호모냐? 남자 손은 왜 잡으려고 해, 새끼가?"

그의 입에선 계속해서 쌍스러운 말들이 튀어나왔다. 가만 보니 눈동자 색도 변한 것 같고, 무엇보다 푸근하던 그 미소가 무엇인가 사회적으로 불만 가득한 표정이 되어 있었다.

"카하하하! 뭐야, 판다로 분장한 거냐? 눈이 왜 그래?! 카하 핫!"

"이, 이거요?"

글라디스에게 맞아 퍼렇게 멍이 든 아이리스의 양쪽 눈을 보곤 레베가 요란스럽게 웃어 젖혔다. 상황이 묘했다. 마치 다른 사람이 되어버린 모습이다. 혹시 배다른 형인가?! 한참을 웃던 레베가 웃음을 멈추곤 이번엔 히죽거리기 시작했다.

"듣자 하니까 너, 꽤 유명한 녀석이더라?"

"레베 씨?"

"새끼가 근데 왜 자꾸 남의 이름을 친한 척 부르는 거야?"

부웅—

레베가 신경질적으로 주먹을 휘둘렀다. 얼떨결에 주먹을 피한 아이리스가 소스라치며 뒤로 물러섰다.

"으아악! 왜 이래요?!"

"허쭈? 피했어?"

스르룽—

레베가 하얀 이를 드러내 보이며 허리춤에 차고 있던 검을 뽑아 들었다. 그 모습에 아이리스는 기겁하며 그를 피해 달아나기 시작했다.

"아이리스!"

"글라디스! 레베 씨가 미쳐 버렸나 봐!"

갑작스러운 상황에 글라디스 역시 당황하기는 마찬가지였다. 그 온순했던 사람이 마치 다른 사람같이 행동하고 있지 않은가. 혹 숨겨놓은 배다른 동생?

“물러서!!”

차앙!

깊게 생각할 여유는 없었다. 그녀는 재빨리 옷을 챙겨 입고 품 안의 단도를 꺼내 들어 아이리스를 공격하는 레베의 검을 막아냈다.

“호오! 이 암캐 년은 검 좀 쓰셨나 본데?!”

“정신 차려, 이 얼간아!”

뻐억—!

그녀의 주먹이 레베의 턱에 직격으로 꽂혔다.

“흡!”

“큭!”

때린 것은 자신인 것임에도 불구하고 팔이 저릴 정도의 통증에 그녀가 인상을 찡그렸다. 턱이 강철로 만들어진 것도 아니고, 어찌 사람이 저렇게 단단한 것인가. 반면 레베는 돌아간 턱을 매만지며 감탄한 표정으로 그녀를 내려다보았다.

“이야! 꽤 주먹이 꽤 센데?”

소름 끼치는 미소와 붉게 변한 그의 눈동자가 번뜩였다.

곧이어 레베의 검이 일직선으로 그녀를 향해 날아들었다. 글라디스 역시 레베의 검을 막아내기 위해 검을 들었지만 갑자기 내려치던 검을 거둔 레베는 글라디스의 복부를 강하게 내리 찼다.

뻑!

"꺄악!"

"이번엔 내 차례다!!"

쿠웅―

둔탁한 소리와 함께 저만치 날려 나무에 부딪친 그녀를 빠르게 따라 들어간 레베가 검을 휘둘러 대기 시작한다.

난폭한 움직임이었다. 그의 검이 닿은 나무에는 커다란 자국이 생겨났고, 작은 가지들은 그대로 싹둑 잘려져 나갔다.

차앙!! 카앙! 카강!

그녀 또한 레베의 공격을 받아내며 그의 복부를 향해 발차기를 날렸다. 하지만,

"꽤 세고 빠르잖아?"

농담을 중얼거릴 정도의 여유가 넘치는 모습을 보인 그는 글라디스의 공격을 살짝 몸을 돌려 피해 버렸다. 게다가 동시에 주먹으로 그녀의 얼굴을 가격했다.

뻐억!

다시 한 번 그녀의 몸이 공중에 떴고, 흙먼지를 일으키며 글라디스는 바닥 위로 널브러졌다.

"글라디스!"

아이리스가 놀라 그녀에게 달려오려 했지만 글라디스는 재빨리 일어나 손을 들어 그를 제지했다.

"카악―! 퉤!"

그녀가 피석인 침을 내뱉곤 날카롭게 외쳤다.

"퉤! 여자의 얼굴은 생명이라고, 이 자식아! 나, 진짜로 열 받았어!"

"카카카! 그럼 네 생명은 엄청 싸구려겠구먼!!"

두 사람 모두 걷잡을 수 없이 거칠어졌다. 물론 시작은 어느 한쪽에서 비롯됐지만 어떻게 이 지경까지 오게 됐는지, 왜 레베가 저렇게 갑작스레 변해 버렸는지 아이리스는 알 수가 없었다.

"어라?! 저거, 단도 아니었나?!"

순간 글라디스의 단검을 바라보던 아이리스와 레베의 눈이 커졌다. 그녀의 단검이 어느새 길어져 일반 검과 같은 길이가 돼 있었기 때문이었다.

안 그래도 시퍼렇게 섰던 날은 더욱 빛났고, 내려드는 달빛을 머금어서 그런지 묘한 한기까지 느끼게 하는 수준이 되어 있었다.

"호오~ 매직 소드인가? 점점 더 흥미롭구먼!"

검에 흥미를 나타낸 레베는 도발적인 걸음을 내디뎠다. 그와 동시에 그녀의 기합 소리가 산을 울렸다. 빠른 도약. 레베가 미처 검을 들어 막아서기도 전에 그녀의 검이 그의 이마를 스쳐 지나갔다.

피슛—

살짝 찢어진 레베의 이마 사이로 핏물이 튀었다. 쉴 틈을 주지 않겠다는 듯 그녀가 곧바로 몸을 회전시켜 발차기를 날렸다.

삐억!!

"크학!"

그녀의 발차기는 정확히 레베의 명치를 때렸으며, 그를 세 발자국 이상 물러서게 만들었다. 그녀의 공격에 레베의 인상이 더욱 험악하게 변했고, 상소리를 내뱉기 시작했다.

"이 개 쌍년이!"

"그러는 너는 개 쌍놈이지!"

카캉!!

더 이상 두 사람, 레베의 사람 좋은 미소도 글라디스가 레베를 바라보던 뇌쇄적인 눈빛도 찾아볼 수 없었다. 다만 상대방을 향한 분노와 욕지거리만이 그 감정을 표현할 뿐이었다.

"죽여 버리겠어!"

"지랄하네!"

다시 한 번 둘의 검이 부딪친다. 게다가 말싸움 역시 막상막하. 하지만 싸움이 길어질수록 체력적으로 부족한 글라디스가 밀릴 수밖에 없었고, 실제로도 지금 그녀는 힘에 겨운 듯 숨을 가쁘게 쉬고 있었다.

"야!"

"어, 어?!"

돌연 그녀가 아이리스를 돌아보며 다급하게 외쳤다.

"뭐라도 좋으니까 마법 좀 써봐! 오늘은 느낌이 좀 있었다며!"

"좋아! 맡겨둬!"

'느낌이 좋았나?' 라는 물음이 있었지만 그는 곧바로 마법 영창에 들어갔다. 이 상황에서 자신이 할 수 있는 일은 이것이었고, 잘만 된다면 일을 해결할 수도 있었다.

부우웅!

그의 양손에 작은 빛무리가 모이기 시작했다. 정말이야. 이번엔 느낌이 좋다. 이 따스한 느낌!

"이 마법사 새끼! 어디서 허튼수작을!!"

"개수작이라고 표현해도 좋아! 오늘, 느낌이 좋거든!!"

욕지거리를 내뱉는 레베에 말에 일일이 답변까지 해줄 수 있는 이 상황. 다시 한 번 얘기하지만 아이리스는 지금 정말 느낌이 좋았다. 그래, 이 상태라면……!

"어딜!"

"아니, 근데 이 똥파리 같은 년이!"

카강!

아이리스에게 달려드는 레베의 앞을 막아선 글라디스가 아이리스를 돌아보며 재촉하듯 외쳤다.

"시간을 벌어줄 테니까 어서!"

"너부터 처리해 주지!"

글라디스가 잠시 아이리스를 돌아보는 사이, 레베가 그녀를 어깨로 밀쳐 버렸다.

쿵!

“꺅!”

바닥 위에 엎어진 글라디스가 일어서기 전, 재빨리 그녀의 위에 올라탄 레베가 빠르게 검을 찔러 내렸다.

“죽어!!”

“지랄!”

재빨리 글라디스는 상반신을 들어 올리며 레베의 공격을 막아냈지만 그의 검이 그녀의 목을 꿰뚫는 건 시간문제였다.

레베가 글라디스의 코앞까지 얼굴을 들이밀며 승리의 미소를 지어 보였다.

“카카, 넌, 이제 뒈졌어.”

“아이리스, 지금!!”

글라디스의 외침이 터져 나왔고, 동시에 막 영창이 끝난 아이리스의 목소리가 산을 뒤흔들었다.

“매직 미사일(Magic— Missile)!!”

“…….”

“입 냄새 나니까 좀 저리 치워줄래?!”

“너야말로 어디서 그 견디기 힘든 얼굴을 들이대는 거냐?!”

까악! 까악!

조금씩 날이 밝아오는 하늘 위로 까마귀 한 마리가 힘차게
날아올랐다.

"너랑 얼굴을 마주 보고 있자니 토가 나오려고 하는 거 아
니?"

"피차일반이다, 이년아."

"저, 저기, 싸우지들 마시고……."

계속되는 두 사람의 험악한 대화에 아이리스가 다가서며
진정하라는 듯 입을 열자, 그 두 사람이 동시에 입을 열었
다.

"닥쳐!"

"닥쳐!!"

"아, 네. 하라는 대로 해야죠. 제가 뭔 힘이 있겠습니까. 하
하하!"

어째서 이런 이야기가 계속 이어지는 것일까. 아이리스는
무엇을 잘못하여 이렇게 두 사람에게 설설 기다시피 하는 것
일까? 답은 간단했다.

두 사람은 지금 서로를 마주 보고 있었기 때문이다. 그것도
돌이 된 채로 말이다.

"에잇, 퉤! 네 침이 입에 들어갔잖아!"

"으악! 내 혀 썩는다, 썩어!"

어김없이 터진 아이리스의 마법에, 지금 두 사람은 목 윗부

분 얼굴과 오른팔 한쪽만을 남기고는 전신이 돌이 되어 있었다. 게다가 한술 더 떠 방금 전 서로의 입술이 닿을락 말락 할 정도로 가까웠던 그 모습 그대로 굳어 있었다.

"아이리스!! 이거 언제 풀려?!"

"이게 풀리면 우선 너부터 죽여 버릴 테다, 사이비 마법사 새끼!"

"그, 그러니까 좀 진정들 좀 하시고. 아, 이상하다. 분명 필이 왔는데……."

"닥쳐!"

"닥쳐!"

고개를 돌려 그를 바라보지 못했지만 두 사람의 눈에 살기가 가득했다. 아이리스 역시 그것을 아는지라 섣불리 다가서지 못하고 멀찌감치에서 두 사람을 바라보고 있을 뿐이었다.

"어딜 노려봐, 이년아! 고개 돌려!"

"뭐?! 고개가 돌아갔으면 진작에 돌렸어, 이 자식아!"

말이 끝나기가 무섭게 글라디스의 오른손이 레베의 콧구멍을 찔렀다.

"케헥!"

순간적으로 헛바람을 들이 삼키는 레베를 보며 글라디스가 얄궂게 미소 지었다.

"흐웅! 맛이 어때?! 꺅! 이게 뭐야? 코딱지잖아!"

“카카카! 어떠냐, 이년아! 내 코딱지 공격이!”

“이거나 처먹어라!”

그녀는 걸쭉하고 누런 코가 묻어 있는 손을 그대로 레베의 입속에 넣어버렸다.

“헙—!”

그녀의 코 묻은 손가락을 입에 문 그의 얼굴이 벌겋게 달아오르기 시작했다.

“이어 아 해(이거 안 빼)?!”

“어때? 맛있어?”

실실거리며 능글맞게 글라디스가 미소를 지어 보였다. 그런 그녀를 무섭게 노려보던 레베가 잘근 입 안에 들어 있는 그녀의 손가락을 그대로 물어버렸다.

“아악!!”

“어해, 이어하(어때, 이것아)?! 아흐하(아프냐)?”

“아아악! 아파! 아프다고!”

“아흐하, 어허하흐(아픈데, 어쩌라고)?”

“놓을 때까지 침 뱉을 테니 알아서 해! 퉤퉤! 퉤! 퉤에! 카아악! 퉤!”

무슨 일이 일어나 건 아이리스는 그저 두 사람의 그런 모습을 조용히 지켜볼 뿐이었다. 적어도 이 모습이 서로를 죽이려고 달려들던 칼부림보다는 훨씬 나아 보였기 때문이다. 게다가 가만 보고 있으면 재미있기도 했고…….

"좀 더럽긴 하지만 이거 의외로 효과 좋네?"

"닥쳐!"

"좀!"

이러쿵저러쿵하는 사이, 어두웠던 하늘 색이 점차 붉은빛을 띠기 시작했다. 서서히 어두운 저녁을 지나 새벽이 다가온다.

"춥다……."

"좀 있다 마법이 풀린 뒤 나한테 죽도록 맞으면 몸이 따뜻해질 거야."

새벽의 차가운 공기가 두 사람의 코끝을 빨갛게 물들임과 동시에 두 사람을 속박하고 있던 표면의 돌이 빠직거리는 소리를 내며 떨어져 나가기 시작했다.

그러자 느슨해졌던 긴장의 끈이 다시 팽팽하게 조여졌다. 서로를 노려보던 두 사람은 마른침을 삼키며 머리를 굴리기 시작한다. 어떻게 해서든 먼저 공격하여 우위를 접해야 했기 때문이다. 이렇게 가다간 분명 한 명이 크게 다치거나 유혈 사태가 벌어질 것이다. 아니, 이미 유혈 사태는 벌어졌나?

"오호라? 마법이 다됐나 보구먼?"

"좋아! 넌 이제 죽었어!"

아이리스는 지금이라도 대화로 해결해야겠다고 생각했는지 두 사람에게 조심스럽게 다가서며 말을 건네보았다.

"저, 두 분다 진정하시고……."

"물론 네가 가장 먼저야!"

그리고 아이리스는 그 두 사람을 진정시키기보다 먼저 자신의 몸부터 피해야겠다고 생각했다.

후두둑!

이윽고 전신을 감싸고 있던 표면의 돌이 모두 떨어져 내렸다. 그러자 누가 먼저라고 할 것도 없이 두 사람은 순식간에 간격을 벌려 떨어져서는 서로를 노려보았다.

"......"

"......"

두 사람의 뒤편으로 늘어나는 그림자. 이내 새벽을 지나 아침이 찾아온다. 태양은 하늘 위에 떠올랐고, 그 빛은 서서히 숲을 비춰주기 시작한다.

"하앗!"

검을 꼬나 쥔 글라디스가 땅을 박차고 올랐고, 아이리스도 득이 될지 독이 될지 모를 마법 시전을 위해 주문을 읊조리고 있었다.

"자아암까아아안!!"

두 사람이 격돌하기 일보 직전! 산을 울리는 커다란 외침이 레베의 입에서 터져 나왔다. 그 소리가 얼마나 크던지 글라디스와 아이리스가 깜짝 놀라 몸을 경직시킬 정도였다.

"잠깐 멈추세요, 글라디스 양!"

"글라디스 양? 개 쌍년은 어디 가시고 양이 오셨나? 닭살

돋는다, 이 자식아!"

그의 모습에 글라디스가 더욱 성을 내고 일갈을 내지르며 빠르게 검을 휘둘렀다.

카앙!

검과 검이 부딪치는 날카로운 소리. 재빨리 그녀의 공격을 막은 레베가 난처한 얼굴로 입을 열었다.

"정말 죄송하게 됐습니다. 전부 다 설명드릴 테니 우선 검을 거두세요, 글라디스 양."

부드러운 목소리, 예의있고 절도있는 말투. 쉴 새 없이 욕을 내뱉던 아까와는 전혀 다른 사람으로 변한 것 같은 분위기였다.

"진짜 작작 좀!"

"어? 레베 씨, 눈의 색이 원래대로 돌아왔어."

어느새 붉었던 레베의 광기 어린 눈동자는 아이리스의 말처럼 차분한 갈색으로 변해 있었다. 그를 바라보던 아이리스가 레베의 바뀐 눈 색깔을 알아보고는 손으로 가리키며 글라디스의 곁에 섰다.

"예, 맞습니다. 그러니 우선 이 검부터 치우고……."

"…흥!"

간신히 그를 짓누르던 검을 치우고 한 발자국 뒤로 물러선 글라디스가 레베를 꼬나보았다. 그녀는 그리 쉽게 그를 믿지 못하는 모습이었다. 솔직히 말하자면 쉽게 믿고 그에게 다가

선 아이리스가 이상한 것이었으니까 말이다.

"허튼수작하면 용서 안 해!"

날카롭게 소리치는 그녀의 모습에 작게 한숨지어 보인 레베가 차분히 말을 이었다.

"우선 제 말을 들어주십시오. 밤에 두 분이 만난 사람은 저이기도 하지만 제가 아니기도 합니다."

"에?"

이 무슨 뚱딴지 같은 소리인가? 레베의 말에 글라디스는 인상을 살짝 구겼으며, 아이리스는 이해가 가지 않는 듯한 표정을 지으며 그에게 재차 물었다.

"무슨 혁 소리예요?"

아이리스의 물음에 되레 글라디스가 그를 돌아보며 무슨 뚱딴지 같은 소리 하냐는 듯 물었다.

"혁 소리?"

"혁 하고 놀라는 소리. 줄여서 혁 소리."

"…아, 그것도 개그라고."

찌릿—

그녀가 눈을 부릅뜨며 아이리스를 한껏 째려보았다. 이런 상황에 그런 시답지 않은 개그를 하고 있느냐는 말이었다.

"미안. 그냥 좋게 좋게 가자는 뜻에서 그랬지."

그것을 알아챘는지 아이리스 본인도 고개를 숙이며 미안

함을 표했다.

"내가 그 방법을 아는데……."

"그래?"

"조용히 있으면 돼."

글라디스의 핀잔에 아이리스의 고개가 한 번 더 숙여졌고, 한동안 아무 말도 하지 않은 채 가만히 있었다. 겨우 이 정도 말에 상처받았나 하고 조심스러운 표정의 글라디스가 그를 다그치듯 물었다.

"야, 그 정도로 설마 삐친 건 아니겠지? 농담이었어."

"입 다물라며?"

"……."

역시나 괜한 걱정이었다. 하필 이럴 땐 또 말을 잘 듣는지…….

텅그렁!

"우선 검을 놓고 이야기하죠. 이렇게 제가 먼저 놓겠습니다."

레베가 자신의 검을 조심스럽게 글라디스 발 앞에 던지자 아이리스는 재빨리 레베의 검을 잡아 들고 뒤편으로 숨겼다. 하지만 그래도 안심할 수 없다는 표정으로 글라디스가 다시 한 번 레베를 바라보며 입을 열었다.

"정말 믿어도 괜찮겠죠?"

"예, 저의 목숨을 걸고 맹세합니다."

그제야 검을 품 안에 넣은 그녀가 찡그렸던 표정을 살짝 풀고는 따지듯 레베에게 말했다.

"휴, 도대체 뭐 하는 작자예요? 우리가 얼마나 놀랐는지 알아요? 별거 아닌 이유라면 가만두지 않을 테니 설명해 봐요."

"죄송합니다. 그래서 밤에는 나오지 말라고 당부 드렸던 것인데……."

미안해하며 입을 연 레베의 이야기에 글라디스의 얼굴 또한 같이 빨개졌다. 그녀 역시 자신의 잘못을 어느 정도는 통감하고 있었기 때문이다.

"뭐, 그렇겠네. 1차적인 잘못은 당부를 무시하고 나간 글라디스니까."

옆에서 얄밉게 조잘거리는 아이리스의 말에 그녀가 이번엔 고개를 푹 숙였다. 말이야 바른 말이니 화를 낼 수도 없고, 그저 속으로 삭일 수밖에 없었다. 물론 옆에 있는 이 녀석에게 행할 응단의 조치를 생각하면서 말이다.

"믿기 힘드실지 모르지만 저는 한 명의 몸에 두 사람의 의식이 존재합니다. 여러분과 만난 그 녀석의 이름은 아몬. 밤에 활동하는 저의 또 다른 인격입니다."

"뭐요?!"

"에?!"

놀란 표정의 두 사람과 멋쩍은 표정의 레베가 마치 한 폭의 그림을 만들어내었다. 새벽이 지나 해가 하늘위로 떠오른 아

침, 그리고 각자 다른 포즈와 표정의 세 사람이 마주 보고 있
는 형태. 이 그림의 제목은 '부조화'.

"글라디스, 그러니까… 저게 뭔 소리 같아?"

"몰라서 물어? 돈 거잖아. 미친 거지, 미친 거."

검지로 머리 옆을 빙글빙글 돌리며 말하는 글라디스를 보
며 아이리스가 동조하듯 고개를 끄덕였고, 레베는 이마를 타
고 내려오는 한줄기 땀을 닦아내어야 했다.

"아니, 저… 그러니까 저는 돈 게 아니라 두 개의 인격
이……."

"돌은 놈이 자기 돌았다고 하는 거 봤어?"

너무나도 간단한 글라디스의 대꾸였지만, 선뜻 뭐라 할
말 없이 딱 말문이 막혀 버린 레베는 그 후에도 두 사람을
설득하기 위해 한참 동안 별의별 수단을 다 동원해야만 했
다.

결국 두 사람, 아이리스와 글라디스가 마지못해 그의 이야
기를 믿기로 했고, 이 괴상망측했던 일은 꼬인 매듭을 풀기
위한 대화의 장으로 이어졌다.

김이 모락모락 올라오는 찻잔. 그 앞에 어색한 분위기로 앉
아 있는 세 사람. 레베는 자신의 손에 들린 본트레앙의 코를
한참 동안 살펴본 뒤 두 사람에게 조심스레 이야기를 꺼냈다.

"음, 제 소견엔 가짜인 것 같습니다."

“가짜?”

“그럴 리가? 제대로 훔쳐 왔는데?!”

흥분해서 탁자를 내려치는 글라디스와 입을 벌린 채 허탈한 표정으로 의자에 기대앉는 아이리스. 레베가 이어 조심스럽게 입을 열었다.

“저는 딱 한 번 본 적이 있습니다. 이런 코가 아니라 좀 더 길고 얇은 코였습니다. 확실합니다.”

“딱 한 번 본 적 있는 걸 이렇게 기억하는 것도 대단하지만, 레베 씨가 본 것이 가짜일 수도 있잖아요.”

“기억력 하나는 자신있습니다. 그리고 제가 본 것이 아무래도 진품일 것입니다.”

“대단한 자신감이네.”

단호한 레베의 대답에 아이리스는 심각한 고민에 빠졌다. 그렇다면 자신들은 뭣 때문에 이 고생을 한 거야! 그에게서 건네받은 본트레앙의 코를 못내 아쉽다는 듯 매만지던 글라디스가 중얼거렸다.

“그럼 이 코가, 아니, 본트레앙의 얼굴이 시대의 흐름에 맞춰 성형 수술을 한 건 아닐까?”

“가짜라잖아. 무슨 씨알도 안 먹히는 소리야?”

“요즘 시대에 맞게 성형을 했는지 어떻게 알아.”

“이게 사람이냐?”

좀처럼 레베의 이야기에 미련을 버리지 못하는 글라디스

는 그 반짝이는 본트레앙의 코를 계속해서 쓰다듬고 있었다.

"이거 가져오려고 얼마나 개고생을 했는데……."

레베의 확신이 있는 대답이 있었지만, 두 사람으로서는 그가 어떻게 진짜와 가짜를 구분하는지 믿을 수가 없었고, 그에 대한 추궁으로 지금 대답을 들으려는 참이었다.

"자, 그럼 제가 어째서 이런 사실을 아는지 알려드리겠습니다."

"예, 마음대로 하세요."

"그 고생하고 가져온 게 겨우 짝퉁이라니 속 쓰리다. 그치, 글라디스?"

"죽는다, 너!"

하지만 대화를 경청하는 두 사람의 자세는 그야말로 개판 오 분 전과 같았다. 아쉬운 듯 계속 코를 만지작거리며 구시렁거리는 글라디스와 그런 그녀를 놀리며 투덕거리는 아이리스의 모습에 레베는 작은 한숨을 내쉬며 살짝 헛기침을 내뱉었다.

"흠흠, 여러분은 700년 전 일어난 대륙 통합전쟁에 대해서 어느 정도 알고 계신가요?"

"전혀."

"그게 뭔가요? 700년 전?! 헤에, 오래도 됐네."

돌아온 그들의 대답에 레베의 얼굴에 당혹감이 스쳐 지나갔다. 아무리 그래도 그렇지, 통합전쟁이라고 명명될 정도의 커다란 일이 있으면 이름 정도는 들어봤어야 하는 것이 정상이 아닌가.

"흠흠, 그러니까 지금으로부터 대략 700년 전, 여덟 개의 대륙을 하나로 묶기 위한 전쟁이 일어났지요. 그 전쟁을 사람들은 대륙 통합전쟁이라고 부르고 있습니다. 정말 모르십니까?"

"저, 저는 역사를 배울 기회가 없어서……. 하하하!"

"저는 역사랑 직업이랑 별 관계가 없어서……. 호, 호호!"

레베의 이야기에 두 사람은 뻘쭘한 표정을 지으며 머리를 긁적였다. 레베는 순간적으로 아몬이 튀어나오려는 내면 속의 마음을 진정시키며 말을 이었다.

"그때 당시에는 지금처럼 유물의 보관이나 유적 탐사가 활발하지도 않고, 특별한 능력이 있는 유물들 역시 미지로 남아 있고 발굴되지 못한 것이 많았지요."

"그럼 그 전쟁은 유물을 많이 찾아 가진 자가 승리하게 되는 건가요?"

아이리스의 질문에 레베가 고개를 살짝 갸웃거렸다. 분명 유적 중에서는 가공할 무언가도 존재했을 것이다. 하나, 자신은 그것까지 알지 못했기에 선뜻 뭐라 대답하기가 애매했기 때문이다.

"승리를 한다고는 말씀 못 드리겠지만, 확실히 중요한 역할을 한 건 사실입니다. 그리고 이 본트레앙의 얼굴은 그때

한 전설적인 도적이 유물과 각종 금은보화를 모아둔 곳의 열쇠이자 지도라고 들었습니다."

"유물?! 금은보화?! 열쇠?! 지도?!"

번쩍—!

도통 이야기에 관심을 보이지 않던 글라디스의 두 눈이 번뜩였다. 그녀의 갑작스러운 기백에 눌린 레베가 살짝 몸을 떨었다.

"제 입으로 말씀드리기 뭐 합니다만, 아몬과 저는 대륙에서 가장 큰 두 개의 나라, 이실루드와 브리오니아를 대표하는 기사였습니다."

"헤에, 레베 씨, 대단한 사람이었네요?"

레베의 이야기에 아이리스가 놀라는 모습을 보이자 글라디스 또한 양 허리에 손을 얹으며 자랑스럽게 말했다.

"나는 사실 노스페이드의 공주야."

"이야~ 거짓말도 그 정도면 억지 수준인데?"

"죽을래?"

레베도 이제 계속해서 삼천포로 빠져 버리는 이 이야기의 중심을 잡을 생각이 사라져 버렸다. 그저 입이 열리는 대로 주절거릴 뿐이었다.

"정신을 잃고 깨어났을 때는 이 모양이었습니다. 어느새 세계는 변해 있었고, 대륙전쟁은 성공했는지 안했는지 모르지만 모두 네 개의 나라가 존재하고 있더군요. 저와 아몬의 나라는 사라져 있었습니다."

"정신을 왜 잃어요? 빈혈?"

"아, 그건 아몬과 하나의 유적을 놓고 싸움을 벌이다가 알 수 없는 빛에 휩싸이고 나서였습니다. 지금 생각해 보면 유물에 뭔가 걸린 장치라든지 유물 자체의 힘이라든지 할 수 있겠지요."

"그럼 그 유물은 어디에 있어요?"

"그건 모르겠습니다. 저와 아몬이 정신을 잃고 난 뒤로 700년이 지나 버렸고, 깨어나니 그곳은 폐허가 되어 있었으니까요."

어느새 두 사람 도무 레베의 이야기에 빠져 있었다. 700년 그것이 사실인지 아닌지 자신들은 알 길이 없었다. 하지만 그의 행동거지를 보았을 때 그가 절대로 허튼소리를 할 사람은 아니라는 생각이 들었다. 700년이라……. 잠시 그때를 생각하는 듯 가만히 눈을 감고 있던 레베가 눈을 뜨고 말을 이었다.

"게다가 이제 저희 두 사람이 함께 지낸 시간도 어느덧 6년이 넘어갑니다. 이젠 두 사람 모두 익숙해졌지요. 이런 생활이."

레베가 손가락으로 자신의 머리를 툭툭 건들며 살짝 미소지었다. 그 부드러운 미소에 글라디스는 다시 이야기 집중 모드로 돌아갔다.

하지만 아이리스는 그의 표정에서 이유 모를 어두움을 볼 수 있었다. 어째서 자신이 그것을 보았는지 설명할 길은 없었다. 다만 궁금했다. 자신의 눈에 비친 레베의 그 부드러운 미소 속에 감춰져 있던 어두운 그늘의 정체가 무엇인지를 말이다.

"처음에는 두 사람의 인격에 많이 당황했습니다. 적응하는 데도 오래 걸렸고, 정신을 잃고 나면 사람들이 저를 딴 사람 취급하기도 했고. 이 마을에 왔을 때 우연치 않게 커다란 폭력 조직이 있었는데, 아몬의 의식을 가지고 있을 때 녀석들이 그를 건드려 버리는 실수를 저지른 것입니다. 덕분에 그 조직은 괴멸당하다시피 하여 뿔뿔이 흩어졌지요. 자의는 아니지만 마을 사람들이 환대해 주셔서 지금의 대접을 받고 있지요. 하지만 폐를 끼칠 수 없어 산속에서 혼자 지내고 있는 실정입니다."

대략 이야기를 마무리 지은 레베가 두 사람을 진지한 얼굴로 바라보며 입을 열었다.

"그 여행에 저도 동참할 수는 없겠습니까?"

"예?!"

"네에?"

갑작스런 레베의 이야기에 두 사람은 약 2초 정도를 멀뚱히 있다 누가 먼저라고 할 것도 없이 화들짝 놀랐다. 그런 두 사람의 놀란 반응에 어색한 웃음을 띠며 레베가 말을 이었다.

“저 역시 아몬과의 이런 생활을 평생 동안 할 수는 없겠지요. 그래서 방법을 찾아나서려 합니다. 분명 진귀한 것을 찾으러 다니신다면 여러 유적이나 특별한 물건들을 손에 넣으시겠지요. 그걸 저도 돕겠습니다.”

“아니, 갑자기 뭣 때문에……?”

갑작스러운 그의 이야기에 당황한 아이리스가 말꼬리를 흐리자 그가 빠르게 대답했다.

“무엇보다 저는 이 몸의 저주를 풀고 싶습니다. 그러니 습득물 중에 그와 관련된 물품이 나오면 저에게 양보해 주십시오. 혹 제가 같이 동행하는 것이 싫으신 거라면…….”

시무룩하게 변한 레베의 표정에 아이리스가 아니라며 양손을 빠르게 휘휘 저어 보였다. 이거 혹시 소심남 아냐?

“아니, 싫을 리가요. 다만 레베님은 성품도 좋… 고 검술도 뛰어나시니 혼자 여행을 하셔도 충분하실 거고, 그럴 거면 뭐하러 번거롭게 일행을 늘리시나 해서 그렇죠.”

그 이야기가 나올 줄 알았다는 표정을 지은 레베는 무엇인가를 결심한 듯 아이리스와 글라디스를 번갈아 바라보며 무겁게 입을 열었다.

“혼자서 여행을 다니자니 아몬이 난동을 부려 곤란한 처지라 혼자 들어와 살고 있습니다. 그러니 여차할 때 저를 막아주실 분들이 필요합니다. 물론 재산은 넉넉하게 있으니 경비 문제는 제가 전부 감당하겠습니다.”

　아까 전의 그 시무룩한 표정도 전부 연기였어?! 이 대답을 만들어내기 위해서? 단순한 대화가 오간 것이었지만 아이리스의 등은 이미 축축하게 젖어가기 시작했다. 절대 날이 더운데도 불구하고 아직까지 끄지 않은 등 뒤의 촛불 때문이 아니었다.

　"바로 그 아몬인가 하는 작자가 또 나타나서 난동을 부리면 어쩌려고 그러시나요? 그 사람 덕분에 저희도 죽을 고비를 겨우 넘겼는데 몇 번이고 만나야 하다니……."

　아이리스가 몸을 살짝 떨며 이야기했고, 글라디스 역시 알게 모르게 인상을 구기는 것이 썩 좋은 표정이 아니었다. 하지만 그런 물음에 레베는 환하게 웃음 지어 보였다.

　"그건 걱정 마시길. 아몬은 여러분이 꽤나 마음에 든 모양입니다."

　"뭐라고요?!"

　"말도 안 돼!"

　"쿨럭!"

　동시에 터져 나오는 두 사람의 외침에 깜짝 놀란 레베가 사래가 들린 듯 기침을 토해내기 시작했다. 레베의 말마따나 마음에 든다는 것이 입에 담지 못한 욕설과 함께 죽일 정도의 칼부림을 하는 것이라면 아이리스와 글라디스 쪽에서 먼저 사양할 일이었다. 불안한 얼굴을 하며 자신을 바라보는 두 사람에게 레베는 괜찮다는 듯 웃으며 말을 이었다.

"한 사람의 의식으로 되어버렸을 때도 다른 의식은 남아 있습니다. 강제적으로 의식을 바꾸기는 힘들지만 모든 걸 느 낄 수 있지요. 아몬은 여러분을 마음에 들어합니다. 재미 삼 아 가볍게 검을 휘두른 정도일 것입니다. 그렇기 때문에 여러 분이 저와 이렇게 이야기를 할 수도 있는 것이지요. 아몬이 진심으로 대했다면 이 나라에서 살아남을 수 있는 사람은 손 에 꼽기도 힘들 테니까요."

"재미로 한 정도가 그거라면 도대체 얼마나 세다는 거야? 그런 사람을 우리가 어떻게 막아요?"

레베의 이어진 말을 듣고 있자니 그것이 더욱 가관이라서 펄쩍 뛰는 아이리스에게 레베가 진정하라며 손을 들어 보였 다.

"게다가 진짜 본트레앙의 보석을 판별할 사람이 필요하실 것 같기도 하고."

"그렇긴 하지만……."

글라디스 역시 확실히 아몬이 마음에 안 드는 눈치였다. 그 러나 레베는 입가의 미소를 지우지 않은 채 계속해서 말을 이 었다.

"이미 한 번 막으셨지 않습니까. 제가 깜짝 놀란 것이 바로 이것입니다. 유적 사건 때문인지 몰라도 원체 마법 내성이 강 했는데 아이리스 군의 마법에는 꼼짝없이 걸렸다는 것. 이것 이 여행을 동참하기로 결심하게 만든, 그리고 가장 안심할 수 있는 요인이지요."

"안심은 개뿔! 오히려 폭탄 같은 녀석이에요. 레베 씨가 아직 잘 모르서서 그러는 거지, 이 녀석은……!"

"어허! 결과가 좋으면 됐지 이 사람 깐깐하기는."

그녀의 핀잔에 아이리스가 정색하며 반박했다. 아이리스는 이유가 어쨌든 자신의 마법 능력에 대해 칭찬을 들은 것이 상당히 기분 좋은 듯한 모습이었다.

"뭐, 어때. 이왕 하는 거 여러 명이 하면 좋지."

심지어 기분이 너무 과하게 좋은지 아이리스는 그저 말이 나오는 대로 주절거리기 시작했다.

"아이리스, 너는 대체 뭘 믿고 그렇게 매사에 낙천적인 거냐?"

어처구니없다는 글라디스의 물음에 아이리스는 너무나도 당연하다는 듯 답했다.

"나의 놀라운 마법!"

"……"

영 찜찜하다며 계속해서 반대를 하려 했던 글라디스였지만 이어 레베가 집 안의 보석과 금화를 주머니에 담아두는 것을 넋 놓고 바라보더니 단숨에 생각을 고쳤다. 아니, 고친 것 이상으로 적극적으로 그가 자신들에게 필요하다는 것을 어필하기 시작했다.

"이 물질만능, 황금주의 같으니라고."

“현실적인 삶을 살아가는 커리어우먼이라고 해줄래?”

여하튼 결론은 났고, 이젠 그 결론을 실천하는 것만이 남았다. 내친김에 그 길로 바로 일행이 된 세 사람은 훔쳤던 본트레앙의 코 짝퉁을 돌려주기로 했다.

“하지만 뻔뻔하게 돌아가자니 그 대머리 경비대장이 날 죽이려고 들 테고…….”

“몰래 들어가자니 경기가 더 삼엄해져 들어가는 것조차 어려울 테고.”

“하아……!”

“헤유……!”

굳이 돌려줄 필요가 있겠냐만 또 그것을 굳이 가지고 있을 필요도 없었다. 그렇다면 문 앞에라도 던져 주고 오는 것이 속 시원하고 안 찜찜하다는 글라디스의 결론이었다. 하지만 어떻게 해야 하는가? 돌려주는 것에 대한 문제에 골머리를 썩던 두 사람에게 한줄기 서광이 비쳤다.

“그건 제가 해결하겠습니다.”

“예? 레베 씨가요?”

“뭔 수로? 설마 그냥 가지고 들어가서 돌려줄 리는 없을 테고.”

레베였다. 그가 무슨 재주로 이것을 돌려준단 말인가? 혹시 담도 잘 타나? 아니면 마법을 잘 쓰는 것이었을까? 도대체 어떤 방법으로……?!

그리고 그날 글라디스가 설마 하던 것은 실제로 일어나 버렸다.

Chapter 5

우리는 3명! 아니, 4명이다!

"**사**소한 서로의 오해 때문에 일어난 일이라고 생각합니다. 물론 엄밀히 따지자면 잘못은 저 두 사람에게 있을 것입니다."

"내 저것들을 당장!"

큰 고함 소리에 아이리스와 글라디스는 고개를 옆으로 홱 돌려 소리치는 사내의 시선을 피하기에 바빴다. 그렇다. 이곳은 어제 아이리스와 글라디스가 보석을 훔쳐 달아났던 대부호의 집이었다.

그리고 그 두 사람을 죽일 듯이 노려보며 소리치는 이 사람은 다름 아닌 경비대장이었다.

"가발 대머리 주제에……."

"너, 뭐라고 했어?!"

"아, 아무것도!"

화난 얼굴로 성큼성큼 다가서는 경비대장의 앞을 레베가 조용히 막아섰다. 그가 막아서자 놀란 경비대장이 살짝 뒤로 물러섰다.

"그 죄는 제가 받겠습니다. 저에게 그 죄를 물어주십시오."

"아, 아니, 레베님이 왜 저런 불한당들의 죄를 감싸주시는 것입니까?"

이해할 수 없을 표정을 짓고 있는 경비대장의 물음에 레베는 살짝 두 사람을 돌아봤다. 때마침 경비대장을 향해 코를 들어 올리고 혀를 내밀려 약 올리던 두 사람이 레베가 자신들을 바라보자 깜짝 놀라 몸을 경직시켰다.

'아몬, 진정해.'

잠시의 침묵. 하지만 이내 레베의 입가에 작은 웃음이 머금어졌다.

"저는 그들과 동료가 되었습니다."

"예? 저, 저 썩은 도둑놈들이랑 말입니까?!"

"어허! 레베 씨의 동료들에게 이게 무슨 짓이냐?"

놀라 말까지 더듬는 경비대장을 향해 아이리스가 으름장을 내놓았다. 그러자 글라디스가 아이리스의 옆구리를 꼬집으며 주의를 주었다.

"아이리스, 넌 정말 분위기 파악 되게 못한다."

"보시다시피 두 사람은 정상이 아닙니다. 그냥 그렇게 생각하시고 잘 넘어갔으면 좋겠습니다."

하지만 이어진 레베의 이야기에 글라디스의 얼굴이 붉게 물들어 버렸다. 참자. 어차피 일차적 잘못은 자신들에게 있으니 참아야 했다. 아이리스처럼 당당히 나오는 것은 정말 비정상이었으니까.

"아, 정상은 확실히 아닌 것 같지만……."

"참아야 하느니라."

"참는 건 좋은데 왜 자꾸 날 꼬집어? 아파 죽겠어, 글라디스."

아이리스 역시 빨개진 얼굴로 글라디스를 바라보았다. 두 눈에 맺힌 눈물과 금세라도 울며 사죄할 것 같이 붉게 달아오른 얼굴은 마치 진심으로 죄를 뉘우친 자의 모습 같았다.

물론 그런 이유가 아니라는 것을 경비대장과 다른 병사들이 알 리가 없었다.

"그리고 저는 이제 이분들과 함께 마을을 떠날 것입니다."

"예? 우리 마을의 은인이신 레베님께서 가신다니 그런……."

레베의 이어진 이야기에 경비대장을 비롯한 병사들이 수군거리기 시작했다. 특히 경비대장은 그렇게 할 필요까지 있느냐며 레베에게 말을 건넸지만 레베는 고개를 가로저으며 대답했다.

"이미 이곳의 치안은 웬만한 도적 떼는 엄두도 못 낼 정도로 단단해졌습니다. 게다가 밤마다 시끄럽게 구는 사람이 있어봐야 마을에 발전만 저해할 뿐이죠."

"아닙니다. 그런 당치도 않은 소리를 하시다니요!"

물론 레베 역시 자신이 아몬으로 변한다는 것, 그리고 소리치며 난동을 부리고 있다는 것쯤은 알고 있었다. 그리고 그것 때문에 마을에서는 조금씩 불평이 담긴 소리가 나오고 있다는 것도 말이다.

레베는 적어도 자신은 이 두 사람과 있으면 안전할 것이라 생각했다. 그리고 자유. 자신이 깨어나 7년 동안 헤맸던 것, 그 많은 과오의 시간조차 이 두 사람은 치유해 줄 것만 같았다. 그리고 그 과오를 용서받을 수 있도록 이 두 사람은 도와줄 것만 같았다.

"제가 해드릴 수 있는 최대한의 것이라고 생각합니다. 그러니 이번 건은 저의 얼굴을 봐서 잘 해결해 주십시오. 이렇게 본트레앙의 코도 다시 돌아오지 않았습니까."

"레베님, 그래도 거처는 다시 한 번 생각해 보심이……."

"그럼 이만 실례하겠습니다. 그동안 수고 많으셨습니다."

"레베님, 적어도 마을 사람들에게 알릴 수 있도록 하루만이라도……."

"지금이 가장 좋습니다. 여러분을 번거롭게 하고 싶지 않군요."

다시 한 번 그의 의사를 조심스럽게 묻는 사람들에게 짧은 한마디만을 남긴 채 레베는 조용히 돌아섰다.

"가지요, 아이리스 군, 글라디스 양."

"아, 예예."

뭔가 아쉬운 분위기 두 사람은 더 이상 자신들을 바라보는 경비대장과 병사들에게 약 올리는 짓을 하지 않고 천천히 레베를 따라 등을 돌렸다. 글라디스는 머뭇머뭇거리더니 조용히 입을 열었다.

"대머리, 아니, 경비대장 씨, 미안했어요."

"저도요. 정말 미안했어요."

그런 두 사람을 말없이 바라보던 경비대장의 코끝이 붉게 변했다. 무엇 때문일까? 어째서 이곳에서 물건을 훔치고 뻔뻔하다 못해 얄미운 저들의 한마디에 코끝이 찡해 옴을 느끼는 것일까?

아니다. 그것은 마치 그들의 이야기가 레베가 자신들에게 하는 이야기 같아서였을 것이다. 지금 이유가 어찌 되었든 예전 핍박받던 자신들의 마을에 홀연히 찾아와 도적 떼를 물리쳐 준 그를 보며 자신은 얼마나 감사의 눈물을 흘렸던가,

그런 그를 이렇게 보내다니……. 이렇게 웃고 사람들이 살아가는 것도 저 사나이의 뒷모습에서 희망을 찾았기 때문이

아니었는가.

"레베님, 정말 정말 감사합니다! 이 은혜, 절대로 잊지 않겠습니다!"

"저희 마을 사람들 모두 죽어서도 잊지 않겠습니다!"

"건강하세요!"

"그리고 두 꼬마, 잘 단속해 주십시오!"

"너희, 가발이란 거 소문내면 죽을 줄 알아!"

사람들의 외침을 등 뒤로 받아내던 레베도 참지 못하고 뒤를 돌고 크게 허리를 숙였다.

"여러분, 저 레베, 레베 드 클린츠, 죽어서도 여러분이 베풀어준 호의를 잊지 않을 것입니다!"

"와아아아!!"

커다란 경비대의 함성이 울려 퍼진다. 그 소리는 마을 구석구석 퍼졌고, 마을 사람들은 레베의 울먹인 외침에, 그리고 경비대원들의 우렁찬 환호에 하나둘씩 밖으로 나서기 시작했다.

마을 울타리를 전부 가려 버린 마을 사람들의 배웅을 뒤로하고 길을 걸어 올라가는 세 사람의 그림자가 하늘에 떠 있는 태양에 비춰져 길게 늘어섰다.

"저, 레베 씨."

"예?"

"아몬 씨는 안 고맙대요?"

“…….”

“분위기 파악 진짜 못하네!”

글라디스의 신경질적인 외침이 하늘 위로 그렇게 멀리멀리~ 아, 좋기도 하여라.

마을을 나선 세 사람, 그저 길을 걷고 있을 뿐인데도 밀려오는 어색함과 누가 먼저 이야기를 꺼내야 할지 모를 적막함이 세 사람을 휘감고 있었다.

“분명한 두 사람의 잘못입니다.”

“예, 알고 있어요.”

어디에 도둑질한 당사자에게 ‘당신, 잘했습니다’ 라고 말할 이가 있겠는가. 순순히 자신들의 행동에 대해 인정하는 두 사람을 보며 레베는 웃으며 입을 열었다.

“하지만 저는 그것이 나쁘다고 생각하지 않습니다.”

“응?”

“잡히지 않았기 때문입니다. 이런 말이 있습니다. 한 명을 죽이면 죄인이오, 백 명을 죽이면 살인마다. 그리고 천 명을 죽이면 영웅이며, 나아가 그 수를 헤아릴 수 없이 죽이면 그 것은…….”

“그것은?”

“신이다.”

마지막 레베의 이야기에 두 사람의 고개가 절로 끄덕였다.

왠지 비유가 적절한 나머지 자신들도 모르게 고개를 끄덕인 것이었다.

"왠지 무섭네요, 그 이야기."

"사람의 관점에 따라 그것은 다른 것이고, 결국 옳은 일과 그른 일은 종이 한 장 차이라는 것이지요. 그리고 그보다 나쁜 일은 더없이 많습니다. 그 정도면 애교감입니다."

"보기보다 화통한 성격이시네요."

"하하하, 그렇지도 않습니다."

어느덧 그들은 마을의 산을 넘어 새로운 길, 새로운 이정표를 따라 길을 나서기 위해 한 발, 한 발을 내디뎠다. 글라디스가 조심스럽게 레베의 눈치를 살피며 물었다.

분명 그들의 헤어짐은 감동적이었다. 잘 알지 못할 자신조차 가슴 한구석이 찡해올 정도였으니 말이다. 하지만 글라디스는 레베가 그렇게 급히 서둘러서 헤어질 필요가 있었을까 하는 물음이 남아 있었다.

"정말 이걸로 괜찮은 거예요?"

"예, 그것이 가장 편하게, 그리고 부담없이 헤어질 기회이기도 했으니까요."

"손해 많이 보고 살아가실 성격이네요."

지금에 만족한다는 레베의 이야기를 글라디스는 그가 손해를 보아도 그것에 순응하는 사람이라 결론 내렸다. 그리고 이어진 그의 이야기에 의외였지만 그런 사람이 한 명 더 있다는 것을 알게 되었다.

"손해라……. 저보다 다른 녀석이 손해는 더 보고 살았지
요."

그 이야기를 끝으로 또다시 세 사람은 침묵으로 분위기를
일관하며 걸어나갔다. 왜 이렇게 어색한지 세 사람은 전혀 갈
피를 잡을 수가 없었다.

누구 한 명이 이야기나 화젯거리를 꺼내놓으면 다 같이 웃
으며 갈 수 있을 것 같았는데, 자신들 중 누구도 먼저 입을 여
는 사람이 없었다.

"거기 서!"

때마침 적막을 깨는 시원스런 외침이 하늘 위로 퍼져 나갔
다. 그러자 동시에 세 사람이 참았던 숨을 토해내듯 크게 시
원스레 숨을 내뱉었다.

"아! 이제야 살 것 같네! 레베 씨, 답답하지 않았어요?"

"휴, 그러게 말입니다. 저도 왠지 모르게 가슴이 답답하더
군요."

"아니, 그건 좋은데, 저 사람, 분명 우리한테 소리친 거 아
냐?"

아이리스의 말에 세 사람은 자신들을 불러 세운 사내를 멀
뚱히 바라보았다. 아니, 그 말은 곧바로 정정해야 했다.

그곳에는 수십 명의 우락부락한 이들이 팔짱을 끼고 그들
을 노려보고 있었으니까 말이다. 아니다. 또다시 정정하여 정

확하게 말하자면 그들은 레베를 노려보고 있었다.

"우리들의 원수! 드디어 만나게 되었구나!"
"죽어서도 우린 너를 못 잊어!"
수십의 우락부락한 사내들은 저마다 험한 욕지거리를 내뱉으며 아이리스 일행, 아니, 레베를 향해 으르렁거리고 있었다. 그런 그들을 손을 들어 진정시킨 우두머리로 보이는 사내가 레베를 지목하며 소리쳤다.
"각오해라, 이 파렴치한 원수!"
하지만 정작 지목을 당한 레베 자신은 무슨 소리냐는 듯 고개를 갸웃거렸을 뿐 별다른 반응을 보이지 않았다.
"원수?"
그렇게 한동안 두 그룹 사이 적막이 흘렀다. 계속해서 씩씩거리고 있는 사내들과 도저히 영문을 모르겠다는 레베의 반응에 귓불까지 빨개진 우두머리가 꽥 하고 소리쳤다.
"너에게 우리 조직이 괴멸당하고 난 뒤 우리가 얼마나 처절했는지 알아?! 앙! 아냐고?! 다른 나라로 쫓겨 불법 체류자 신세로, 밀린 임금도 못 받고 사장에겐 매일같이 학대당하고… 흑흑……."
"두목, 우리 약해지지 맙시다. 왜 지나간 이야기를 꺼내고 그럽니까, 눈물나게시리?"
어느새 울먹거리며 말을 더듬던 우두머리를 시작으로 우

락부락한 사내 전원이 찡한 무엇을 느끼는 듯 눈시울을 붉혔다.

"흐윽, 아직도 떼어먹힌 내 세 달치 월급이……."

가만히 보고 있자니 이 무슨 시간 낭비인가. 그들을 쭉 둘러보던 글라디스가 한심하다는 투로 툭 말을 내 던졌다.

"남의 나라에 불법 체류한 것까지 알고 있는 게 더 이상한 거 아냐?"

"나도 그게 정말 너무 궁금했어."

"응? 너희 두 놈은 뭐 하는 아가들이냐?"

사내의 시선이 옆에서 구시렁거리던 아이리스와 글라디스에게 돌아갔다. 도끼눈을 뜨고 있는 두목의 모습은 참으로 악질스러워 보이기도 하고 우스꽝스럽기도 했다.

"이분들은 저와 함께 여행을 하실 분들입니다."

레베의 단정하고도 품위있는 말투와 행동, 분위기상 아무리 생각해 봐도 이럴 행동을 해서는 안 되는 것 같았지만, 그의 품위는 이곳에서도 빛을 뿌리고 다녔다. 하지만 레베의 행동에 사내들은 놀란 입을 다물지 못했다.

"그, 그 말투는 뭐야? 그런 선한 척하는 연기로 우리를 속일 수 있을 거라 생각하는 거냐? 이 악마 같은 자식!"

"아아, 대충 무슨 스토리인지 알겠군. 아이리스, 저 사람들은 모르겠지?"

"알아도 그런 소리를 믿는 게 이상한 거지."

계속되는 두 사람, 글라디스와 아이리스의 구시렁거림에 더 이상 참지 못하겠다며 사내들은 각자 무기를 꼬나 쥐곤 레베와 두 사람을 향해 다가오기 시작했다.

"뻔뻔하게 여행이라니! 오, 신이시여! 게다가 너의 그 허리춤에 차여 있는 두둑한 주머니! 이번 기회에 아주 복수 겸 횡재 좀 해야겠다!"

"복수! 횡재!"

흉흉한 인상과 험악한 말투. 하지만 글라디스는 그런 그들이 가소롭다는 듯 콧방귀를 뀔 뿐이었다.

"진짜 요즘 세상에 아직도 산적질을 하는 녀석들이 있네."

"요즘 세상이라서 있는 거다!"

글라디스의 이야기에 왠지 억울함이 가득한 우두머리의 외침이 이어졌다.

"귀족이란 녀석들은 그 지휘를 이용하여 서민들의 피를 빨아먹고, 조금이라도 살아보려 발버둥치는 자들은 이유도 모른 채 맞기만 하고, 피땀 흘려 만든 재산은 세금으로 걷어가니 우리 같은 짓을 하는 사람들이 넘쳐 날 수밖에!"

"오오!!"

짝짝짝!

우두머리의 유창한 말솜씨에 모두는 자신도 모르게 박수를 치고 있었다. 마치 사전에 이런 일이 있을 것을 대비했다는 식으로 이야기한 우두머리를 보며 아이리스가 넌지시 물었다.

"그럼 당신들이 하고 있는 짓은 뭐예요?"

"노략질이지!!"

"그죠? 노략질이죠?"

"우린 원래 나쁜 놈이고, 걔네는 그러면 안 되지. 막말로 우리는……."

빠르게 이어진 아이리스의 질문에 무엇인가 당했다는 표정을 지어 보인 우두머리가 뒤늦은 수습을 하려했지만, 한발 앞서 아이리스가 그의 말을 잘라 버렸다.

"아냐. 걔네도 원래 나쁜 놈이 많아요."

"도대체 네가 알고 싶은 게 뭐냐?"

"그러게. 내가 왜 이 질문을 한 거지?"

답이 나지 않는 질문과 답변에 두 사람이 서로 머리를 부여잡고 괴로워하자 한심하다는 표정의 글라디스가 두 사람을 번갈아 쳐다보며 외쳤다.

"뭐긴 뭐야, 너희는 레베랑 돈이 목적이고, 우리는 여길 지나가는 게 목적인 거지!"

"아, 맞다!"

"그랬었지!"

그녀의 이야기에 두 사람이 동시에 맞장구를 쳤다. 그리고 주변 인물들은 두 사람의 행동에 한숨을 내쉬며 고개를 흔들었다.

"에이잇! 뭔지 모르지만 말싸움은 이제 끝이다! 우선 공격해라!"

"좋아, 내 마법 한 방으로 끝장내 주지!!"

노성과 함께 일제히 달려드는 도적 무리를 앞에 당당히 나선 아이리스가 팔을 걷어붙이며 주문을 외우려는 찰나, 글라디스의 하얀 손이 그의 입을 틀어막았다.

"흐흡!"

"누구 죽일 일 있어? 너는 최후의 보류!"

그녀는 아이리스의 마법을 저지하고는 곧바로 단도를 꺼내 들고 도적들을 향해 뛰어들었다.

"맡겨둬! 최후의 순간에는 꼭 내가!"

"최후 중에서도 최후, 최후의 보류야!"

그 와중에도 아이리스의 말에 그녀는 고개를 돌려 꼬박꼬박 대꾸했다.

"이년! 어디서 한눈을 팔아!"

"내 눈은 안 팔아!"

산적이 휘두른 날카로운 검이 아슬아슬하게 그녀의 몸을 비껴 나갔다. 동시에 검을 피한 그녀의 발차기가 산적의 안면에 적중했다.

"크악!"

쿠당탕!

흙먼지를 일으키며 바닥에 엎어진 녀석을 밟고 공중으로 날아오른 글라디스가 레베를 돌아보며 외쳤다.

"레베 씨, 세다면서요! 부탁해요!"

"뭐, 뭐 하는 년이냐?!"

그녀가 보여준 빠르고 강력함에 산적들이 놀라 주춤거렸다. 그리고 그녀의 외침이 끝나기가 무섭게 레베는 한차례 고개를 끄덕여 보이곤 산적들이 가장 밀집되어 있는 곳으로 뛰쳐들어 갔다.

"녀석이 온다! 전부 조심해!"

"이번에야말로 박살 내버리겠어! 분노 파워다!"

레베가 달려드는 것을 보고 개중에서 가장 덩치가 커 보이는 세 명의 산적이 눈깔을 뒤집으며 달려들었다.

"우워어! 넌 죽었어!"

그들의 손에 들려 있는 둔기의 크기가 거짓말 조금 더 보태서 레베의 머리통보다 조금 더 컸으니, 모르는 사람이 지금 저 세 명의 산적에게 달려드는 레베를 보았다면 죽고 싶어 안 달난 사람으로 치부했을 것이다.

퍽!

"쿠악!"

뻐억—!

"아아악!"

그는 검을 뽑지도 안은 채 검집만으로 그들을 사방으로 날려 버렸다. 그 커다란 거구들이 마치 실이 끊긴 인형처럼 힘 없이 하늘 위를 날아다녔다.

"뭐, 뭐야, 이 녀석?! 우리도 상당히 업그레이드한지 알았는데 왜 이렇게 센 거야?!"

"너희가 약한 것도 포함되어 있어!"

날카로운 일갈과 함께 상대를 쓰러뜨린 그녀가 레베 쪽을 돌아보았다. 그녀의 주변에는 이미 세 명의 사내가 거품을 물고 기절해 있었다. 산적의 목숨이 끊이지 않은 것으로 보아 글라디스 역시 상당한 솜씨라고 생각할 수 있었지만……

"레베 씨, 엄청난데? 혼자서 다 쓸어버리고 있어."

"크엑!"

"두목, 이 녀석, 괴물이야!"

레베는 자신의 주변을 둥글게 둘러싸고 있는 열댓 명의 사내들을 어린애 다루듯 하고 있었다. 검이 날아오면 가벼운 동작으로 피했으며, 몸으로 부딪쳐 오면 오히려 부딪쳐 온 자가 그의 주먹에 맞아 나가떨어졌다.

뻐억!

"꾸엑!"

퍼억!

"아악!"

그의 검이 특별히 세게 휘둘려지는 것 같지도 않았는데, 레베의 공격에 산적들은 너나 할 것 없이 바닥 위로 고꾸라졌다. 두 방도 없었다.

뻐억!

"사, 살려줘!"

단 한 방. 한 번의 휘둘림에 기절해 버린 산적의 수가 무려 20여 명에 다다랐다. 그런 레베의 모습을 두 사람이 멍하게 바라보는 것도 당연했다. 그 모습에 조용히 글라디스가 입을 열었다.

"칼집에서 칼을 꺼내지도 않고 저 정도라니, 아몬이라는 녀석도 저 정도였다면 우린 어젯밤에 죽었겠네."

"응."

이 상황이 정리되는 데는 아무리 넉넉잡아도 두 사람의 어줍잖은 농담이 몇 번 오갈 정도의 시간. 그만큼 순식간에 사내들을 처리한 레베였지만 그는 숨 한번 흩트리지 않고 두 사람을 향해 다가왔다.

"죄송합니다. 크게 다치는 사람이 없도록 하고 싶어서 시간이 걸렸군요."

"……."

"아이리스, 우리 다음엔 타임을 재보자."

"그것도 재미있겠네."

새로운 동료. 너무나도 다른 두 얼굴을 가진 기사. 레베와 아몬의 합류로 아이리스 일행은 세 명도 아닌 네 명의 인원으로 새로운 길을 떠나게 되었다.

"아 참, 레베 씨, 혹시 본인일 때 밥 먹고 아몬 씨 일 때 또 먹는 거 아니에요?"

아이리스의 짧은 비명 소리를 끝으로 그들의 모습은 언덕을 넘어 서서히 사라져 갔다.

Chapter 6
너, 쟤한테 잡혀 사냐? 너희 애인이야?

하늘은 푸르고 날은 더웠다. 하늘 위에서 내리쬐는 태양빛에 사람들의 겉옷 역시 얇아지는 때, 여름이라는 계절은 늘 그렇듯 사람을 눅눅하고 지치게 만들었다.

"레베 씨, 이제 뭔지 알겠죠?"

레베와 함께 여행을 한 지도 일주일이라는 시간이 넘었다. 그들이 있는 이 도시는 이셀바르도, 노스페어 최남단 쪽에 자리 잡고 있는 규모 있는 도시였다. 원래의 목적이 보석이나 유물의 획득이다 보니 정해진 루트나 그런 것이 없다면 역시 이렇게 커다란 도시를 배회하는 것이 가장 좋은 방법이었다.

"예, 대략 요약하자면……."

본트레앙의 얼굴 조각상을 모으고 나서는 레베의 유적을 위한 탐사를 약속한 두 사람. 그가 가진 넉넉한 노잣돈으로 부족함 없는 여행에 모두는 만족하고 있었다.

"그때와 같이 보석을 훔치는 것이군요. 유적을 탐사하는 것이 아니라."

"유적에 있는 것을 가져오나 저택 안에 있는 보석을 가져오나 결국 내용은 보석이나 유물 아니겠어요?"

"그것도 일리있는 말입니다."

그가 합류한 뒤, 첫 번째 작업이었다. 하지만 못내 내키지 않는 레베는 얼굴에 티를 내려 하지 않았지만 그것이 뜻대로 되지 않는 듯했다.

여태껏 레베의 다그침에 그 아몬 역시 조용조용하게 생활했기에 별 무리 없을 거라 생각했는데, 생각지도 못한 곳에서 뜻하지 않은 난관에 부딪쳐 버린 것이다.

"제가 동의하지 않는다 해도 어차피 밤 시간 대에는 아몬이 저를 대신할 테니 아몬과 이야기해 보시길 바랍니다."

"저번엔 나쁘다고 생각 안 한다면서요. 그 뭐냐, 신! 다 죽이면 막! 신!"

"나쁘다고 생각하지 않는다고 해서 제가 여러분과 함께 도둑질을 할 수 있을 것 같진 않습니다. 이해해 주십시오."

"뭐, 레베 씨야 워낙 곧은 사람이니까 이해하긴 하지만……."

"아니요. 익숙하지 않은 것이고, 익숙해지기 위해 그 시도를 하는 게 싫어서일까요. 하하!"

어색한 웃음을 흘리는 레베. 어지간히 도둑질을 하기 싫어하는 눈치였다. 글라디스도 아이리스도 굳이 그런 레베의 이야기에 뭐라 하지 않았다.

"레베 씨가 정 그러시다면 강요는 안 할게요. 자랑스러운 일도 아니니까."

"예, 이해해 주셔서 감사드립니다. 하하, 대신 유적 탐험 때는 제가 꼭 도움을 드리겠습니다."

무엇보다 자유의사를 존중하자는 뜻이었고, 레베가 없으면 또 다른 한 사람이 있지 않은가. 왠지 온갖 나쁜 일은 혼자서 도맡아 할 것 같은 사람이 말이다.

"그럼 전 이만 교대하겠습니다."

간단한 대답과 함께 잠시 고개를 숙인 레베가 얼굴을 들었을 때, 그의 눈은 이미 붉게 변해 있었다. 근래 들어 몇 번을 보는 일이었지만 아이리스는 그 모습이 볼 때마다 신기했다.

씨익—

"구미 당기는 일인 걸?"

의식을 점령하자마자 하얀 이를 드러내 보이며 웃는 아몬의 표정에서 두 사람은 그가 얼마나 잔뜩 부푼 기대감을 품고 있었는지 알 수 있었다. 그리고 아몬이 깨어났다는 것은 밖은 이미 어둑어둑해졌다는 것을 뜻했다.

"자, 그럼 에너지 충전도 했겠다, 이제 본업에 충실할 시
간~!"

"왠지 모르게 오늘 기대되는데? 안 그러냐, 꼬마야?"

"꼬마 아닌데요!"

"그럼, 사이비 마법사."

간단한 식사를 마치고 야밤에 여관을 빠져나온 일행이 당
도한 곳. 역시나 그 도시에서 가장 잘산다는 부호의 저택 앞
이었다. 그 앞에서 아몬은 작게 휘파람을 불어 보였고, 아이
리스는 글라디스를 바라보며 입을 삐죽거렸다.

"우린 근데 비슷비슷한 곳에서만 훔치는 것 같지 않아? 넓
은 정원과 커다란 저택, 높은 담장이 있는 사병을 거느린 대
부호나 귀족의 집."

"그럼 넌 다 쓰러져 가는 초가집에 네 머리통만 한 보석이
있겠어? 그렇게 생각하는 거야?"

따갑게 쏘는 글라디스의 말에 아이리스가 아차! 하는 얼굴
로 고개를 흔들어 보였다. 게다가 두 사람 사이에 아몬까지
끼어들며 신이 난 얼굴로 물었다.

"카카카! 그럼 이대로 쳐들어가서 전부 때려눕히고 그 눈
깔인가 하는 보석을 가져오면 되는 거지?"

벌써부터 후끈 달아오른 아몬의 모습에 진정하라는 듯 손
을 휘저어 보인 글라디스가 얘기를 꺼냈다.

"아아, 전부 때려눕히는 건 아니야. 그저 내가 들어가서 보

석을 가지고 나오면, 여기에 있다가 저 문을 통해 나오는 경
비대의 발을 묶어달라는 거지.”

그러자 글라디스의 대답을 들은 아몬이 180도 안색을 바꾸
며 불만스러운 표정을 지어 보였다.

“그런 시시한 일을 나보고 하라고?!”

“시시한지 아닌지는 해보면 알아.”

아몬이 으르렁거리며 자신을 쏘아봄에도 불구하고 그녀의
말투에는 자신감이 가득했다. ‘네까짓 게 막을 수나 있을 것
같냐? 라는 식의 행동이 오히려 아몬의 흥미를 끌 수 있을 거
란 생각에서였다.

“호오, 자신감이 가득하구먼? 한 100명이라도 나오나 보
지?”

시시하다며 그가 이 일에 협조를 안 한다면, 저 멍한 표정
으로 담장을 바라보고 있는 아이리스의 마법에 의존해야 하
는데 그것은 정말 쉽게 결단내기 어려운 것이었다.

“100명? 네가 과연 이 일을 해낼 수 있을지조차 의심스러
운데? 재차 이야기하지만 시시한지 아닌지는 해보면 알겠
지.”

아몬은 너무나도 쉽게 그녀의 도발에 넘어가고 말았다. 그
녀 역시 속으로 쾌재를 부르며 자신있는 말투로 이야기를 마
무리 지으려 할 때, 그녀의 말이 끝나기가 무섭게 아이리스가
대뜸 말을 내뱉었다.

“시시해요.”

순간 글라디스의 표정이 굳었고, 아몬의 표정도 굳었다.

“네가 그런 말 할 처지야?! 저번에 누구 때문에 감옥에 갔는데 그래?”

분노한 표정으로 서서히 고개를 돌린 글라디스가 아이리스의 목을 조르며 소리쳤다.

“캑캑! 이거 놓고 말해! 이러다 들키면 어, 어쩌려고 그래?”

“후우!”

속으로 분을 삭이며 글라디스가 자신의 목을 놓자마자 아이리스가 빠르게 말을 이었다.

“아 참, 아몬 씨. 조만간 방귀 뀌고 달려나올지도 모르니 그것만큼은 긴장하세요.”

“죽인다?”

글라디스의 눈이 가늘어졌다. 그리고 아몬은 아이리스의 이야기가 궁금하다는 듯 물었다.

“엥? 그건 무슨 소리냐?”

뻐억!

“컥!”

둔탁한 음이 작게 울렸다. 그리고 얼굴을 감싸 쥔 아이리스와 손목을 까딱거리는 글라디스를 벙찐 얼굴로 바라보는 아몬. 곧이어 아이리스가 두 눈에 작은 물기를 머금고 작게 입을 열었다.

“개소리요.”

피식.

아몬은 그런 아이리스를 보고 있자니 아몬은 실소가 피어올랐다. 어찌 보면 사이가 좋아 보이는 두 사람이었지만, 아몬은 글라디스의 그런 행동이 끝내 못마땅한 듯 눈썹을 찡그리며 말했다.

“하지만… 정말 폭력적인 년이네.”

“너한테 그런 소리 듣고 싶지 않아.”

그 말에 글라디스 역시 아몬을 노려보았다. 말이야 바른 말이지 아몬이 자신들과의 처음 대면 때 했던 일만 생각하면 그녀는 지금도 화가 치밀었다. 하지만 아몬은 그것을 아는지 모르는지 그녀의 속을 계속 긁는 이야기만 꺼내고 있는 것이었다.

“말끝마다 대꾸하는 것도 그렇고.”

“피차일반.”

서로를 노려보며 으르렁거리기 시작하는 두 사람. 이대로 간다면 작업이고 뭐고 또 한바탕 칼부림을 할 분위기로 가는 것 역시 시간문제였다. 졸지에 중간에 끼게 된 아이리스가 어색한 미소를 지어 보이며 중재에 나섰다.

“아, 저기… 이렇게 가다간 날도 밝고, 그러면 일에도 차질이 생기고……”

“자자, 글라디스~? 보석 찾아야지, 보석? 안 그래?”

"아몬 씨, 진정하세요. 진정! 레베 씨가 아침에 뭐라 할지 생각하면 벌써부터 머리가 아프지 않나요?"

아이리스의 이야기는 두 사람에게 있어 확실한 효과가 있었다. 그 말에 아몬은 신경질적으로 머리를 긁으며 입을 열었다.

"쳇! 아침이 되면 분명 레베 자식이 잔소리할 테니까 이쯤에서 관두기로 하지."

"나도 레베 씨 얼굴 봐서 참는 줄 알아."

"나는 싸우지도 않는데 왠지 더 피곤하네."

말을 마친 글라디스의 모습이 훌쩍 담벼락을 넘어 사라졌다. 그 모습에 아몬 역시 휘파람을 불어댔고, 아이리스도 '늘 보는 것이지만 신기하네'라는 표정으로 높은 담장을 올려다보았다.

"야, 꼬맹이."

"꼬맹이 아니라니까요."

"야, 사이비."

이어진 아몬의 대답에 그를 물끄러미 바라보던 아이리스는 더 이상 그와 이야기하지 않겠다는 태도를 취했다.

"대꾸 안 하겠습니다."

"야, 그까짓 이름 안 불러줬다고 그러냐?"

작게 툴툴거리는 아몬의 모습이 이날따라 왠지 당당해 보이지가 않았다. 그렇다는 것은 분명 그가 무엇인가 잘못하였거나 불리할 때라는 것이다.

"아몬 씨, 오해하지 말고 들어주세요."

"뭐, 뭔데?"

아이리스의 질문에 아몬이 말을 더듬으며 답했다. 이미 아몬도 속으로 무엇인가 안 좋은 결단을 내렸고, 아이리스 역시 게슴츠레한 눈으로 아몬을 뚫어져라 쳐다보고 있었다.

"우리가 같이 다닌 지 얼마나 지났죠?"

"일, 일주일 정도인가?"

아몬의 이야기에 아이리스는 고개를 끄덕였다. 살짝 안도의 한숨을 내쉬는 아몬의 모습을 보며 아이리스가 말을 이었다.

"예, 맞아요. 그럼 설마 해서 묻는 건데, 설마 진짜로 제 이름, 아직까지 모르는 건 아니죠?"

순간 아몬의 표정이 굳었다.

"…나, 날 뭘로 보고, 인마! 이, 일부러 노, 놀리느냐고 그런 거야!"

"내 이름이 뭔데요?"

계속해서 추궁하는 아이리스의 이야기에 아몬의 말이 더욱 심하게 더듬어진다.

"네, 네 이름?! 그 있잖아. 그… 아, 짜식! 그거잖아!"

"아이리스."

그럴 줄 알았다는 듯 낮은 목소리로 아이리스가 이야기하자, 아몬은 그제야 자신의 이마를 탁 소리나게 치며 말했다.

"아, 그래. 아이리스! 내가 말하려고 했는데 왜 선수치고 그러냐. 마치 내가 모르는 것 같잖아."

"하.하.하!"

"하.하.하! 아이리스! 아, 정말 이름 좋네, 좋아. 아이리스!"

"카카카!"

"하하하!"

두 사람의 어색한 웃음이 조용한 거리 곳곳으로 퍼져 나간다. 물론 큰 소리로 웃을 경우 이목을 살지 모르니 조용하게 숨죽이며 웃었지만 말이다.

"아무튼 아이리스."

"네, 말씀하시죠. 아, 성함이 어떻게 되시더라?"

"알았다고. 이젠 안 잊어버릴 테니까. 자꾸 대들면 콱!"

"하하! 제가 좀 농담이 지나쳤죠, 아몬 씨? 아, 어쩜 이름도 이리 늠름하실까, 아몬 씨."

아몬의 협박에 아이리스의 태도가 한없이 비굴해졌다. 아이리스에게 아몬은 저택 안으로 들어간 글라디스를 가리키며 물었다.

"너, 쟤한테 잡혀 사냐? 너희 애인이야?"

"푸, 푸헉!"

뜬금없는 아몬의 질문에 당황한 표정의 그가 양손을 필사적으로 휘두르기 시작했다.

"애인이요?! 설마요! 그리고 잡혀 사는 것도 아니에요."

"흠… 아닌 거 같은데……."

"아니라니까요!"

버럭 화를 내듯 소리치는 아이리스의 모습에 아몬은 재빨리 그의 입을 막아서며 의외라는 듯 눈을 동그랗게 뜨고 말했다.

"뭐야, 화낼 줄 알잖아? 그리고 너, 주문은 얼마나 빨리 외우냐?"

"주문이요? 재본 적은 없는데, 왜요?"

그러자 아몬이 씨익 미소를 지으며 입을 열었다.

"다음번에 또 화내면 쳐버리려고. 그러려면 얼마나 주문을 빨리 외우는지 알아두는 쪽이 편할 거 아냐."

"……?!"

흠칫!

아이리스는 아몬의 이야기에서 왠지 모를 진실됨을 읽을 수 있었다. 그 모습에 아몬은 살짝 얼어 있는 아이리스의 어깨를 토닥이며 웃어 보였다.

"카카! 장난이야, 인마!"

그리고 한동안 조용한 침묵이 지났다. 글라디스가 들어가고 나서 늘 들려오던 요란한 소리가 나지 않는 것을 보니 일이 잘 풀리는 것은 맞았다. 하지만 무엇일까, 이 허전함은…….

“저, 예전부터 궁금한 게 있었는데요, 물어봐도 돼요?”

“뭔데?”

“아몬 씨랑 레베 씨, 잠은 언제 자나요?”

아이리스는 정말 진심으로 이것이 궁금했다. 여행을 하는 일주일간 마을에 들르지 못하고 밖에서 캠핑을 해야 할 때 언제나 불침번은 아몬이었다. 처음엔 멋도 모르고 당연하게 받아들였는데 곰곰이 생각해 보니 낮에는 레베 씨가, 그리고 밤에는 아몬 씨가 번갈아 나타나기만 할 뿐 도대체 잠을 자는 것을 본 적이 없었던 것이다.

그리고 이어진 아몬의 답변은 더욱 아이리스를 당혹스럽게 만들었다.

“별로. 안 자도 상관없어.”

“에?! 안 자면 피곤하지 않아요?”

“잠은 700년 전에 충분히 잤으니까.”

왠지 모를 쓸쓸함이 묻어나는 한마디. 그때만큼은 아몬의 붉은 눈동자가 흉흉한 기분을 느끼게 하다기 보단 쓸쓸하고 측은하게 느껴졌다.

“그래, 그리고 말이 나왔으니 하는 말인데, 위험한 일이 생기거나 레베가 뭔가를 망설일 때는 주저없이 날 불러라.”

“그런 일이 생길까요?”

의아한 듯 아이리스가 물었지만 아몬은 무겁게 고개를 끄덕이며 말했다.

"분명히 생겨. 녀석은 마음이 약하니까."

"아몬 씨는 밤에만 활동하잖아요? 낮에는 레베 씨가 주인이고."

"그렇지. 기본적으로는 밤에만 내 의식이 깨어나. 나도 이것에 대한 이유는 몰라. 하지만 내가 낮에도 의식을 지배할 수 있는 방법이 있어."

"그런 게 있었어요?"

"두 가지가 있는데, 처음은 의식을 지배한 사람이 스스로 물러나 주는 것 하지만 레베가 그럴 리는 없을 거야, 고지식한 놈이니까. 그러니 만약을 위한 나머지 하나의 방법을 알려주마."

"네."

이어 아몬은 오른손을 들어 자신의 뒤통수를 툭툭 때리며 말했다.

"뒤통수를 후려쳐! 인정사정 보지 말고. 그러면 그 충격으로 내가 나올 수도 있어."

'나올 수도 있어' 라는 이야기가 심히 불안하긴 했지만 아이리스는 마지못해 고개를 끄덕여 보였다. 안 되면 될 때까지 치면 될 것이란 위험한 생각을 가지고 말이다.

"며, 명심할게요."

"나온다! 앗싸!"

이야기를 하는 도중 아몬이 화색 도는 얼굴로 담벼락을 가리켰다. 동시에 날렵하게 담장을 뛰어넘은 글라디스가 두 사람 가운데로 착지했다.

"그럼, 이제 준비하시고!"

정말 활력이 넘치다 못해 못 참겠다는 표정으로 아몬의 시선은 정문을 향해 있었다. 벌써부터 문을 열고 나올 경비대들의 안위가 걱정될 정도였다.

하지만 어느 정도 시간이 지났음에도 커다란 대문은 꿈쩍도 안 했으며, 저택 안에 있을 경비대들의 우렁찬 함성 소리도 들리지 않았다.

"뭐야? 아무도 안 나오잖아."

이상하다며 말하는 아몬을 바라보며 글라디스는 손가락 두 마디만 한 본트레앙의 눈물을 꺼내 요리저리 살펴보며 입을 열었다.

"응. 이번엔 안 걸리고 잘 나왔어. 일부러 그럴 필요없잖아. 잘된 거지."

"오, 글라디스, 노련해진 거 같아."

"흥! 두말하면 잔소리시지!"

간만의 깔끔한 성공이었다. 아이리스의 이야기에 글라디스가 양손을 허리춤에 놓곤 한껏 잘난 척을 했다. 이럴 땐 칭찬 하나를 더 해줘야 했다.

"정말 대단해! 게다가 이번엔 방귀도 잘 참았잖아?"

"야!!"

"케, 케헥! 이, 이거 놓고 대화로 해결하자, 글라디스!"

곧바로 목을 졸린 아이리스가 글라디스에게 사정했지만 글라디스는 당장이라도 그를 죽일 듯 목을 졸라대었다. 다신 그러지 않겠다는 다짐을 받아내고서야 그를 풀어준 글라디스. 아이리스는 붉게 손자국이 남은 목을 쓰다듬으며 마른기침을 토해냈다.

"후우, 여자 애가 뭔 힘이 이렇게……. 아, 아냐. 미안. 아무튼 잘됐어요. 이제 여길 얼른 뜨죠."

빨리 이곳을 뜨자는 아이리스의 말에 글라디스도 걸음을 뗐다. 하지만 유독 아몬은 자리에 못 박힌 듯 서서 무엇인가를 중얼거리고 있었다.

"…정 못해."

"아몬 씨, 뭘 그렇게 중얼거려요?"

그의 행동에 이상함을 느낀 아이리스가 조심스럽게 다가가 재차 묻자 아몬이 나직이 대꾸했다.

"인정 못해. 이러면 내가 심심해지잖아. 모처럼 만에 기대했는데……."

"잘된 거지, 어쩌려고 그래?"

그의 행동에 강력한 불안감을 느낀 글라디스가 곁으로 다가와 아몬의 어깨를 잡았다. 그 순간, 아몬이 동내가 들썩일 정도의 큰 소리로 외쳐 대기 시작했다.

"이 병신들아! 일어나!! 여기 도둑년이 있다!!"

"야! 이 미친 자식아!!"

갑작스러운 동료 고발. 그렇다. 아몬은 글라디스가 아무 일 없이 도둑질에 성공한 것이 마음에 들지 않았던 것이다. 왜냐고? 모처럼 신나게 날뛸 수 있었는데 그렇게 되지 못했으니까.

"하, 하하! 우리들, 진짜 안타깝다."

아이리스의 허탈한 웃음소리와 함께 저택 안의 불빛이 하나둘씩 켜졌다. 저택 안은 쥐가 나타난 것처럼 큰 소동이 벌어졌고, 이내 커다란 대문이 열리며 수십 명의 경비대원들이 뛰쳐나왔다.

"좋아!"

글라디스와 투덕거리던 아몬이 경비대원들의 모습에 쾌재를 불렀고, 그들은 자신들의 등장에 슬금슬금 뒤로 빠지는 글라디스를 가리키며 소리쳤다.

"진짜다! 도둑년이다!"

"근데 누가 알려준 거지?!"

정작 중요한 것은 소리친 자가 누구냐 하는 것이었다. 때마침 그들은 앞에서 자신들을 보며 미소 짓는 아몬을 보았고, 또다시 우렁찬 목소리로 함성을 내질렀다.

"도둑이 도둑을 알려줬다! 어? 이상한데?"

"좋아, 바로 이거야! 카카카!! 덤벼! 덤비라고!"

창과 칼을 꼬나 쥔 경비대원들은 눈앞에 있는 아몬을 향해 달려들었다. 하지만 사태 파악이 안 된 듯 보이는 몇몇 병사들의 외침은 계속해서 이어졌다.

"신고한 놈이 도둑놈이다!"

"아니, 도둑년이 도둑질을 했는데 도둑놈이 도둑놈이다!"

"뭐라는 거야! 우선 잡아!"

씨익—

꽤나 자신의 행동에 대한 결과에 만족한 듯 보이는 아몬이 허리춤에 차여져 있는 검을 꺼내 들었다. 병사들은 그가 꺼내 든 것을 보곤 어이가 없다는 표정을 지었다.

"미친놈! 그깟 목검으로 뭘 어쩌겠다는 거야?!"

"너희 같은 잔챙이들에게 이 몸이 진짜 검을 쓰리라 생각한 거냐?"

"근데 이 새끼가?!"

"오냐! 오늘 한번 죽어봐!"

아몬이 허리춤에서 꺼내 든 건 날카로운 검도 아닌, 한눈에도 한낱 나무로 만들어진 목검이었다. 분명 일반인이 이런 행동을 보였다면 미치다 못해 죽고 싶어 안달난 사람처럼 보였겠지만, 대략이나마 아몬의 실력을 알고 있는 두 사람은 그리 큰 걱정을 하지 않았다.

굳이 걱정을 해야 한다면 저 괴팍한 성격 때문에 지금처럼 일이 생기는 정도일까?

"야, 그래도 방심하지 마! 뭔가 느낌이 이상해, 이 녀석!"

"제 놈이 자초한 일이야!"

　병사들 역시 사기 하나만큼은 하늘을 찔렀다. 저 미친 녀석이 자신들이 휘두르는 검을 막기 위해 목검을 든다면 그야말로 목검과 함께 잘려져 나갈 것이 뻔했기 때문이다.

　“자자! 덤벼보라고!”

　“하앗!”

　쉬익!

　슬슬 약 올리는 아몬의 말이 끝나기가 무섭게 그를 향해 기다란 창이 뻗어 들었다.

　“느려!”

　길게 뻗어 나온 창은 아몬의 어깨를 노리고 날아들었지만 아몬은 재빨리 그 창 자루를 손으로 낚아챔과 동시에 몸을 회전시켜 병사 앞으로 몸을 밀착시켰고, 빠르게 복부를 가격했다.

　뻐억!

　“컥!”

　아몬이 날린 주먹에 병사는 실 끊긴 인형처럼 바닥에 축 드러누웠다.

　“으라라!”

　한 명을 기절시키기가 무섭게 양옆에서 두 병사가 칼을 휘두르며 달려들었다.

　스륵!

　지면을 살짝 걷어차 올리듯 발을 굴려 한 발짝 물러서자 아몬을 향해 휘두르던 두 병사의 검은 허공을 베는 데 그쳤다.

"이 녀석이!"

"너는 오른쪽을 공격해! 못 빠져나가게 에워싸!"

"하품 나올 정도로 느리군. 너희들."

병사들의 검은 계속해서 허공을 갈랐다.

"영, 폼이 글렀구만."

"시, 시끄러워!"

갸우뚱거리던 몸을 바로잡아 재차 검을 내리치려는 두 병사의 팔꿈치를 양손으로 잡아챈 아몬이 그대로 그들을 바닥에 내동댕이쳤다.

쿵!

"크윽!"

"으으……!"

병사들은 그대로 넘어져 머리를 부여잡고 신음을 흘렸다. 꽤나 멀리까지 밀려갈 정도의 힘을 고스란히 담았고, 게다가 머리를 감싸지 못하고 그대로 고꾸라졌으니 상당한 충격을 받았을 것이다.

"이야, 역시 세네. 목검으로도 저 정도면."

"그래, 저렇게 되면 절대 잡힐 일은 없겠네."

"응? 당연히 안 잡혀야지. 글라디스, 마치 잡혀야 한다는 듯이 이야기한다?"

왠지 못마땅한 얼굴로 아몬이 싸우는 것을 지켜보던 글라디스가 아이리스를 돌아보곤 물었다.

"아이리스, 마법 쓸 수 있지?"

"물론 나야 언제나 의기 충만이지. 근데 별로 안 써도 될 거 같은데?"

굳이 마법을 쓸 필요까지는 없다는 아이리스의 말이었지만 글라디스는 사악한 미소를 띠며 입을 열었다.

"아니, 꼭 써줘야겠어."

"흐랴얏!"

커다란 기합 소리를 내뱉으며 경비대원은 검을 내려쳤다. 하지만 아몬은 비스듬히 든 목검으로 경비대원의 공격을 흘려 버렸다.

뻐억!

동시에 아몬의 발차기가 경비대원의 턱을 사정없이 날렸다. 발차기에 맞은 경비대원은 인형처럼 하늘 위를 날았고, 둔탁한 소리를 내며 바닥 위로 떨어진 뒤 다신 일어나지 못했다.

빠각! 뻐억! 파악!

아몬의 목도가 춤을 추면 주변 두세 명의 경비대원은 어깨나 머리를 부여잡고 쓰러졌다. 그의 주먹과 발차기가 날아들면 어김없이 그들은 하늘을 날아 저만치 나가떨어졌다.

"하하하! 이런 잔챙이들 같으니! 더 센 녀석은 없냐?! 더 센 녀석을 불러와!"

어느새 수십 명이었던 경비대원의 숫자가 육안으로도 알아볼 수 있을 정도로 확 줄어버렸다. 그야말로 한 방에 한 명씩 나가떨어진 것이다.

물론 그들이 약해서가 아니었다. 전체적으로 다부진 몸과 그래도 마을 내에서 내로라하는 사람들로 이루어졌을 것이고, 개중에는 떠돌이 용병들도 있을 것인데, 모두 하나같이 아몬의 공격에 힘없이 쓰러져만 갔다.

"괴, 괴물 같은 놈!"

"말 도 안 돼! 이 숫자를 혼자서 이렇게……?"

그것은 그만큼 아몬이 강하다는 소리였다. 조금씩 경비대원들 사이에서 불안한 목소리가 터져 나오기 시작했다.

"마, 맞으면 미치도록 아플 것 같아. 아까 봤어? 루실이 날아가는 거."

"야! 누, 누구야? 밀지 마!"

기세등등하게 달려들던 이들도 조금씩 거리를 벌리며 다가서기를 주저했다. 아몬은 유유자적한 몸놀림으로 눈앞의 또 한 병사를 쓰러뜨리며 기세등등한 웃음을 터뜨렸다.

"앙?! 이 정도로 놀라면 섭섭하지. 형은 아직 몸도 안 풀렸거든? 기다려 줄 테니까 불러. 있는 놈 없는 놈 다 끌어들여도 좋다 이거야! 카카카카!"

빈틈!

목검을 땅에 대고 몸을 기대고 있는 아몬의 모습. 게다가 시끄러울 정도로 웃어 젖히고 있는 그의 모습은 분명한 빈틈 투성이였다.

"이, 이 자식!"

"왜? 덤벼!"

"아, 아서라! 아직은 때를 기다리자고!"

하지만 그 누구도 그에게 다가갈 엄두를 내지 못하였다. 누군가? 누군가? 이 상황을 타개해 줄 용감한 이를 경비대원들은 마음속 간절히 원했다. 그리고 그 간절한 바람은 이루어졌다.

"라이트닝 에로우(Lightning arrow:시전자의 검지로부터 강력한 저류가 흐르는 빛의 화살을 만들어낸다. 이것을 시전자는 적에게 던지거나 특수한 활을 이용하여 적에게 날려 보낼 수 있다)!!"

"마, 마법사?!"

"큰일이다! 모두 피해!"

아이리스의 우렁찬 목소리가 하늘을 흔들었다. 병사들은 그 목소리에 놀라 펄쩍 뛰었고, 글라디스는 의미심장한 미소를 지어 보였다. 마지막으로 아몬의 커다란 비명이 터져 나왔다.

"쌍! 이게 뭐야?! 아무것도 안 보이잖아!"

목검에 기대어 여유만만한 모습을 보이던 아몬이 잔뜩 화가 난 얼굴로 사방을 두리번거리며 마구잡이로 검을 휘두르기 시작했다. 그 모습에 병사들은 잠시 머뭇거리는 듯싶더니 놀라 손가락질하며 입을 열었다.

"도, 도둑놈이 도둑놈을 공격했다! 아군인 도둑놈이다!"

"아, 아니야! 공격한 게 아니라고!"

"와아아! 우리 편인 건가, 내부 분열인 건가?!"

"아니, 그러니까 당신들 편이 아니야, 나는!"

"헤헹! 어떠냐? 쌤통이다!"

병사들의 환호성에 아이리스는 당황하며 손을 내저었고, 글라디스는 아몬의 그런 모습이 고소하다는 듯 쾌재를 부르며 놀려댔다.

"야, 이 사이비 마법사 새끼! 잡히면 가만 안 놔둬!"

"아몬 씨, 일부러 그런 게 아니에요!"

무엇보다 아몬은 이젠 병사들은 안중에 없는 듯 아이리스를 찾아 헤매기 시작했다. 필사적으로 아이리스가 해명해 보려 했지만 그는 막무가내였다. 걸음아, 나 살려라 하고 달린 아이리스가 숨은 곳은 자신에게 함성을 외쳐 주던 병사들의 뒤였다.

"아군이다! 우리들의 마법사를 지키자!"

"와아아!"

상황이 이상하게 돌아가는 것은 확실했다. 하지만 그건 상관없었다. 우선 살아남는 것이 최우선이니까.

"어디 있어, 이 사이비 새끼? 넌 오늘 뒈졌어!"

순간, 아몬이 들고 있던 목검을 바닥에 내동댕이치곤 발밑에 있는 검을 잡아 들었다. 그러자 그가 잡은 검이 미세하게 떨리며 작은 빛무리가 주변으로 모여들기 시작했다.

부우웅!

은은하게 빛나는 검을 보는 순간, 하늘 높을 줄 모르고 뻗어 올라가던 함성을 멈춘 경비대원들의 얼굴이 딱딱하게 굳어져 버렸다. 심지어 조소를 짓고 있던 글라디스까지 놀라 휘둥그레 변한 눈으로 아몬을 바라보고 있었다.

"뭐, 뭐야?!"

"우와아아!! 다가서지 마라! 소드 마스터다!"

"소, 소드 마스터다아!!"

순식간에 아이리스를 지켜주던 경비대원들의 장벽이 허물어졌다. 아이리스만을 남겨둔 채 멀찌감치 도망쳐 버린 경비대원들 때문에 아이리스는 곧바로 꼬랑지 내린 개처럼 글라디스에게 뛰어갈 수밖에 없었다.

"소드 마스터?! 저것이 바로 다른 작품들에 하도 많이 나와서 식상하다는 그 소드 마스터인가 봐!"

"글라디스, 어떻게 좀 해봐! 아몬 씨 엄청 화난 거 같아!"

"닿는 건 다 썽둥썽둥 잘리네?! 우선 지칠 때까지 기다려 보자."

빛무리를 뿌리며 여기저기 휘둘리는 아몬의 검은 말 그대로 닿는 모든 것들을 깨끗하게 잘라내었다. 나뭇가지면 나뭇가지, 어쩌다가 발에 걸려 올라오는 창대와 심지어 커다란 바위까지 아무런 제약 없이 마치 두부 썰 듯 덩겅덩겅 썰어내고 있었다.

그렇게 한참의 시간이 지나 주변은 이미 쑥대밭이 되었음에도 아몬은 지친 표정 하나 없이 씩씩거리고 있었다. 그나마 다행인 것은, 계속 소리쳐 찾던 아이리스의 이름을 이젠 안 부른다는 것 정도였다.

"그러고 보면 넌 자꾸 쓰는 것마다 저게 나간다니?"

"나야 뭐 랜덤이니까. 저번엔 불기둥만 나갔거든."

"퍽이나 자랑스러우시겠어요."

두 사람의 대화 중 갑자기 우뚝 행동을 멈춘 아몬이 크게 소리쳤다.

"알았어! 알았다고! 안 때릴 테니까 우선 이것부터 풀어 봐!"

"안 때릴 거죠?"

"안 때린다고!"

"근데, 잘못돼도 전 책임 없어요?"

"뭐야? 여기서 또 잘못돼? 하지 마! 야, 하지 마!"

아이리스의 대답에 아몬의 얼굴이 사색이 되었다. 글라디스도 처음에는 고소한 마음이 들었으나 그 시간이 길어짐에 약간의 미안함을 느끼고 있었다.

"어? 보인다!"

그러던 중 아몬에게 걸렸던 마법이 풀렸다.

“어? 이번엔 금방 풀리네?!”

“역시 무슨 내성 어쩌고 하더니 그런가 봐.”

“돌이 됐을 때는 안 그랬잖아.”

“아니면 효과가 랜덤이었을지도.”

아몬은 마치 어둠 속에서 지내다가 밖으로 나선 사람처럼 감격에 겨운 얼굴로 사방을 두리번거리다가 자신을 바라보고 있는 두 사람을 보곤 도깨비 같은 표정을 짓고 뛰어왔다.

“너, 이 새끼!”

“아니에요! 글라디스가 시킨 거예요!”

재빨리 글라디스의 뒤로 숨어든 아이리스 앞에 선 글라디스가 아몬에게 날카롭게 쏘아붙였다.

“네가 하도 날뛰어서 그랬다 왜?! 그만 하고 우선 뛰어! 더 이상 일 크게 만들지 말고!”

“좋아! 우선 여기서 나가기만 해봐!”

서로를 보며 으르렁거리던 두 사람이 획 몸을 돌려 뛰어나가기 시작했다. 아이리스 역시 그런 두 사람을 쫓아 달렸다. 그러자 그런 그들을 멀찌감치에서 바라보던 병사 중 한 명이 크게 소리쳤다.

“놈들이 도망친다! 쫓아라!!”

“뭐?! 누가 도망친다고?!”

“으악! 저리 가!”

그리고 정확히 뛰어가던 몸을 돌려 다시 달려오는 아몬. 그 모습에 병사들이 기겁하며 뒤로 물러섰다.

"히이익!"

"오, 오지 마!"

다른 건 몰라도 몸만은 정직한 경비대원들의 반응. 그리고 아이리스와 글라디스는 뒤돌아 뛰기 시작한 아몬을 불렀다.

"아몬 씨! 그냥 와요! 피곤해요!"

"야! 너, 빨리 안 와?!"

아몬은 어느새 머리끝까지 나 있던 화도 조금씩 풀려가고 있었다. 아몬은 이 이상한 두 녀석을 처음 만났을 때부터 알게 모르게 호감을 가지기 시작했다. 그리고 생각했다. 자신이 눈을 뜨고 나서 얼마나 힘에 겨웠는지, 그리고 얼마나 많은 죄를 저질렀는지…….

적어도 이 녀석들과 같이 있다면 자신은 더 이상 그것을 두려워해서 세상 밖으로 나가는 걸 꺼려 하지 않을 수 있었다.

"쳇! 아주 지들 멋대로구먼."

작게 욕지거리를 내뱉은 아몬이 걸음을 돌렸다. 그리고 멀찌감치 뛰어가는 두 사람을 향해 소리치며 따라가기 시작했다.

"야! 같이 가!"

아몬이 달려옴에 뻣뻣하게 긴장하고 있던 병사들이 그제야 크게 한숨을 내쉬었다. 마치 죽다 살아난 것처럼 온몸이 땀에 젖어 있었다.

"이, 이제 우린 어쩌지?"

"음, 우선 쫓아라 하고 다시 소리쳐 볼까?"

동료 병사의 이야기에 또 다른 이가 기겁하며 눈을 부라렸다.

"예끼, 이 사람아! 그러다 저 성격 더러운 놈이 다시 오면 어쩌려고 그래?"

"음, 역시 그냥 있을까?"

솔직한 심정으로 경비대원들 모두는 이 말을 기다렸다. 그리고 그 기다렸던 이야기가 나오자마자 누구라고 할 것 없이 앞 다투어 고개를 끄덕이며 그 말에 동참했다.

"어쩔 수 없잖아? 불가항력이었다고!"

"우린 최선을 다했어!"

"그래, 우린 최선을 다했지. 아슬아슬하게 놓친 거라고."

병사들은 멀어져 가는 그들의 뒷모습에서 위안을 찾아내기 위해 끊임없이 중얼거리고 중얼거렸다.

"아, 누가 괜히 소란 피워서! 얼굴 전부 까발려지고!"

"카카! 유명해지니까 좋냐?"

툴툴거리는 글라디스의 뒤에서 아몬의 방정맞은 웃음소리가 들려왔다. 그런 아몬을 돌아본 글라디스가 인상을 잔뜩 찌푸리며 말을 이었다.

"덕분에 잠도 제대로 못 자고 노숙자 신세로 며칠째냐?! 네가 사람이야? 양심이 있는 놈이야?”

“다 인생 경험이 되는 거다.”

“좀 미안하다고 하면 안 되냐?!”

더 이상 참지 못하고 글라디스가 빽 소리를 지르자 아몬도 질 수 없다는 듯 언성을 높여 말하기 시작했다.

“내가 왜 미안한데? 애초에 저 사이비 마법사 새끼가 나에게 마법만 안 걸었어도 후딱 끝내고 갔을 거라고. 게다가 마법을 쓰도록 한 건 네년이라며?”

“에, 사이비는 아닌데…….”

아이리스가 작게 사이비는 아니라 말해보지만 두 사람의 말싸움에는 틈이 없었다. 목소리면 목소리, 육두문자면 육두문자, 그 어느 것 하나도 자신은 그 두 사람보다 나을 게 없었으니 말이다.

늘 그렇듯 자신은 두 사람의 싸움이 진정될 때까지 그것을 멍하니 바라보는 수밖에 없었다.

“카카카! ‘더 데려와. 기다려 줄 테니까’ 라고 한 게 누군데 개소리야!”

“이게 근데 아까부터 또 꼬박꼬박!”

“왜? 해볼래?!”

글라디스가 팔을 걷어붙였고, 아몬은 목을 좌우로 흔들어 뚜둑거리는 뼈 소리를 냈다. 분위기는 늘 그렇듯이 극악으로 치닫기 시작했다.

아이리스는 이미 두 사람을 포기한 지 오래였고, 이제 두 사람이 칼을 쥐고 싸우든 저번처럼 서로의 머리를 부여잡고 춤을 추든 그것은 될 대로 되라는 식이었다.

"하앗!"

"덤벼!!"

글라디스의 주먹이 아몬의 안면을 향해 정확하고, 그리고 빠르게 날아들었다. 아몬 역시 지지 않겠다는 듯 주먹을 들어 올린 순간,

"윽! 레베 이 새끼!"

때마침 아몬의 의식이 레베에게 넘겨질 아침 해가 밝았다. 이로써 다행이라고 해야 하나, 아니면 두 사람의 거리가 더 멀어지는 깊은 골이 생겼다고 해야 하나.

퍼억!

글라디스의 주먹이 레베의 안면을 강타했다. 하지만 레베는 미소를 잃지 않은 채 짓눌린 얼굴 그대로 말했다.

"그, 글라디스 양, 꽤 손이 매섭군요."

"아앗! 레베 씨!"

황급히 주먹을 거둔 글라디스가 레베의 얼굴을 어루만지며 호들갑을 떨기 시작했다. 하지만 괜찮다며 글라디스에게 고개 숙여 보이는 레베였다.

"휴우, 정말 죄송합니다. 아몬이 흥분했네요."

"아, 시계 인간 레베 씨다. 반가워요, 정말."

정말이지, 너무나도 반가운 얼굴로 아이리스가 레베를 맞이했다. 레베 역시 아이리스의 이야기에 미소로 화답하였다.

"하하하, 그러게 말입니다. 아몬은 제가 잘 달래보겠습니다. 글라디스 양도 그만 화 푸십시오. 제가 주의를 주겠습니다."

"레베 씨만 고생하시네요. 미안해요."

"아닙니다. 아몬이 원래 좀 날뛰는 경향이 있지만 속은 정말 착한 놈입니다."

순간, 레베의 이야기에 아이리스와 글라디스의 눈이 게슴츠레하게 변했다. 아무리 그래도 그렇지, 속은 정말 착한 놈이라니, 레베 역시 뻘쭘한 표정으로 뒷머리를 긁었고, 이어 말했다.

"그나저나 오늘도 변함없이 노숙을 하셨군요."

"누구 덕분이죠, 뭐."

"하하하, 아몬이 참 두 분이 맘에 들긴 드는가 보군요."

"전혀!"

"절대입니다!"

두 사람이 동시에 손으로 엑스 자를 그려내었다. 하지만 레베의 이야기처럼 아몬이 그렇게 나쁜 것만은 아니었다. 무엇보다 자신들이 잠을 잘 때면 말없이, 그리고 군소리없이 두 사람을 위해 불침번을 서주는 사람은 아몬이었으니 말이다.

“그나저나 산을 두 개 정도 지날 동안, 사람들이 실제로 살고 있는 마을을 하나도 볼 수가 없었다는 게…….”

“예, 뭔가 이상해요. 마치…….”

“마치?”

“누군가 임의적으로 없앤 것처럼 말이지?”

글라디스의 이야기에 아이리스는 고개를 끄덕여 보였다. 대부분 마을끼리의 교류를 생각해서라도 산을 거점으로 두세 개의 마을이 있는 것은 어떻게 보면 기본적인 삶의 방식이었다.

하지만 자신들이 이곳을 지나오면서 들렀던 마을은 단 한 개도 없었다. 아니, 정확하게 말하자면 마을은 존재하고 있었지만 그곳엔 사람이 살고 있지 않았다. 마을이라 부르기도 뭐할 정도로 부서졌거나 타버린 집들이 자신들을 반겼을 뿐. 그렇게 되면 누구라도 이것이 무엇인가에 의해서라는 생각을 하게 된다.

“확실히 마을이 살기 힘들어서 다른 곳으로 이동한다고 해도 자신들의 보금자리였던 곳을 불태우거나 부수지는 않지요.”

아이리스의 이야기에 레베가 고개를 끄덕이며 이어 의견을 내었고, 글라디스 역시 그런 레베의 말에 동조하듯 고개를 끄덕여 보였다.

“애초에 노약자나 어린아이들을 남겨두고 갈 정도라면 분명 주변에 무슨 일이 생기는 것은 확실하고 말이야."

"그리고 가장 중요한 사실을 알아냈어."

낮아진 아이리스의 목소리에 글라디스와 레베의 시선이 그를 향했다. 너무나도 중요한 사실을 알아낸 것 같은 그의 모습에 글라디스가 꿀꺽 마른침을 삼키며 물었다.

"무, 무슨 일인데? 호, 혹시 귀신이라든가 그런 건 아니지?"

"저도 궁금하군요, 아이리스 군."

글라디스의 이야기에 가볍게 고개를 저어 보인 아이리스가 낮지만 또렷한 목소리로 말했다.

"우린……."

"우린?"

"우리는?"

고개를 든 아이리스가 두 사람을 바라본다. 그리고 드디어,

"우리는 오늘도 마을을 찾지 못한다면 노숙을 해야 한다는 거지."

"……."

조용히 그를 응시하는 레베의 표정이 알 수 없게 변했다. 동시에 글라디스의 노성과 같은 일갈이 터져 나왔다.

"죽어!"

퍼억! 퍼억!

오죽하면 두 사람의 다툼을 보며 말리기 일쑤였던 레베마 저 멍하니 아이리스가 그녀에게 구타당하는 것을 보고만 있

을까. 글라디스에게 안면을 강타당하며 아이리스가 절규하기 시작했다.

"아아! 이젠 밖에서 자기 힘들단 말이야! 저번엔 자고 일어났는데 이따시만 한 벌레가 내 눈앞에!!"

"죽어!!"

뻐억! 뻐억!

한참의 시간이 지날 때까지 안면을 강타당한 아이리스의 양 볼이 붉게, 그리고 크게 부어올라 있었다.

저녁이 되기 위해 태양이 산 어름 사이로 사라지기 전, 갑작스레 아이리스 일행의 길을 가로막은 한 소년이 다짜고짜 양손에 커다란 검을 들고 외쳤다.

"네놈이 다시 세상에 나왔다는 소문을 들었다! 드디어 만나는구나! 아버지와 삼촌의 원수!"

"아!"

"헛!"

"후우!"

소년의 외침에 순간 세 사람은 자신의 이마를 탁 하고 쳤다. 도대체 이번이 몇 번째인가? 물론 이렇게 어린 연령대의 복수자가 나타난 것은 처음이었지만 그동안 산장을 나온 뒤 개인적인 원한으로 레베와 아몬을 쫓아온 자가 어림잡아도 다섯 명은 훌쩍 넘는 듯싶었다.

"정말 우리들, 드라마다, 드라마!"

"뭐 잊을만 하면 튀어나오고. 뭐니, 대체?"

어이없다는 투의 아이리스의 목소리가 레베의 귓전을 맴돌았다. 게다가 맞장구치듯 글라디스의 기가 찬 목소리까지 합세하여 얼굴까지 빨개진 조용한 레베의 고개를 숙이는 데 일조했다.

"레베 씨, 원한 많이 샀네요."

"아몬이라고 정정해 주십시오."

멋쩍게 웃으며 대답하는 레베의 얼굴은 벌겋게 달아올랐다. 그도 그럴 것이, 자신의 개인적인 일로 하여금 동료들에게 피해를 주는 것도 한두 번이지, 툭하면 이렇게 일이 터져버리니 아무리 아몬이라고 정정해 달라 했지만 그 역시도 민망할 것이다.

"그나저나, 어떻게 하면 이런 산속에서 원수를 만나는 거야?"

"아, 너무 얼렁뚱땅 같아."

남의 불행은 곧 나의 행복이라는 말을 붙여주면 딱 어울릴 저 두 사람은, 곤란한 표정의 레베 뒤에서도 계속 수다를 이어가고 있었다.

"모르지. 저 소년이 치밀한 계획을 세워 지금 나타난 것인지도."

"그런 루트까지 우리가 생각하려면 골치 아프니까 우선 만났다는 데 의의를 두자. 알았지?"

"좋아!"

뭔가 나사 하나가 빠진 듯싶었지만 원만한 합의를 본 두 사람. 먼저 아이리스가 레베와 소년의 가운데로 끼어들었고, 능글능글한 미소를 지으며 입을 열었다.

"저기, 소년 씨? 이게 말하자면 긴데, 저 사람은 그 원수이면서 원수가 아니에요. 세상에는 정말 신기하고 경이로운 일이 많답니다. 지금 소년께서 원수라고 말씀하시는 분도 그에 포함되는데요, 뭐랄까……."

"뭔 개수작이야! 저리 비켜!!"

"하, 하하, 릴렉스! 릴렉스!"

금방이라도 칼을 휘두를 것같이 으르렁거리는 소년의 눈빛에 아이리스는 살짝 뒷걸음치며 어색하게 웃었다.

이런 소년까지 아몬에게 원수니 뭐니 할 정도면 도대체 어떤 생활을 하고 다닌 것인지……. 지난번 산적들처럼 속 시원하게 손을 쓸 수도 없고, 꽤나 난감한 상황이었다.

"아이리스 군, 이런 일은 말로 해서 될 일이 아닙니다. 잠시만 비켜주십시오."

"어쩌시려고요? 설마 저 소년을 그냥……."

"제가 그럴 사람으로 보입니까?"

레베의 말에 휘둥그레진 눈으로 그를 바라본 아이리스는 작게 고개를 가로저었다. 레베 역시 그런 아이리스에게 안심하라는 듯 부드러운 미소를 띠었다.

"고맙습니다."

그러나 아직까지 장난기가 가시지 않아 보이는 글라디스의 조롱은 소년을 한층 더 자극시켰다.

"말 안 듣는 아이는 그냥 맴매야, 맴매!"

"너!"

"어이쿠, 무서워라! 어쩔 건데? 베에— 에엑!"

자신을 쏘아보는 소년에게 놀리듯 내민 글라디스의 혓바닥을 탁 아이리스의 손바닥이 매섭게 쳐버렸다.

"야, 무슨 짓이야?!"

놀라 털컥 숨을 들이마신 글라디스가 그를 보며 묻자 아이리스가 최대한 인상을 찡그리며 그녀를 다그치듯 말했다.

"너야말로 레베 씨가 진지하게 말씀하시는데 뭐 하는 거야? 으엑— 냄새!"

"아니, 뭐, 그쪽들이 심각하게 이야기 나누기에 난 저 애가 소외당하는 느낌을 가질까 봐 그랬지."

"후, 말이나 못하면."

"말도 잘해."

과하긴 했지만 아이리스와 레베 두 사람이 대화하는 도중 소년이 갑작스러운 행동이라도 취했다면 누군가 한명은 다쳤을 것이다.

그런 것을 미연에 방지하기 위해 소년을 바라보고 있었노라 글라디스가 이야기했지만, 아이리스의 그리 믿음이 가지 않는다는 말투와 표정에 결국 레베와 소년은 안중에도 두지 않은 채 두 사람만의 파이트가 시작되었다.

"후우, 저쪽이 더 고달프군."

그사이, 뒤에 내려놓은 배낭에서 두 개의 목검을 가지고 돌아온 레베는 넋을 놓고 아이리스와 글라디스의 싸움을 지켜보는 소년에게 손을 내밀며 말했다.

"소년, 잠시만 그 검을 내려놓고 이 목검을 들어주지 않겠습니까."

"우, 웃기지 마! 난 당신에게 복수하러 온 거야!"

레베의 제안에 버럭 화를 내며 검을 잡아준 소년. 하지만 그의 손은 미세하게 떨리고 있었고, 자신을 내려다보는 레베의 눈과 마주친 두 눈동자는 끊임없이 흔들리고 있었다.

"그럼, 어쩔 수 없군요."

카앙!

짧게 답한 레베가 목검을 휘둘렀다. 그리고 그 목검은 눈 깜짝할 사이에 소년이 들고 있는 검을 저만치 날려 버렸다. 소년이 자신의 손에서 검이 빠져나가는 것조차 느끼지 못할 만큼 빨랐다는 것. 그것은 곧 소년에게 엄청난 중압감으로 다가올 것이 뻔했다.

분한 표정의 소년의 눈가에 작은 물방울이 맺히고 있었다. 그리고 칼을 쳐내 버리는 소리에 놀란 아이리스와 글라디스는 싸움을 멈추고 레베와 소년을 가만히 바라보았다. 들고 있던 목검을 내려놓고 조심스럽게 소년에게 다가간 레베가 낮지만 또렷한 목소리로 말했다.

"제 안에는 또 한 사람이 살고 있습니다."

"그런… 거짓말을……."

"거짓말이 아닙니다. 저의 이름을 걸고 맹세합니다."

단호히 소년의 말을 자르며 대답하는 레베의 눈은 흔들림이 없었다. 그의 대답엔 망설임이 없었다. 그것은 진실을 말하는 자만이 보여줄 수 있는 굳건한 그런 것이었으니까.

소년 역시 처음엔 그의 말을 들으려 하지 않았지만 조금씩 그의 진실된 모습에 귀를 열어주는 듯했다.

"당신이 찾고 있는 그 역시 많은 후회를 하고 있습니다. 너무나도 달라져 버린 세상에 광분하고 정신을 차릴 수 없었던 것이죠. 용서해 달라고, 이해해 달라고 하지 않겠습니다."

"……"

레베는 그리고 자신이 깨어나 지었던 죄들을 속속들이 소년에게 말해주었다. 무엇보다 중요한 것은 그것들을 부정하려 하지 않았다는 것이었다. 묵묵히 자신의 이야기를 듣던 소년의 어깨 위에 손을 얹으며 레베가 말을 이었다.

"다만… 당신이 지금 목숨을 버리기엔 너무나도 어리니 나중에 저기 있는 사내처럼 커지면 그때 다시 찾아오십시오. 그때까지 전 어딘가로 숨지도 도망치지도 않겠습니다."

"……."

마지막 레베의 이야기에 소년은 말없이 뺨 위를 흐르는 눈물을 닦아내었다. 그리고 몸을 돌려 저만치 떨어져 나간 검을 주워 들었다. 글라디스도 아이리스도 그런 소년에게 뭐라 선뜻 말을 건넬 수가 없었다. 해는 산자락 뒤로 숨어들었고, 조금씩 하늘 위의 별과 달이 구름 사이로 나타나려 할 때쯤,

"야, 꼬마."

"……?!"

붉은 눈동자, 어딘가 늘 거친 말투를 내뱉는 아몬이 소년을 불러 세웠다. 뒤를 돌아본 소년은 무엇을 생각했을까? 레베의 말이 전부 다 사실이라는 것을 인정한 것일까. 순순히 자신을 올려다보는 소년에게 아몬은 품에서 작은 단도를 꺼내 그의 손에 쥐어주었다. 그리고 자신의 팔뚝을 걷으며 말했다.

"미안하다. 너의 그 원한, 이곳에 새겨두고 가라."

아몬이 팔뚝을 걷어내자 그 위로 무수히 나 있는 날카로운 상처들이 눈에 들어왔다. 같이 여행을 하던 아이리스와 글라디스 역시 놀라 바라보는 그 상처들은 대략 보아도 수십 개.

순간 굳어 있는 소년의 손을 잡아 이끈 아몬은 자신의 팔뚝에 단도를 들이밀며 나직이 읊조리듯 이야기했다.

"내가 몇 번을 더 죽어야 너희들의 용서를 받을지는 모른다. 하지만 나 역시 노력하마. 너희들의 원수로서, 복수의 칼을 받을 때까지, 그때까진 살아남아 있겠다고."

왜 그랬을까. 소년은 하염없이 눈물을 흘렸다. 그리고 아몬의 팔뚝에 단도를 그어 작고 깊은 상처를 내었다. 두 손은 덜덜 떨리고 있었지만 소년의 눈물 흘리는 두 눈동자는 똑바로 그의 팔뚝을 응시하고 있었다.

"잘했다. 너의 원한, 잘 받아두었다. 언제든지 와라."

"……."

찰그랑!

손에 쥐고 있던 단도를 힘없이 떨어뜨린 소년을 아몬은 가볍게 앉아주었다. 그리고 미안하다는 말 대신 다른, 너무나도 당당한 말을 해주었다.

"그리고 그때는 이렇게 떨지 말아라. 이래서는 나를 이기지 못하니까."

그렇게 소년은 자신의 검을 꼭 쥐고서 산을 내려갔다. 어째서 그가 산을 내려가기 전 아몬에게 고개 숙여 보였는지는 알 수 없었다. 벌거숭이처럼 원수를 갚기 위해 온 미련했던 자신에게 기회를 줬기 때문이었을까.

소년이 사라진 곳은 가만히 응시하고 있는 아몬을 보며 아이리스가 감탄의 말을 내뱉었다.

"레베 씨는 언제나 멋졌지만 아몬 씨, 방금 그 이상으로 너무 멋지지 않았냐?"

"…바보 같은 게 제 몸에 상처를 낸다 한들 알아주는 사람 없을 것을……."

인상을 찌푸린 채 아몬을 바라보고 있던 글라디스가 성큼 성큼 발을 내디뎌 아몬에게 향했다.

"야! 어디 가?"

아이리스가 그녀를 불러 세웠지만 그녀는 들은 체 만 체 아몬에게 다가가 그의 등짝을 후려쳤다.

타악!

"아! 뭐야, 인마?!"

"그걸 왜 그냥 냅둬! 봐봐!"

부욱!

순간 글라디스가 자신의 소매를 잡아 찢었다. 그 모습에 놀라 뭐라 말을 하려 하는 아몬이었지만 그녀가 먼저 쏘아붙이듯 입을 열었다.

"그러면 뭐 멋있어 보이냐? 뭐 하러 자기 몸에 상처를 내냐고. 그러면 죽었던 사람이 돌아와?"

"아니, 그냥 나 나름대로."

"시꺼! 다음부터 또 이런 짓만 해봐!"

아몬은 자신의 팔뚝에 난 상처에 신경질적으로 천을 묶어주는 그녀를 가만히 바라보고 있었다.

"야, 너……."

"뭐… 뭐……?"

물끄러미 그녀를 바라보던 아몬의 나직한 목소리에 글라디스가 깜짝 놀라 더듬거리며 대답했다. 그러자 곧 묘한 분위

기가 두 사람을 감싸기 시작한다. 그러나 그 분위기는 그리
오래가지 못했다.

꿀꺽—

아몬의 목젖을 타고 고여 있던 침이 내려간다. 그리고 그가
조심스레, 그리고 떨리는 목소리로 말문을 열었다.

"대단한 년, 옷 새로 사달라고 레베한테 말하려고 하지?"

"죽어라!"

이제 그녀의 주먹의 희생자가 아이리스 한 명에서 아몬까
지 총 두 명이 되었다.

Chapter 7
너를 이루는 건, 너 자신이야

며칠 전 아몬의 원수라 자칭한 소년 사건 이후, 글라디스는 묘하게 아몬을 의식하는 듯 행동했다. 너무나도 의외의 모습에 아이리스 역시 아몬에 대한 인상이 누그러들 정도였으니 매일같이 티격태격하던 그녀의 마음은 오죽했으랴.

레베가 있을 땐 활발한 글라디스는 아몬이 나올 때가 되면 말수가 급격히 줄어들었고, 결국 그와 티격태격하는 일도 조금씩 잦아들었다. 어쩌다 아몬이 그녀에게 시비조로 장난을 쳐도 글라디스는 그저 단답형으로 대답할 뿐이었다.

처음엔 그나마 티격태격하며 싸우는 것을 즐기던 아이리

스가 심심해하는 듯했으나, 시간이지나면서 그런 것에 익숙해졌는지 아이리스도 별로 두 사람이 다투지 않는 것에 어색해하지 않고 혼자서 잘 놀곤 했다.

그리고 커다란 산속에서 이틀째 노숙을 하고 또다시 길을 나서 얼마 안 되었을 때, 아이리스의 눈이 반짝였다. 그리고 이것이 모든 일의 시작점이 되었다.

"타이밍이 이상해도 이렇게 눈앞에 마을이 보인다면 반갑긴 누구나 마찬가지겠죠?"

"찬성."

"찬성입니다."

아이리스의 이야기에 글라디스와 레베가 고개를 끄덕이며 동조의 뜻을 밝혔다. 예전부터 이런 것 하나는 끝내주게 찾는 아이리스를 대견스럽게 여기는 글라디스가 그의 어깨를 오랜만에 토닥여 주었다.

"아! 목욕! 무엇보다 배가 고파!"

"앞서 마을들은 기후였나 보군요."

레베 역시 한껏 밝게 변한 얼굴로 눈앞에 보이기 시작하는 마을을 향해 발걸음을 옮겼다. 하지만 당도한 마을의 입구에서 아이리스 일행은 당황스러운 일을 겪게 되었다.

"돌아가 주게."

"예?"

"예에!"

"이 마을은 외부인을 받지 않네. 사정이 딱하게 되었지만 다른 곳을 찾아가게나."

마을의 촌장은 텁수룩한 하얀 수염이 아래 얼굴 전체를 덮고 있었다. 부리부리한 눈매가 꽤나 고집 있어 보이는 그는 마을 안으로 들어가지 못한 채 입구에서 실랑이를 벌이고 있는 아이리스 일행에게 완고한 입장을 보이고 있었다.

"이건 완전 억지 아냐!"

"어허! 안 된다면 안 되는 거지 젊은 사람들이 말이 많군!"

하지만 아이리스와 글라디스 역시 쉽게 물러서진 않았다. 글라디스는 계속 아이리스의 뒤에서 목욕이라는 단어를 중얼거리고 있었고, 아이리스는 다신 눈앞에 커다란 벌레를 보고 싶지 않다는 굳은 의지로 마을 촌장에게 항의하고 있었다.

"다른 마을이 있었으면 진작에 거기서 지냈겠죠! 이미 다 부서지고 타버린 곳에서 노숙만 하다 왔는데 좀 봐주시면 안 될까요?"

최대한 불쌍하고 측은한 표정을 지어 보인 아이리스의 이야기에 마을 촌장은 놀란 기색을 띠며 말을 떨었다.

"그, 그럴 리가? 주변에 마을이 몇 개나 되는데! 여, 역시 메이죠님의 노여움을 사서 망해 버린 것인가."

"메이죠?"

"그게 뭐야?"

촌장의 반응에 덩달아 아이리스 일행도 영문 모를 표정을 지어 보였다. 그러자 옆의 젊은이 중 한 명이 나서서 말했다.

"우리 마을의 신이십니다."

"신?"

"크리스찬교 말고 또 다른 신이 있었구나."

"가장 큰 것은 크리스찬교가 맞습니다만, 특별히 다른 교를 배척하는 그런 것은 없기 때문에 별 상관 없는 일입니다."

"종교 문제로 못 들어가는 것이면 우리도 메이죠인가 뭔가 하는 사람을 믿으면 되잖아요."

"안 됩니다. 타지 사람은 받지 않습니다."

"그럼 우리 쪽에서 몇 가지 식재료만 사갈게요. 계속 밖에서 자는 바람에 이젠 식량도 바닥이라서요."

"미안하네. 외부인과 관련된 모든 것이 금지라네."

아이리스가 마지막 제안을 내놓았지만 마을 촌장과 젊은이들은 고개를 가로저으며 거부 의사를 밝혔다. 그러자 더 이상 참지 못한 글라디스가 빽 하고 소리를 질러대기 시작했다.

"거 되게 쫀쫀한 마을이네!"

"……."

"이것도 안 된다, 저것도 안 된다! 아니, 물건 사주면 좋은 거 아냐? 뭐, 작은 마을도 아니고, 이 커다란 마을에 금괴라도 숨겨놨어?! 왜 이렇게 요란을 떨고 있어!"

확실히 산속에 있는 마을이라고 하기엔 놀랄 정도로 커다란 규모의 마을이었다. 대부분이 요 근래 신축 공사를 한 듯

새것의 티가 나긴 했지만, 과하다고 생각될 정도로 삼엄한 경비와 높게 올라서 있는 망루대까지, 글라디스의 말대로 금괴를 숨겨놨다 해도 이상할 것 없을 정도로 경비가 삼엄한 마을이었다.

"저게 우리를 뭘로 보고 큰 소리야!"

"어서 꺼지지 못해!"

글라디스의 이야기에 마을의 청년들도 흥분해 소리치자 글라디스가 표독한 눈초리로 그들을 쏘아보며 말했다.

"뭐야?! 한번 해볼래?!"

"워워— 글라디스, 이분들도 사정이 있는 거니까 우리가 이해하자."

"우씨!!"

아이리스가 그녀의 옆에서 달래보지만 그녀는 여전히 씩씩거리며 분을 삭이지 못하고 있었다.

"글라디스 양, 우선 좀 화를 가라앉히시지요. 저분들도 저분들 나름대로의 일이 있는 것 아니겠습니까?"

간신히 레베까지 동원되어서야 화를 억누른 그녀가 신경질적으로 몸을 돌렸다.

"빨리 와! 오늘 중으로 이 산을 넘어야 할 거 아냐?"

"어? 어! 레베 씨, 빨리 가죠."

"소란스럽게 굴어서 죄송합니다. 하지만 적어도 지친 여행자들을 위한 작은 쉼터라도 마을 밖에 만들어놓으심은 어떨까 합니다. 그럼 이만.”

꾸벅 가벼운 목례를 하고 뒤돌아선 레베를 물끄러미 바라보던 촌장이 발밑에서 뭔가를 집어 들더니 아이리스를 급하게 불렀다.

“이봐, 은발청년! 자네들, 이걸 떨어뜨렸네!”

“응? 그런 목걸이 가진 사람은 우리 중에 없는데……?”

촌장이 건네준 반짝이는 원통형의 목걸이를 보며 아이리스가 의아한 듯 말했지만 촌장은 그런 아이리스의 손에 억지로 목걸이를 쥐어주며 말을 이었다.

“분명 자네의 주머니에서 떨어졌네. 어, 어서 가지고 가도록 하게!”

잠깐이었지만 떨리는 목소리. 분명 감이 예리한 자였다면 떨리는 목소리와 더불어 한쪽 눈을 윙크하고 있는 촌장의 모습에 자연스럽게 맞장구쳤을 테지만 아이리스에게 그런 것을 바라는 것은 무리였다.

“이상하다. 우리 이런 거 없는데…….”

“시, 시끄럽고! 어서 가져가라고!”

결국 아이리스의 미적지근한 행동에 촌장은 버럭 소리를 질렀다.

“야! 빨리 와!”

“알았어! 보채지 말라고!”

게다가 계속되는 글라디스의 재촉에 아이리스는 고개를

갸웃거리며 멀찌감치 있는 글라디스와 레베를 향해 몸을 돌렸다.

　"웃기지도 않아. 요즘 같은 크리스챤교 시대에 신은 무슨 신이야?"
　쉬지 않고 계속 투덜거리며 산을 올라서는 글라디스의 이야기도 대단했지만 그 말에 일일이 대꾸하는 아이리스 또한 정말 대단했다.
　"크리스챤도 신이잖아?"
　"그건 그러네?"
　"이거 알아? 사실 그 크리스챤의 크리스는 마법사였다는 거야."
　"예? 마법사?"
　"그런 사실이 있었습니까?"
　아이리스가 내놓은 이야기는 실로 흥미로웠다. 그의 이야기에 글라디스는 물론 레베까지 관심을 보일 정도였으니 말이다. 두 사람의 시선을 사로잡은 아이리스가 말을 이었다.
　"그렇지. 그가 일으켰던 모든 기적들은 사실 마법에 문외한이던 예전 시대에 보여진 것들이라서 사람들은 그것을 기적으로 생각한 거지."
　"흐음, 그거 그럴싸한데?"

"그리고 거기에 힘을 보태주는 것이, 한쪽에선 마법을 퍼뜨리며 자신들의 친위대를 만들고 크리스를 찬미하는 교당, 일명 크리스찬교를 만들었다는 거야."

"이거 들을수록 흥미로운 이야기로군요."

"뭐, 검증된 건 없지만 그럴싸한 이야기라서 말이야. 지금 크리스찬교나 다른 교의 신성력 역시 엄밀히 따지면 마법력이 기본 바탕이 되고 있는 거잖아?"

"하지만 그렇게 되면 마법사가 신이라는 소리도 성립되네?"

"그건 좀 다르다고 생각해."

거기까지 이야기를 꺼낸 아이리스가 그녀를 돌아보며 물었다.

"글라디스, 사람이 종교라는 것을 왜 가지는 것이라고 생각해?"

"기대기 위해서지."

너무나도 빠른 그녀의 대답에 아이리스는 놀란 눈치였다.

'뭐지, 저 자신감에 가득 찬 얼굴은? 나에게 어서 다음 이야기를 물어봐 라고 하는 듯한 그 얼굴은 뭐냔 말이야, 글라디스?'

"오, 왜? 여, 옆에 사람에게 기대도 되잖아."

글라디스의 이글이글 타오르는 눈빛에 아이리스는 간신히

입을 열었다. 그러자 마치 기다렸다는 듯 글라디스가 속사포처럼 말을 잇기 시작했다.

"옆에 있는 사람은 현실적으로 존재하는 자, 즉 뛰어날 수는 있지만 자신과 같은 위치에 서 있는 자라는 1차적인 생각이 드니까. 반면 신이라는 것은 자신이 감히 범접할 수 없는 존재."

"음."

"결국 그 범접하지 못할 엄청난 존재에게 기댐으로써 안식을 얻으려는 것이지. 안 그래요, 레베 씨?"

한바탕 이야기를 쏟아낸 그녀가 마치 아이리스가 그녀를 보며 물었던 것처럼 레베를 돌아보며 물었다. 이야기의 바통을 터치 받은 식이 되어버린 레베도 사뭇 진지하게 고개를 끄덕이며 입을 열었다.

"좋은 얘기입니다. 딱 이거다 하고 단정 지을 수는 없는 일이지만, 저희 역시 전쟁에 출정하기 전엔 신에게 기도를 하고 나갔습니다. 물론 어려운 때나 가장 급박할 땐 옆에 있는 동료가 천사이며 지휘관이 신이겠지만 말이죠."

문득 무엇인가 생각에 빠진 모습의 레베가 눈을 감았다. 그리고 작게 읊조렸다.

"그리고 저와 아몬 역시 그때 당시에는… 아, 죄송합니다, 글라디스 양. 계속하세요."

"에? 아니, 뭐, 그냥 내 생각이 그렇다는 건데, 아이러니한 건 그런 동료나 지휘관의 능력, 그리고 자신이 살아남은 것 역시 전부 신의 능력이 되어 그 존재의 능력은 무궁무진하게 부풀려지거나 그럴싸하게 포장되겠지. 자신의 힘으로 살아남은 것을 영광으로 돌리면서 말이야.”

“글라디스, 정말 그럴싸하게 이야기하는 거 보니까 무슨 방문판매 하는 사람 같아.”

글라디스의 이어진 이야기에 아이리스가 감탄을 자아냈다. 하지만 뭔가 표현이 어긋난 말에 그녀가 게슴츠레한 눈으로 아이리스를 바라보았다.

“꼭 좋은 이야기를 해줘도 넌 그렇게 밖에 표현 못하냐?”

“천성이 이렇수다—”

“들을수록 흥미로운 이야기입니다. 자신의 힘으로 살아간다는 것, 종교란 것은 자신의 힘을 내어주거나 삶의 힘을 불어넣어 주는 윤활유나 옵션이 된다는 소리군요.”

“아무 노력도 안 하는 이가 아무리 기도를 해봐야 달라지는 것은 없죠.”

“노력하며 기도하는 거잖아.”

“죽을래?”

분명 글라디스의 말은 일리가 있었다. 보이지 않기 때문에 믿지 못한다. 그리고 자신의 가장 주된 자는 바로 자기 자신이라는 것. 종교와 신에 대한 믿음은 자기 자신이라는 자아를 성립하고 앞으로 나아가기 위한 보탬이 되는 일이지 전부가 아니라는 소리였으니까.

하지만 이런 이야기를 크리스찬교에 가서 한다면 분명 험한 꼴을 당하겠지.

"그건 그렇고, 아이리스 군."

"예?"

자신을 부르는 레베의 말에 아이리스가 그를 바라보았다. 레베는 아이리스에게 손을 내밀며 말을 이었다.

"아까 마을 어르신에게 받았던 것을 가지고 있습니까?"

"아, 그거라면 여기 주머니에……."

방금 전 일이었지만 아이리스는 그것을 까맣게 잊고 있었다. 주섬주섬 주머니를 뒤져 아이리스가 손 안에 작은 원통형 목걸이를 꺼내 들었다.

"자요."

"……."

목걸이를 받아 들은 레베가 그것을 유심히 살펴보기 시작하자 궁금함을 느낀 아이리스와 글라디스가 그의 곁에 다가서서 기웃거렸다.

"왜요? 그냥 별 볼일 없는 목걸이 아닌가요?"

"아이리스, 이게 뭐야?"

"응? 아까 마을 촌장님이 우리가 떨어뜨렸다고 한 건데 난 전혀 모르겠어서 안 받으려고 했거든. 근데 별안간 버럭 화를 내면서 이걸 쥐어주시지 뭐야."

“잘됐네. 가져.”

아이리스의 이야기에 당연한 듯 고개를 끄덕여 보인 글라디스가 말했다. 그리고 아이리스는 그런 그녀의 이야기에 손을 휘저으며 대답했다.

“찜찜하게 내 것도 아닌데 가지고 있으면 뭐 해.”

“하지만 이미 받아왔잖아?”

“어라? 그러고 보니 그러네?”

두 사람의 대화는 늘 이런 식이다.

딸깍.

두 사람의 대화는 뒤로하고 목걸이의 여기저기를 살펴보던 레베가 목걸이의 한 부분을 잡고 힘을 줘 돌리자 격철이 풀리는 소리가 나며 목걸이가 반으로 갈라졌다.

“우와!”

“이거 신기한데?”

역시나 두 사람의 이야기는 뒤로한 레베는 목걸이 안에서 작은 쪽지를 꺼내 집었다. 그리고 그 쪽지를 읽어 내려가던 레베의 얼굴이 딱딱하게 굳었다.

“응? 뭐예요, 레베 씨?”

“이거 생각했던 것보다 더 심각한 일인가 보군요. 아무래도 그 어르신의 표정이 내내 걸렸는데, 역시나 이런 것이 있었습니다.”

“예? 저도 좀 보여주세요.”

레베에게 건네받은 쪽지를 읽은 글라디스 역시 얼굴 표정이 딱딱하게 굳었다.

"뭔데 그래? 줘봐."

탁!

그리고 글라디스의 손에서 쪽지를 뺏어 든 아이리스마저 그 내용을 읽게 되었다.

살 려 줘.

짧은 세 글자. 하지만 떨리는 필체로 간신히 쓴 듯한 그 세 글자는 아이리스의 얼굴마저 딱딱하게 굳혀 버리기 충분했다.

"뭐, 뭐야, 이 가슴에 와 닿는 메시지는?"

"이거 어찌 수상한 냄새가 풀풀 풍기는걸?"

한쪽 눈썹을 올리며 글라디스가 자신의 턱을 매만진다. 레베 역시 굳은 표정 그대로 멀찌감치에서부터 걸어온 길을 돌아보고 있었다.

"……?!"

그러던 중 레베가 두 사람에게 작게 신호를 보내며 풀숲을 가리켰다.

"뭔가가 다가옵니다."

"더욱 수상한걸?"

"미행이라도 따라붙은 건가?"

글라디스는 품에서 단도를 꺼내 들었고, 레베는 검의 손잡이에 손을 얹었다. 아이리스 역시 주문을 준비하려 했지만 갑작스럽게 튀어나온 글라디스의 손이 그의 입을 막아버려 그렇게 하지는 못했다.

부스럭!

약간의 시간이 지난 뒤 레베의 말대로 눈앞의 풀숲이 작게 흔들리기 시작했다. 긴장된 순간, 모두가 촉각을 곤두세우고 그것을 지켜보고 있을 때, 갑작스레 한 인영이 그들의 앞으로 튀어나왔다. 그리고…….

"누구냐?!"

"꺄악!"

"뭐, 뭐야?!"

비명을 질렀다. 그것도 숨죽이며 기다리는 이쪽의 모두가 기겁할 정도로 크게 말이다! 뭐?! 비명을 왜 질러?! 놀래야 할 쪽은 이쪽이란 말이야!

하지만 그런 아이리스의 불만과 글라디스의 수상하다는 직감은 한순간에 사라져 버렸다. 자신들의 앞에 튀어나온 이는 앳되어 보이는 열아홉 살 정도의 소녀였다. 양 볼에 살짝 주근깨가 있고 긴 속눈썹이 매력적인…….

"우와! 훈제 소세지도 있어! 감격, 완전 감격이야!"

"이거 정말 우리 주는 거야?!"

"아, 예?! 예, 예."

소녀의 손에 들린 음식을 발견한 글라디스와 아이리스가 발정난 개마냥 뛰어들었다. 두 사람을 자제시키고 소녀와 대화를 나누려 했던 레베가 두 사람을 불러보지만 이미 늦은 일이었다.

"저기, 아이리스 군, 글라디스 양."

"우워어어?"

"머그르릅?"

"아, 아닙니다."

입 안에 한가득 음식을 넣고 건성으로 대답하는 두 사람을 보던 레베는 양 눈망울을 집으며 절레절레 고개를 흔들었다. 그리곤 멍한 표정으로 자신들을 바라보는 소녀에게 말을 건넸다.

"저, 이름이 어떻게 되시는지요?"

"아… 예? 아, 스, 스잔나라고 해요."

"스잔나 양, 괜찮으시다면 제가 자세한 이야기를 듣고 싶은데 괜찮으신지요?"

"우리 마을뿐만 아니라 주변 열네 개 정도의 마을이 메이죠님을 모시고 살고 있어요. 물론 그것이 예전부터 내려온 전통이라 어느 정도의 강압성을 띠고 있지만, 저희가 어쩔 수도 없고, 그렇다고 종교가 마을에 큰 영향을 미치는 것도 아니었어요."

"흐음."

스잔나의 이야기가 계속될수록 레베의 표정이 조금씩 변화를 일으켰다. 스잔나의 얼굴은 내내 어두웠고, 가끔 작은 소리에 흠칫 놀라며 사방을 두리번거리기도 했다.

"왜 그러십니까?"

"아, 아뇨. 계속 이야기할게요. 하지만 이번 새로운 메이죠의 신관님이 취임하시면서부터 달라지기 시작했어요."

"달라졌다는 것은 지금의 상황을 말씀하시는 겁니까?"

레베가 말하자 스잔나는 고개를 끄덕이며 말을 이었다.

"음, 좀 더 자세히 들어보기로 하지요."

"메이죠님을 모시는 건 사실이지만, 게다가 그때는 이렇게 타지인을 멀리하는 배타적인 모습도 없었고요. 저희 마을의 풍습을 크리스찬교에서 특별히 터치하지도 않았고요. 하지만……."

"하지만?"

말을 끊으며 머뭇거리던 그녀의 얼굴에 어둠이 내렸다.

"그 사람들이 온 뒤로 모든 게 변했어요."

레베의 직감에 이것은 단순한 일이 아니었다. 그가 스잔나를 다그치듯 물었다.

"그 사람들이 누굽니까? 무엇을 하는 사람들이지요?"

"저는 자세한 것을 잘 모르지만 외부에서 온 사람들이에요. 그때부터 메이죠님을 모시는 신관님을 강제로 끌어내고 자신들이 내세운 사람을 새로운 신관으로 올려놓고 마을의 모든 것을 착취하기 시작했어요."

"그걸 가만히 놔둬?"

옆에서 스잔나가 가져온 음식을 우물거리며 글라디스가 말했다. 덕분에 입 안에 있던 빵 쪼가리가 밖으로 튀어나가자 아이리스가 더럽다는 듯 그녀에게 뭐라 했고, 두 사람은 또다시 자기들만의 파이트를 시작했다.

"마을 사람들이 가만히 있었습니까?"

"무, 물론 저희도 처음엔 가만히 있지 않았지요. 하지만 새로 부임한 신관 뒤에 있는 사람들은 전부 하나같이 무서웠고, 외부인과의 접촉이 있으면 접촉한 마을 사람들은 쥐도 새도 모르게 사라졌어요. 게다가 우리와 접속한 외부인들은 다신 이곳으로 돌아오지 못했죠. 그런데 저분들… 괜찮은 건가요?"

"괜찮습니다. 늘 저러니까요."

이젠 레베도 저 두 사람이 만들어내는 상황에 익숙해져 버렸다. 다투면서도 스잔나의 이야기를 듣고 있었는지 아이리스가 툭 내던지듯 말했다.

"이거 무쟈게 수상하구먼."

"그렇게 여러 곳이나 되던 마을이 전부 사라졌다는 것도 여러분을 통해 알게 되었어요. 이대로 가다간 저희 마을도 어찌 될지 몰라요. 촌장님도 이젠 더 이상 안 되겠다는 생각에 위험을 무릅쓰고 여러분들에게 도움을 요청한 거예요."

확실히 수상했다. 도대체 산속에 있는 마을에서 무엇을 할 수 있단 말인가? 단순한 도적들이라면 주변 마을을 없앨 필요가 있었을까? 레베의 직감이 점점 안 좋은 방향으로 흐르기 시작했다. 무엇보다 그는 스잔나의 이야기를 들으면서 내내 마음에 걸리는 것이 있었다.

"그럼 저희가 무엇을 도와드려야 할까요?"

"저희 대신 싸워달라는 말은 못하겠어요. 물론 여러분은 한눈에 보아도 강해 보이지만 위험을 무릅쓰게 만들 수는 없어요. 그러니 제발 저희 마을의 사정을 밖에 알려주세요. 그리고 나라에서 도움을 줄 수 있도록 해주세요."

"그건 어렵지 않겠지만……."

"도와주시는 건가요?"

"당연합니다."

내내 마음속에 걸려 있던 그것, 그리고 조심해서 나쁘지 않아야 할 것, 이 소녀는 분명 어딘가가 어색하고 수상했다. 레베가 스잔나를 똑바로 쳐다보며 입을 열었다.

"하지만 그전에 생각해 볼 문제가 있습니다."

"예? 어떤 것인가요?"

"여러분과 접촉한 모든 외부인이 생존하지 못했다는 것과……."

"……."

레베의 날카로운 지적에 스잔나의 얼굴이 딱딱하게 굳었다. 게다가 옆에서 음식을 먹던 글라디스와 아이리스의 표정이 점점 묘하게 변해가는 것을 보며 레베가 긴장된 표정으로 말을 이었다.

"당신이 너무나도 쉽게 빠져나와 우리에게 이런 식료품을 제공했다는 것입니다."

"저, 저기……."

레베의 비장한 모습에 스잔나가 당황하며 무엇인가 행동을 취하려 했다. 레베가 그런 그녀를 막아서려 하는 순간, 아이리스와 글라디스의 짧은 외마디 비명이 터져 나왔다.

"크억! 레, 레베 씨!"

"글라디스 양!"

"레, 레베 씨!"

"……?!"

온몸을 떨며 글라디스와 아이리스가 그를 바라본다. 젠장! 이렇게 허무하게 당한 것인가?! 으득 어금니를 악물며 레베가 스잔나를 노려보려는 찰나, 떨리는 목소리로 아이리스가 말을 이었다.

"너, 너무 맛있어요, 이 훈제 소시지."

"예?"

"자, 레베 씨도 좀 드셔보세요."

순간 레베의 움직임이 굳어버렸다. 이어 그의 귓불이 빨갛게 물들기 시작했다. 살짝 누르면 그곳에서 피가 철철 쏟아질 것 같은 빨개진 얼굴로 그가 떠듬떠듬 아이리스에게 물었다.

"아, 그러니까, 약에 뭔가 이상한 것이 섞인 게 아니라……."

"예? 무슨 말씀이세요?"

그가 천천히 스잔나를 돌아보았다. 그곳엔 자신을 가늘게 뜬 눈으로 쏘아보는 스잔나가 있었다. 이런 개망신이…….

"……."

'죽고 싶다, 정말.'

억지로 입꼬리를 올리며 웃어 보이는 레베가 간신히 입을 떼며 말했다.

"하, 하하, 이, 이런 일도 늘 항상 대비해야 된다는 이야기였습니다."

"……."

"자, 그러면 이번 일은 저희에게 맡겨주십시오!"

"아, 예……."

하지만 스잔나의 의심쩍어하는 눈초리는 풀리지 않고 더욱 집요하게 그를 뚫어져라 바라볼 뿐이었다. 위기를 벗어날 길이 없었다. 그가 아이리스와 글라디스에게 도움을 요청하려 했으나, 이미 사태 파악을 빠르게 마친 두 사람은 사악한 미소를 띤 채 레베를 바라보고 있을 뿐이었다.

"레베 씨, 갑자기 왜 그러세요?"

“쿡쿡쿡.”

“스잔나 씨, 정말 너무 맛있어서 특별한 약을 탄 줄 알았어요.”

“정말~ 아주 특별해서 막 의식을 잃을 정도로 맛있었지. 누군가가 오해한다고 해도 이상할 것이 없을 만큼 말이지. 안 그래요, 레베 씨? 쿠쿠.”

글라디스가 의미심장하게 웃으며 레베를 바라본다. 그리고 레베는 그저 어색하게 웃어넘길 수밖에 없었다.

“아, 하하, 저도 꼭 먹어보겠습니다. 하하하!”

“아무렴요. 직접 먹어봐야 알 수 있죠. 정신을 잃을지도 모른다 할 맛을! 히히!”

“아이리스, 그만 해라. 레베 씨 얼굴에서 피 나오겠다.”

“너야말로 그만 해라. 신나서 실컷 떠들어놓고.”

“하지만…….”

아이리스의 말에 글라디스의 목소리가 조금 잦아들었다. 하지만 이내 두 사람은 동시에 웃으며 소리쳤다.

“재미있어!”

“재미있잖아!”

서로 배를 움켜잡고 웃기 시작하는 두 사람을 바라보며, 레베는 쥐구멍, 아니, 저 눈앞의 풀숲에 당장이라도 뛰어들고 싶은 마음뿐이었다. 동료라는 작자들은 한발 나서서 자신을 놀리기에 바빴으니 그의 마음이 오죽하랴.

부스럭—

"······?!"

반대편 나뭇잎이 살짝 흔들리자 모두의 시선이 향해졌다. 곧이어 음산하고 낮은 목소리가 일행의 인상을 찡그렸다.

"흐흐흐, 이래서 눈치 빠른 놈들은 명이 짧아지는 것이지."

때마침 다른 인기척이 나타나지 않았더라면 얼마나 더 두고두고 놀림을 받았을는지······. 다른 이들에겐 지금 들리는 목소리가 음산하고 기분 나빴을지 모르나 레베에겐 무엇보다 안도가 느껴지는, 그리고 희망에 가득 찬 목소리였다.

"촌장 늙은이도 징하군. 그 정도로 마을 사람들이 희생당했다면 그만둘 때도 됐을 텐데, 쓸데없이 나서기나 하고 말이야."

"하, 하하! 추적대인가?!"

레베는 왠지 작은 웃음을 터뜨리며 자신의 동료들을 돌아보았다. 마치 '그래도 내 얘기가 반은 맞았다' 라고 강력하게 어필하는 표정. 글라디스와 아이리스는 레베의 웃는 얼굴을 접하며 같이 어색하게 웃어 보일 수밖에 없었다. 레베 씨, 아까 그 일이 매우 타격이 컸구나.

"응? 왠지 그 웃음이 거슬리는군. 너무나도 큰 공포와 절망에 미쳐 버리기라도 한 건가? 후후후, 그것도 좋겠지. 너희가 사실을 알았다고 해도 변하는 것은 없어. 너희는 전부 여기서 죽을 것이니까."

상황을 알 리가 없는 추적대원들은 멋지게 공중에서 한 바퀴 돌아 바닥에 착지했다. 그 인원은 무려 네 명. 날카로운 갈고리를 손에 쥔 채 날카로운 살기를 내뿜는 그들이 아이리스 일행을 스윽 둘러보려 할 때, 동시에 터져 나온 박수 소리에 고개를 홱 돌렸다.

아이리스와 글라디스가 작은 환성을 내지르며 박수를 치고 있는 것이었다.

"글라디스, 너만큼 도는데?"

"헛소리! 저 정도는 자면서도 할 수 있다고. 게다가 우아함이라고는 개꿈만큼도 없잖아."

"그럼 해봐."

'뭐 하는 자식들이냐? 미친놈들 아니야?'

이어 아이리스의 면상 위로 터지는 글라디스의 주먹질을 보며 왠지 모를 오한이 추적대의 등줄기를 쓸고 지나갔다. 이 녀석들에게서는 왠지 위험한 냄새가 난다. 그것도 진하게 말이다.

'대체, 뭐 하는 녀석들이냐?'

시종일관 자신들이 등장할 때부터 웃고 있는 허우대 멀쩡한 기사 녀석 하나와, 자신들은 안중에 없어 뵈는 여자와 괴상한 차림의 남정네 녀석. 자신들을 보며 벌벌 떨고 있는 것은 마을의 주민으로 알고 있는 스잔나 한 명뿐이었다.

“후, 후후……”

하지만 그런 것을 이제 와 티 낼 수는 없었다. 서로 눈짓을 주고받은 네 명의 추적대는 다시 한 번 음산한 웃음을 흘리며 말을 이었다.

“너희들의 목숨은 이미 없는 것과 마찬가지. 마지막으로 기도나 하거라.”

“거야 두고 봐야 알지.”

추적대의 말이 끝나기가 무섭게 레베가 그들의 말허리를 자르듯 대답했다. 게다가 레베의 얼굴에선 미소가 좀처럼 사라지지 않고 있었다.

“레비 씨, 왠지 기뻐 보여요. 얼굴이.”

“아, 아닙니다. 그렇지 않습니다!”

그런 레베의 모습을 보며 아이리스가 넌지시 말을 건넸고, 그는 당황한 듯 팔을 휘저으며 변명했지만 글라디스 역시 한쪽 눈썹을 흔들거리며 묘한 뉘앙스로 아이리스의 의견을 거들었다.

“쿡쿡, 아닌데? 저 얼굴은 뭔가 스트레스를 잔뜩 받은 사람이 그걸 풀기 전 모습인데?”

“그, 그렇지 않습니다.”

자신들 네 명을 앞에 두고서도 저렇게 여유를 부리고 있다니……. 추적대의 입장에서는 당장이라도 저들에게 달려들어 도륙을 내고 싶었지만, 웬일인지 저런 모습을 보이는 눈앞의 사내에게서는 어떠한 빈틈도 찾을 수가 없었다.

'분명 만만한 놈이 아니다.'

추적대 네 사람은 각자 시선을 주고받으며 잡고 있는 무기를 강하게 꼬나 잡았다. 한창 긴장의 끈을 팽팽하게 조이고 있을 때, 글라디스의 우렁찬 목소리가 터져 나왔다.

"좋아, 그럼 가라!! 비밀 병기 레베 씨!"

"뭐야, 글라디스 비밀 병기는 나 아니었어?!"

비밀 병기라는 말에 아이리스가 글라디스를 향해 묻자 그녀는 아이리스의 어깨를 토닥이며 말을 이었다.

"아니, 넌 지금부로 최후의 병기로 등극됐어. 축하해."

스르릉!

레베의 허리춤에 차여 있는 검이 은우한 쇳소리를 뿜내며 칼집에서 빠져나왔다. 나뭇잎 사이로 들어오는 햇살에 번쩍이는 검의 기운에 추격대들이 자신들도 모르게 두어 발작 물러서 버릴 정도였다.

"후, 당신들은 수많은 악행을 저지른 악인이겠지만 죽이지는 않겠습니다. 살아서 그 죄를 씻을 수 있도록 말입니다."

"어디서 설교 짓이야!"

"어디서 좀 놀았던 실력인가 본데, 네 명을 상대로 잘도 지껄이는구먼, 형씨!"

네 명의 추격대와 레베가 서로의 기 싸움을 하듯 양쪽으로 물러서 대치했다.

"우! 그냥 기분도 꿀꿀한데 패버려라!"

"실력을 보여라, 비밀 병기!"

"왜, 왜들 이러십니까?"

갑작스럽게 들려오는 두 사람의 응원 아닌 응원 소리에 팽팽했던 기 싸움이 끊어져 버렸고, 레베가 빨개진 얼굴로 두 사람을 돌아보았다. 그리고 그것을 놓칠 리가 없는 추격대였다.

"지금이다!"

쉬아악!

레베는 자신의 머리를 향해 내려치는 추격대 중 한 명의 검을 받아쳐 버렸다. 검과 검이 부딪치는 강한 충격에 추격대가 몸을 휘청거리며 물러섰지만, 재빨리 그의 품으로 파고든 레베가 강력한 뒤돌려 차기를 먹였다.

뻐억!!

"크헉!"

둔탁한 소리를 내며 저만치 날아간 추격대 중 한 사람은 그대로 커다란 나무를 들이박곤 정신을 차리지 못했다.

"하앗!!"

짤막한 외침을 내지르며 또 한 명이 레베의 다리를 노리고 검을 휘둘렀다. 하지만 레베는 기다렸다는 듯 발을 들어 올려 추격대의 검을 그대로 밟아 바닥 아래로 눌러 버렸다.

"이잇!"

뻐억!

또다시 둔탁한 음이 울렸다. 이어진 레베의 발차기를 안면으로 고스란히 받은 또 한 사람 역시 피를 흩날리며 바닥을 나뒹굴었다.

"괴, 괴물 같은 놈!"

대답 대신 레베는 자신의 검을 바로 잡았다. 남은 두 명 중 한 명이 그의 머리를 노리는 듯 찔러 들어왔고, 레베는 그런 공격을 자신의 검을 휘둘러 저지했다.

카앙!

아니, 저지했다기보단 단번에 휘둘러 상대의 검을 두 동강을 내버렸다. 동시에 그는 자세를 낮추더니 검면으로 상대의 정강이를 냅다 쳐버렸다.

퍽!

"헙!"

정강이를 맞고 휘릭 공중에서 회전하는 적을 그대로 레베가 걷어차 버렸다. 그리고,

동시에 레베는 자신보다 머리 하나는 더 큰 상대에게 달려들어 어깨로 강하게 밀쳐 냈다.

쩌적!

"크아악!"

뼈에 금이 갈 정도의 충격을 받은 표정으로 덩칫값을 하지 못할 만큼 멀찌감치 날아간 적을 레베가 재빨리 따라 들어갔

다. 그리곤 재빨리 몸을 일으키려는 상대의 가슴을 밟아 서며 그의 목위로 날카로운 검을 대고선 지그시 눌렀다.

"이제 끝입니다."

"크, 크윽!"

꾸욱 검에 눌린 목의 상처에서 살짝 얇은 피가 흘러내렸다.

퍼억—

레베가 검면으로 상대의 머리를 기절할 정도로 내려쳤다. 상대는 어김없이 기절했고, 모든 수습이 끝난 레베는 조용히 검을 검집에 넣으며 일행을 향해 걸어왔다.

"어, 엄청나게 세네요, 저분?"

"흐응, 그렇지."

스잔나는 레베의 모습을 떡하니 입을 벌리고 바라보며 말했고, 아이리스는 그 옆에서 고개를 끄덕이며 동조했다. 그야말로 놀라우면서도 발군의 실력!

"근데 말이야, 혹시 마을 처녀를 제물로 바치거나 그러기도 해?"

"야야, 그런 소리 함부로 하면 사람들이 떠나간다."

아이리스가 스잔나에게 질문을 던지자 옆에 있던 글라디스가 허튼소리하지 말라며 그에게 당부하듯 말했다.

"응? 떠나가? 누가? 왜?"

"누구긴, 그분들이지! 왜냐고? 식상하잖아! 마을의 아리따운 처녀를 제물로 바치는 마을이라니, 나 참, 생각이 있는 거야, 없는 거야? 게다가 이미 그 흔하디 흔한 소드 마스터도 나온 마당에 이러면 안 되지!"

흥분해서 언성을 높이는 글라디스는 이내 하늘을 손가락질하며 침까지 튀기기 시작했다. 한참 동안 그런 그녀를 바라보던 아이리스가 물었다.

"글라디스, 그게 무슨 소리야? 하늘에 대고 뭐 해?"

"으, 응? 아, 아무것도 아니야."

얼빠진 얼굴로 아이리스의 물음에 대답하는 그녀와 더불어 놀란 표정으로 입을 연 스잔나였다.

"소드 마스터요?"

"어라? 스잔나, 소드 마스터가 뭔지 알아?"

"아, 아니요. 잘 아는 건 아니고, 그냥 소문은 들어서……."

"내가 알려줄까? 소드 마스터, 지금은 대륙에서 그 칭호를 가진 이가 몇 없다 하는 희귀적인 사람들을 말하는 거야. 검과 이야기를 한다는 사람부터 마치 자신의 마누라처럼 음식까지 차려주며 응응 하는 검에 미친 사람들이지."

"에… 아이리스 군, 그… 그 뜻은 아니라고 생각합니다."

흘러내리는 땀을 닦아내며 레베가 곤란함을 표시했다. 확실히 자신이 소드 마스터란 칭호를 가지고 있는 사람으로서 아이리스의 표현을 듣고서 인정한다면 '나 미친놈이요' 하는 꼴이 될 테니 말이다.

"너는 너무 극단적으로 말을 만들어내더라?"

"난 어렸을 때 론드 씨에게 이렇게 배웠다고!"

"그 인간이 그렇지, 뭐. 하여튼 이상한 건 다 배웠어요."

아이리스에게 핀잔을 날린 글라디스가 갈피를 못 잡는 스잔나를 보며 부드럽게 말을 이었다.

"에에, 스잔나 양, 내가 다시 잘 설명해 줄게."

"예? 예."

"소드 마스터. 검에 통달한 자를 뜻하지. 한마디로 욜라— 짱 세다는 말이야. 지금까지 알려진 사람은 대륙에 다섯 명이 전부다. 한자리씩 꿰차고 있지. 아, 아몬 그놈도 그리 불렸으니까 이제 여섯 명이구나. 아무튼 아몬만 빼고 전부 높은 자리를 꿰차고 있지. 요약하자면 성공의 지름길을 달릴 수 있도록 해주는 칭호랄까?"

"……."

"아주 현실적이신 연설 잘 들었습니다, 글라디스 양."

"뭐? 맞잖아. 소드 마스터요 하면 막 다 떠받들어 주고 좋은 자리가 창창하니까."

짝짝!

정신없어지려는 분위기를 정리하듯 레베가 크게 두 번 정도 박수를 치고선 말했다.

"자자, 이야기가 다른 곳으로 흘렀는데, 가장 중요한 논점으로 넘어가도록 하지요. 이미 추격병까지 만난 상태이고, 저희가 이렇게 발을 빼기엔 힘들어 보입니다."

“가장 좋은 방법이 있지.”

밝은 얼굴로 이야기를 꺼낸 글라디스가 검지를 하늘 위로 쳐들면서 경쾌하게 외쳤다.

“호랑이를 잡으려면 호랑이 굴로 들어가라!!”

“그냥 덫을 놓으면 안 돼?”

“그, 그런 방법도 있지!”

아이리스의 물음에 버벅거리며 대답하긴 했지만 글라디스의 의견만큼 또 좋은 방법이 있는 것이 아니었다. 가장 이상적인 방법이자 가장 손쉽게 침투할 수 있을지도 모르는 방법.

옛 대마법사라 칭해진 '아스포델 페라드레프'의 저서 병법란에 쓰여 있는 작전이기도 했다. 물론 부작용으로 '적이 암구호나 표식을 원할 땐 대략 낭패. 죽을힘을 다해 뛸 것!' 이라고도 적혀 있긴 했지만 말이다.

“여하튼 이자들은 잠시 가둬두고, 저희가 이자들의 모습으로 잠입하는 게 빠를 듯합니다.”

레베의 이야기에 아이리스가 고개를 갸웃거렸다.

“아무리 복장을 갖춰 입었다고 하지만 쉽사리 들어갈 리가 없을 거 같아요. 그렇게 큰 조직이라면 당연히 여러 가지를 조사할 거 같은데, 그 예전 늙은 마법사도 그랬잖아요. '옷만 입고 들어간다고 다 들어갈 수 있으면 뭐 하러 암구호를 만들어놓느냐' 라고.”

“으음, 그렇겠군요. 그렇다면 아이리스 군의 마법으로 어떻게…….”

“절대 반대!”

“원, 이렇게 동료에 대한 믿음이 없어서야!”

“그 믿음은 이미 바닥난지 오래야!”

아이리스의 마법 이야기가 나오자마자 글라디스가 양팔을 걷어붙이곤 반대하기 시작했다. 아이리스가 그녀에게 툴툴 거렸지만 그녀는 몸서리치며 절대 안 된다는 둥, 너는 절대 최악의 최악 중의 최악의 사태를 대비해야 하는 인물이라는 둥, 연신 주절댔다.

“저, 그거라면 저희 쪽에서 도와주실 분이 두 명 정도 계십 니다. 솔직히 아까 레베 씨의 싸움을 보기 전이라면 이런 생 각을 하지 않았을 텐데, 정말 놀랐어요.”

그런 세 사람의 뒤에서 스잔나가 살며시 말문을 트며 그들 의 사이를 비집고 들어왔다. 그녀의 이야기에 레베는 약간 우 쫄한 표정을 지었고, 글라디스는 아이리스의 마법을 안 쓰게 되어서 다행이라는 표정으로 그녀의 손을 꼭 붙잡았다.

“그래요? 그럼 무척이나 잘됐네요! 우리가 몰래 들어갈 수 있도록 해주시지 않겠어요? 나쁜 놈들은 우리가 들어가기만 하면 다 그냥 막, 아우, 그냥 막! 그러니까 막, 아우, 그렇게 된 다고.”

“예, 예. 꼭 말씀드릴게요!”

조금씩 오후의 늦은 해가 저물 준비를 하고 있었다. 혹시나 모를 아몬의 등장을 우려하고 빠르게 추적대인 척을 해야 하기 때문에 아이리스 일행은 행동을 서두르고 있었다.

"저, 레베 씨."

"예, 말씀하시지요, 글라디스 양."

레베의 말에 아까부터 조금씩 눈치를 보던 글라디스가 살짝 망설임을 보이다 조심스레 입을 열었다.

"저, 혹시 이번에도 아몬 때문에 일이 망쳐질까 봐 걱정되지 않으세요?"

그러자 레베가 밝게 웃으며 손사래를 쳤다. 그녀의 조심스러움을 이해한다는 뜻이었다.

"하하하, 아몬이 정말 많이 신용을 잃었군요. 하지만 걱정하지 마십시오. 아몬도 전부 이 일을 보고 듣고 있을 테니까요."

"그럼 다행이지만……."

다시 주섬주섬 옷을 입기 시작하는 글라디스의 얼굴은 왠지 불편해 보였다. 게다가 아이리스는 하필이면 레베보다 컸던 이의 옷을 집고서 옷이 크다며 툴툴거리고 있었다.

"녀석이 입이 거칠긴 해도 꽤나 어린 녀석입니다. 그리고 지금도 예전 일들로 많이 괴로워하고 있습니다."

"헤에? 아몬 씨가요?"

팔다리가 헐렁하다 못해 한 뼘 이상 나온 옷. 게다가 목 부분이 축 늘어진 옷을 입은 아이리스가 의외라는 표정으로 물었다. 물론 지금 입고 있는 옷은 글라디스에게 한 소리 듣고 새로운 옷으로 갈아입게 되었다.

"오히려 제가 아몬에게 미안한 일투성이지요. 녀석이 좀 자기 표현을 하는 데 서툴러서 그러는 것이니 조금만 더 이해해 주시다 보면 아시게 될 겁니다."

"……."

"자기 표현이 서투른 것은 알고 있지요. 게다가 극단적인 것도."

"하하!"

세 사람이 마지막으로 복면을 뒤집어쓰자 영락없는 추적대의 모습이 갖춰졌다. 물론 그들처럼 나무나 풀숲을 병행하며 몸을 숨기는 일은 없었지만 말이다.

그렇게 지나왔던 길을 또다시 돌아 마을로 향하던 때, 저 멀리서 작은 손짓이 일행의 눈에 띄었다. 손짓을 따라 마을 입구의 반대쪽으로 돌아선 그들을 맞이한 건 아침에 자신들을 쌀쌀맞게 내몰았던 마을의 촌장과 젊은이들이었다.

"자네들이 스잔나가 말한 사람들인가?"

"예."

짧게 대답하며 세 사람이 복면을 벗자, 일행의 모습을 알아본 젊은 청년이 놀라 입을 열었다.

"어? 당신들은 아까……?"

“매 맞듯이 쫓겨난 사람들이지요~”

장난스러운 아이리스의 대답에 청년은 깍듯이 고개를 숙이며 말했다.

“아까는 미안했습니다. 우리도 그러고 싶지는 않았어요.”

“사정을 알았으니까, 뭐, 된 거잖아요. 힘내요.”

그렇게 화가 나 있던 글라디스 역시 지난일이라며 청년의 어깨를 토닥여 주었다. 마을의 촌장 역시 세 사람에 작게 고개를 숙여 보였고, 곧이어 아이리스를 보며 대견하다는 듯 목소리를 살짝 높였다.

“자네들, 부탁하네. 그리고 은발청년, 용케 목걸이의 용도를 알아봐 주었구면.”

“하하! 한 눈에 딱 알았다니까요.”

촌장의 말이 끝나기가 무섭게 자신의 공로로 수긍해 버리는 아이리스를 뒤에서 바라보던 레베가 작게 고개를 끄덕이며 글라디스에게 말했다.

“글라디스 양이 왜 아이리스 군을 때리는지 알겠습니다.”

“사양 말고 치세요.”

어깨를 으쓱이며 아이리스를 때리지 않는 레베를 바라보던 글라디스가 말없이 아이리스의 뒤통수를 내려쳤다.

“우리도 목숨을 걸고 하는 일이네. 부탁하네. 스잔나 말이 엄청나게 강한 사람이 있다던데 꼭 좀 부탁하네.”

“미력하지만 최선을 다해 여러분을 돕겠습니다.”

레베의 행동 하나하나는 사람들에게 믿음을 주는 무엇인가 있었다. 방금 전 뒤통수 사건으로 티격태격하고 있는 아이리스와 글라디스를 불안한 눈초리로 바라보던 이들도 레베의 한마디에 표정을 바꾸어 믿고 기대한다는 이야기를 내뱉을 정도였으니 말이다.

“그럼 이쪽으로.”

다시 시커먼 복면을 뒤집어쓴 세 사람을 마을 청년이 앞장서서 인도하기 시작했다. 울창한 풀숲을 지나 몇 년 동안은 손질하지 않은 듯 보이는 넝쿨 숲을 빠져나온 그들의 앞에 작은 굴 하나가 눈에 띄었다.

“교단은 마을이 아닌 땅속에 있습니다.”

“그럼 여기가 입구인가요? 입구라고 하긴 너무 초라하고 비좁은데…….”

“입구라기 보단 공기 구멍이지요. 이쪽으로 잠입하신다면 따로 검문이나 확인 절차를 밟지 않으셔도 될 겁니다. 추적대 일로 교단에서 저희에게 뭔가 물어본다면 어떻게든 시간을 벌어볼 테니 그사이…….”

“불안해하지 않아도 됩니다. 저희를 믿어주십시오. 저는 그렇다고 쳐도 이 두 사람은 꽤나 이 대륙에서 유명하니까요.”

“예?”

“후후~”

“호호, 레베 씨, 또 부끄럽게 무슨 말씀을…….”

레베의 이야기에 청년은 믿을 수 없다는 표정으로 두 사람을 돌아보았다. 아이리스와 글라디스는 각자 나름대로 건실한 표정을 지어 보이긴 했지만 그것 또한 청년에겐 별로 믿음이 가도록 하진 않는 듯싶었다.

“그, 그럼 레베 씨만 믿고 저는 이곳에서 기다리겠습니다.”

한참을 두 사람을 바라보던 청년이 레베에게만 이야기하자 두 사람의 표정이 딱딱하게 굳었다.

“아니, 방금 레베 씨가 한 말 못 들었어요? 우리가 더 유명인이라니까.”

“허허, 사람을 잘못 보는 건 누구나가 저지를 수 있는 일, 이해합니다. 다시 한 번 잘 보세요.”

“아, 예. 그래도 저는 레베 씨가 좀 더…….”

자신의 온화한 설득에도 좀처럼 불안함을 풀지 못하고 말을 있는 청년을 보자 아이리스도 참지 못하고 언성을 높이기 시작했다.

“허허, 이 사람, 재앙의 마법사 몰라? 재앙의 마법사!”

“에엣?! 재앙의 마법사요?”

그 소리에 청년이 깜짝 놀라며 되묻자 아이리스의 표정이 다시 의기양양해졌다. 그는 이어서 ‘그럼 그렇지! 나는 통한다? 라는 눈빛으로 글라디스를 바라봐 주는 것도 잊지 않았다.

"아저씨, 재앙의 마법사 말고 괴도 천사 몰라요, 괴도 천사? 아, 진짜 요즘 누가 재앙의 마법사를 기억해요. 요즘 트렌드는 미성과 지성, 그리고 섹시함을 두루 지닌 미모의 여도둑 괴도 천사라고요!"

"처, 처음 듣는데요. 그렇지만 재앙의 마법사는 알고 있습니다. 정말 대단한 분이셨군요!"

"암!"

죽상이 된 글라디스의 어깨를 토닥이며 아이리스가 밝게 웃었다. 하지만 그 웃음은 청년의 다음 행동에서 바로 반전되고 말았다.

"레베 씨, 정말 꼭 좀 부탁드립니다. 저는 레베 씨가 어느 유명한 집안의 기사 분인 줄로만 알았는데 마법사이셨다니!"

"아, 저, 그러니까… 재앙의 마법사는……."

청년의 이야기에 곤란한 표정을 지으며 레베가 말을 하려 했지만 청년은 그런 레베의 말허리를 자르며 다시 한 번 간절한 목소리로 말을 이었다.

"저희 마을을 꼭 좀 부탁드립니다!"

"그러니까 저기… 재앙의 마법사라 불리는 친구는……."

마침내 구석 후미진 곳에서 참을 수 없는 분노를 담은 아이리스의 외침이 터져 나왔다.

“크아악! 이 마을이고 교단이고 자시고 전부 다 태워 버리
겠어!”

“지, 진정해요, 아이리스 군!”

“그래! 그럼 불난 틈을 타 모든 재산은 내가 다 훔쳐 때리겠
어!”

“글라디스 양까지 왜 이러십니까?”

거기에 글라디스까지 합세하여 한바탕 작은 소동이 벌어
지는 것을 막기 위해 피땀을 흘려야 했던 레베. 하지만 정작
마을 청년은 그런 레베의 모습에 더욱 감명받은 표정이었다.

“쳇, 그딴 마을, 타버리든 말든 알 게 뭐야!”

“지금이라도 늦지 않았어. 돈 될 만한 걸 훔쳐서 그냥 가자
니까.”

한바탕 소동이 일어날 뻔한 것을 간신히 막아서며 굴 안으
로 들어온 세 사람이었지만, 아이리스와 글라디스의 불만 섞
인 중얼거림은 도무지 끝이 날 생각이 없었다.

“두 분, 이제 그만 진정들 하시고.”

“호오? 이게 누구신가요? 재앙의 마법사와 괴도 천사보다
도 훨씬 위대하고 유명하신 레베 씨 아닌가요?”

“이런, 저희같이 믿음직스럽지 못한 녀석들과 함께 하시기
힘드시겠습니다?”

레베의 말에 아이리스와 글라디스는 누가 먼저라고 할 것

도 없이 레베에게 가시 돋친 이야기들을 내뱉기 시작했다. 그 소리에 레베는 특유의 곤란해하는 웃음을 내보이며 두 사람의 이야기에 답했다.

"그럴 리가요. 하하하, 두 분 다 이제 그만 화 푸시고 이번 일이 잘 해결되면 제가 앞장서서 두 분의 업적을 마을에 알리겠습니다."

"아니, 뭐, 그럴 필요까진 없고, 그냥……."

"역시 마음 넓은 우리가 참아야겠죠, 레베 씨?"

이걸 단순하다고 해야 하나? 간단한 사탕발림에 어린아이들처럼 걸려든 글라디스와 아이리스는 이것을 기점으로 싱글싱글거리며 통로의 남은 거리를 내려왔다.

이렇게 저렇게 결국 세 사람은 그 좁디좁은 공기 구멍 굴을 간신히 통과하여 적들의 내부로 침투하는 데 성공했다.

"잠입하긴 했는데 도대체 누가 대빵인 거지?"

아이리스의 물음에 글라디스가 뭐 별걸 다 고민한다는 듯한 말투로 대답했다.

"딱 보면 휘황찬란한 옷 입고 거드름 피우는 사람이 대빵이지 뭐 있겠어?"

"역시 모든 것을 돈과 연결시키는 무서운 결단력."

그리하여 새롭게 부임했다는 문제의 신관을 찾아 나선 아이리스 일행. 이곳이 과연 교단일까 하는 생각이 들 정도로 교원들의 모습은 일반적인 예복이 아니라 무엇인가 작업을 위한 복장을 하고 있었다.

"개성이 넘치는 겁니까, 아니면 복장 규제가 없는 겁니까?"

"글쎄요, 복장 규제라고 하기엔 다들 입고 있는 옷이 한결같은데요."

"적어도 저것이 예복은 아닌 거 같지?"

게다가 지금 입고 있는 추적자들의 옷은 이곳에 들어오자 너무나도 눈에 띄게 되었다. 한마디로 애초에 세웠던 계획은 전부 철회되었다는 것이다.

때마침 글라디스의 눈에 띈 두 명의 교원은 정말 운이 나빴다고밖에 표현할 수 없었다. 다짜고짜 구석으로 끌려가 영문도 모른 채 글라디스에게 추궁당하기 시작하는 두 사람을 보며 아이리스는 안쓰러운 마음까지 생기려 했다.

"시, 신관님의 정체는 아무도 모른다."

"신관님의 정체를 알려 하면 모두가 죽게 돼!"

"우, 웃기지 마! 알지 못하는 걸 어떻게 이야기하라는 거야!"

심각한 표정으로 소리치려는 교원의 입을 막아선 글라디스가 낮은 음성으로 말했다. 일을 크게 만들지 않으려 말로 조용조용 타일러 보는 글라디스였지만 교원들의 반응은 완고했다.

"알았어. 그럼 그건 우리가 알아서 할 테니까 우선 옷부터 벗어.”

“버, 벗으라니? 우리를 우롱할 생각이냐?!”

“…….”

“어머, 벗으라니? 글라디스 역시 끼가 다분하구나.”

그리고 갑작스레 장난기가 발동한 아이리스가 상황을 잘못 판단하고 그 이야기 가운데에 끼어들었다. 끼어든 데에 대한 대가를 이제 톡톡히 치르는 일만 남았겠지.

뻐억.

“봤지? 이렇게 되기 싫으면 알아서 벗어!”

“버, 벗겠습니다!”

정말 교원들이 자신의 옷을 벗는 데 단 몇 초도 걸리지 않았다. 그렇게 하기에 가장 큰 도움을 준 것은 커다랗게 부은 얼굴을 다잡고 눈물을 흘리고 있는 아이리스의 모습 덕분이었지만 말이다.

“고마워. 그럼 한숨 푹 자둬. 일어났을 때는 전부 다 굿바이일 테니까.”

퍽!

“이야, 글라디스, 이러니까 우리 무슨 악당 같지 않아?”

“왜 우리가 악당이냐, 정의의 용사지? 자, 그럼 계속해서 임무 수행이다!”

그리고 한참을 어슬렁거리며 곳곳을 누비기 시작하는 일행. 글라디스는 이곳저곳을 정처없이 서성이듯 앞장섰고, 아이리스는 계속해서 사방을 두리번거렸다. 게다가 레베는 진지한 얼굴로 지나가는 다른 신도들을 쏘아보며 다녔다. 혹, 모르는 사람이 본다면 그와 눈을 마주치는 것조차 꺼려 했으리라. 흡사 벌레 보듯 사람을 노려보는 레베의 눈빛은 단연 세 사람 중 가장 돋보였다.

"레베 씨, 그렇게 인상 쓰면 사람들이 놀래요."

"아, 예? 죄송합니다. 저도 모르게 그만……."

"아무래도 레베 씨는 가슴속에 주체할 수 없는 정의의 기운이 흐르나 봐."

"그건 아니다."

"응? 무슨 소리야?"

아이리스의 말에 이의를 제기한 글라디스가 사뭇 진지한 언투로 말을 이었다.

"가슴속에는 절대 악이 존재하고 있지."

"난 아몬 씨가 나왔을 때 난동 피워도 모른다?"

"말이 그렇다는 거지. 레베 씨, 혹시 그런 일은 없겠죠?"

"아, 네. 아마도……."

확신없는 레베의 말투에 일행은 말로 표현 못할 불안감을 각자 가슴에 안게 되었다. '도대체 이곳에서 골치 아플 사람이 누구일 것 같은가?' 라고 묻는다면 세 사람 모두 아몬을 꼽을 것이니까.

"그나저나, 대빵은 어디에 있는 거야?"

"좁은 줄 알았는데 엄청나게 크네. 게다가 거기가 거기 같아."

"역시 이곳은 옳지 않은 일을 하는 무리의 분위기가 물씬 풍기는군요."

가뜩이나 그리 커 보이는 교단이 아니라 얼굴도 서로 다 알 것 같은데, 이런 식으로 돌아다니다간 금방 자신들의 정체가 들통날 것임에도 세 사람의 행동에는 변화가 없었다.

"……."

물론 더욱 신기한 건 그렇게 이곳저곳을 헤집고 다니는 데도 그 누구 하나 그들을 신경 쓰지 않고 자신의 갈 길만을 가고 있다는 것이다.

형제와 자매에 대한 관심은 없고 오로지 자신들만의 일에만 신경 쓰는 것은 흡사 교단이라는 이름을 걸친 하나의 목적 집단 같은 인상을 주기에 충분했다.

"어?"

갑작스레 무리의 앞에 서 있던 글라디스가 딱 하고 걸음을 멈추고는 일행을 돌아보았다.

"아얏! 글라디스! 왜 갑자기 멈추고 그래?"

"무슨 일이 생겼습니까?"

"내 생각인데 말이지."

"응."

이어 그녀가 눈앞에 보이는 중년 남자를 가리키며 물었다.

"딱 봐도 저 사람이 '나는 교주다!' 라고 쓰여 있는 거 같지 않아?"

분명히 중년 남자였다. 온몸을 뒤덮고 있는 값비싼 옷가지와 보석, 그리고 저 어울리지 않는 금색 왕관만 아니었다면 말이다. 앞, 뒤, 옆 어느 곳을 보아도 그는 분명 다른 이들보다 튀었다. 그리고 결정적으로 그는 손에 들린 커다랗고 화려한 지팡이를 휘두르며 신도들에게 뭐라 소리치고 있었다.

"동감."

"동감입니다."

자신의 이야기에 자연스럽게 고개를 끄덕이며 동조하는 두 사람을 보며 힘을 얻은 글라디스가 다시 한마디 이었다.

"그리고 나, 또 든 생각인데, 아까 신관님의 정체는 아무도 모른다고 했던 그 사람들이 너무 한심해 보이는 거 알아?"

"동감."

"동감입니다."

역시나 이번에도 아이리스와 레베는 동조의 뜻으로 고개를 끄덕여 보였다. 적어도 티는 안 나게 하든가, 베일에 가려져 있는 것도 아니고, 위협용 멘트라고 치부하기엔 너무나도 어설픈 신자들의 이야기를 곱씹던 아이리스가 살짝 웃음을 터뜨렸다.

Chapter 8
의문, 그것을 해결하는 건 돌격뿐이야!

발소리를 죽이고 살며시 신관의 곁으로 다가선 글라디스가 품 안의 단도로 그의 등을 위협적으로 쿡 찔렀다.

"응?"

이상한 낌새에 뒤를 돌아보려는 교주의 뒷목을 잡아챈 글라디스가 낮고 위협적인 목소리로 입을 열었다.

"등짝에 칼 꽂히고 싶지 않으면 조용히 따라와."

"아, 알았다."

꽤나 당황한 눈치의 신관을 일행에게 데려온 글라디스. 그를 인도받은 레베가 무서운 눈으로 신관을 노려보자 신관이 고개를 숙이며 움츠려든 모습을 보였다.

"집무실로 가도록 하지."

"너, 너희들은 누구냐? 이 무슨 무례한 짓이냐?!"

띄엄띄엄 말을 이었지만 그는 확실히 나름대로 화를 내고 있었다. 물론 일행 중 그 누구도 이런 어수룩한 모습에 넘어갈 사람은… 있나?

"네가 이곳의 신관이 맞지?"

"무, 무슨 착각을 하는 거냐? 내, 내가 어딜 봐서 신관으로 보인다는 거지?"

한껏 젖은 이마, 당황하는 말투, 안절부절못하고 사방으로 움직이는 눈동자. 더듬거리는 신관의 말이 끝나기가 무섭게 글라디스가 쏘아붙이듯 말했다.

"머리부터 발끝까지 전부 다."

"후, 후후, 설령 맞다고 해도 나는 말하지 않겠다."

"레베 씨, 잔혹하긴 하지만 고문을 해서 불게 만들까요?"

"후후, 겨우 하찮은 고문 협박에 내가 쉽사리 입을 열 거라 생각하는 거냐?"

"하찮은지 아닌지는 당해보면 알겠지."

글라디스가 고문을 할 리가 없었지만 워낙 표정이 리얼했기 때문에 누구라도 섬뜩한 기분을 느낄 것이다. 그 증거로, 이미 신관의 얼굴은 금방이라도 숨이 끊어질 듯 푸르스름하게 변해가고 있었다.

“후, 후후, 고, 고귀한 신관의 몸으로 너희들의 고문에 절대
굴복할 수는 없지.”

“…….”

곁에서 두 사람의 모습을 지켜보던 아이리스는 내심 신관
의 처세술에 박수를 쳐주고 싶었다. 그리고 레베는 ‘아’ 소리
를 내며 이미 감탄 중이었다.

“그럼 우리 좀 더 쾌적한 곳으로 자리를 옮겨보실까?”

신관의 등 뒤로 돌아간 아이리스가 벙찐 표정으로 글라디
스를 보며 말했다.

“글라디스, 이 사람 등이 축축하게 젖었어.”

“응, 다른 의미론 참 뭐라고 해야 할지…….”

걸을 때마다 바닥에 땀을 뿌려대는 신관을 앞세워 그의 직
무실로 간 일행. 직무실은 대단히 크고 넓었다. 어떻게 보면
이 땅속에 이만한 규모의 공간을 만들어놓은 것 자체가 대단
한 일이었다.

각자 넓은 직무실에 자리를 잡은 일행은 신관을 의자에 앉
히곤 밧줄로 그를 움직이지 못하도록 포박했다. 이어 글라디
스가 그에게 물었다.

“자, 그럼 신관 씨, 고문은 서로의 합의가 이루어졌다고 생
각하니까 실행하지는 않겠어. 하지만 몇 가지 질문에 대답해
줘야겠어.”

“휴, 아, 아니, 내가 쉽사리 너희들의 질문에 대답할 거라고

생각한다면 큰 오산이다."

그렇게 크게 안도의 한숨을 내뱉으면 다 티가 난다는 것을 이 사람은 알고 있는 걸까? 그래도 꿋꿋이 작은 반항을 계속 하는 그에게 글라디스는 아무렇지 않은 듯 말을 내뱉었다.

"그럼 그때 가서 고문하지, 뭐."

"후후, 예의가 없는 작자들이로군. 어쩔 수 없지. 이 신사 다운 내가 얘기해 줄 수 있는 범위에서 말해주도록 하지."

"이 사람, 정말 알기 쉬운 성격이네."

신관은 정말 자신의 말처럼 신사다운 사람이었다. 일행이 굳이 물어보지 않은 일에 대해서까지도 낱낱이 말해주는 것 을 과잉 친절이라고 해야 하나.

"그쪽 그림을 치우면 금고 하나가 보일 것이다."

"저 큰 거?"

신관의 이야기대로 아이리스와 레베가 몸뚱이만 한 그림 을 치우자 그곳에는 두껍고 단단해 보이는 금고가 벽에 붙어 있었다.

"그래! 원래 이렇게 그림 뒤에 놔두는 게 정석이거든!"

그 금고의 모습에 글라디스가 환호를 지르며 뛰어들었다. 차가운 금속의 느낌. 글라디스가 금고를 어우만지는 것을 지 켜보던 아이리스가 물었다.

"글라디스, 왠지 신나 보인다?"

"요즘 내가 본업에 충실하지 못해서 목말라 있었거든."

품을 뒤적이며 글라디스가 작은 도구들을 꺼내 바닥에 내려놓자 그것을 본 신관이 다시 한 번 신사 정신을 발휘해 입을 열었다.

"그럴 필요없다. 금고의 비밀번호는……."

퍽!

"컥!"

커다란 돌멩이 하나가 신관의 이마를 강타했다. 순간 정신을 잃은 듯 고개를 푹 숙여 버린 신관을 바라보는 일행의 귀에 글라디스의 짜증 섞인 말투가 들려왔다.

"아, 됐어! 말하지 마! 쉿! 세럽!"

분명 그녀가 던진 돌이었다. 묶여 있는 사람에게 아무런 죄의식 없이 돌을 던지다니. 이 상태에서 섣불리 나서면 자신들 또한 좋은 꼴을 당할 리가 없었다.

"그, 글라디스, 왠지 부, 불타오르는 거 같죠, 레베 씨?"

"그, 그러게 말입니다."

그녀가 금고의 다이얼을 돌리며 일에 집중하고 있을 때 나머지 두 사람은 미동도 하지 않은 채 숨죽여 그녀를 바라보고 있어야만 했다.

딸깍.

잠시의 시간이 흐르고 금고의 잠김이 풀리는 소리가 들리자 글라디스는 환호를 내비쳤고, 두 사람은 긴장감과 중압감에서 해방된 모양새의 한숨을 내뱉었다.

"역시 난 녹슬지 않았어! 이렇게 좀 금고 안에다가 보관하란 말이야! 요즘은 만날 유리 깨고 진열된 거 집어 들고 오니까 성취감이 없어, 성취감이!"

"축하해, 글라디스."

"축하드립니다."

작은 박수와 함께 두 사람의 칭찬에 한껏 으쓱해진 그녀가 육중한 금고의 손잡이를 잡곤 입을 열었다.

"자, 그럼 개봉박두!"

덜컹! 끼기기긱—!

쇠가 맞물려 돌아가는 소리를 내며 젖혀진 금고. 집중하여 그 안을 들여다보던 일행의 눈이 별안간 커다랗게 떠졌다.

"이게 전부 뭐야?"

"이건… 대체……."

번쩍이는 황금색 광채가 방 안 구석구석까지 뻗어나갔다. 그리고 금고 안은 온통 황금색 물결로 가득 차 있었다. 가장 앞에서 그것을 바라보던 글라디스가 마른침을 삼키며 입술을 뗐다.

"도, 돈이네?"

"후후, 이것들은 전부 미래를 위한 포석이라고 할 수 있지. 이것은 그저 빙산에 일각에 불과하다. 이런 금고가 이곳에 총 100여 개가 넘게 있으니 말이야."

"배, 백 개?!"

"그래, 열 개도 아닌 백 개다."

때마침 정신을 차린 신관은 어안이 벙벙해하는 일행에게 의미심장한 웃음을 날려 보였다. 분명 그것은 일행 모두가 정신을 차릴 수 없을 정도의 많은 양. 상상조차 할 수 없을 정도로 커다란 양이었다.

"우와! 반짝거린다."

"눈이 멀어버릴 정도로 눈부시군요."

"이렇게 많은 양의 금괴가 있다니, 광산이라도 발견한 건가?"

계속해서 일행의 입을 타고 오르락내리락 한 것은 압도적인 이 금빛 물건에 대한 감탄사였다.

"……."

하지만 조용히 금고 안에 있던 금괴 중 하나를 집어 든 글라디스는 한참 동안 그것을 요리저리 살피더니 짧게 한마디를 내뱉었다.

"아니, 정확하게 말하자면 이건 모조품이야."

"모조품? 이렇게 정교한데……. 게다가 이건 금괴잖아? 금에 모조품이 어디 있어?"

글라디스에게 건네받은 금괴를 유심히 살펴보던 레베 역시 놀랍다는 듯 그녀의 이야기에 동조하며 말을 꺼냈다.

"아마도 연금술일 것입니다."

"연금술이요? 그런 게 정말 있나 봐요?"

그 이야기에 아이리스가 놀라 다소 흥분한 목소리로 되묻자 레베가 조용히 고개를 끄덕여 보였다.

"예, 지금 시대에서는 찾기 어려운 듯하지만 분명 제가 활동할 때에는 존재하던 이들이었습니다."

레베가 잠들어 있던 700년 전, 그리 멀지도 않은 시간이었지만 그때는 정말 별의별 사람이 전부 존재했고, 어느 날을 기점으로 갑작스럽게 모든 이가 거짓말처럼 사라져 버렸다. 서서히 사라졌던 것일까? 무엇인가 특별한 것에 능한 이들의 명맥이 700년이란 짧은 시간에 행해질 수 있는 것이었을까? 그렇지 않았다. 그것은 유적을 이용한 커다란 대륙전쟁이 남긴 죄의 흔적이었다.

"전쟁이라는 것은 모든 것은 송두리째 앗아가지요. 그것은 사람의 목숨뿐만이 아닙니다. 그들의 흔적과 문화 모든 것을 가져가는 것입니다. 존재했다는 그런 기억이나 기록까지 말이죠."

그날을 생각하는 것이었을까? 레베의 얼굴이 잠시 동안이지만 어두워졌음을 아이리스는 느낄 수 있었다. 많은 이들의 목숨을 앗아갔고, 많은 것을 사라지게 만들었다. 전쟁이라는 것은 그 짧은 시간 동안 인간이 쌓아온 수많은 것들을 전부 앗아가 버렸고, 잃어버리게 만든 것이었다.

"완벽한 연금술을 가진 사람들이라면 굳이 이런 곳에 숨어 있는 모양새로 금을 만들 리 없을 것입니다. 고로, 외양은 비숫하지만 분명 가짜일 가능성이 크다는 것이지요. 왜 이런 짓을 하고 있었습니까? 이 정도로 많은 양의 가짜 금괴가 퍼진다면 분명 글라디스 양의 이야기처럼 작은 나라 하나 정도는 우스울 정도겠군요."

"하지만 이 정도의 양으로 대체 무엇을 하려고. 잘못하면 나라의 균형이 무너질 정도야……."

신기한 듯 계속해서 금괴를 요리조리 살펴보는 아이리스를 제외한 레베와 글라디스의 이야기처럼 이 정도의 가짜 금괴가 여러 나라에 유통된다면 그에 따른 파장은 엄청날 것이다.

분명 기반이 튼튼하지 못한 나라는 순식간에 부채에 떠밀리고 돌덩이나 마찬가지가 되어버린 이것을 어찌 처리하지도 못한 채 최악의 경우 폐망까지 가버리는 사태가 일어날지도.

"당신들은 여기서 왜 이걸 만들고 있었지? 어디서부터 시작된 일이야?"

무섭게 신관을 다그치는 글라디스. 하지만 신관은 그런 그녀에게 의미심장한 웃음을 날릴 뿐이었다.

"후후, 나를 너무 쉽게 봤군. 내가 말하라고 하면 말할 것 같으냐?"

"네, 말할 것 같아요."

"……."

너무나도 빠르고 간단한 아이리스의 대답에 신관의 얼굴

이 빨갛게 달아올랐다. 그것은 마치 허를 찔린 자의 표정이
랄까?

"우선 이것부터 풀어주면 생각해 보도록 하지."

툭.

"자, 말해봐."

글라디스 역시 너무나도 빠르고 간단한 조치로 신관을 당
황하게 만들었다. 그렇게 잡을 때는 언제고 이제 볼장 다 봤
다는 건가? 하지만 신관은 다른 의미였을지라도 분명 신사였
다.

"자, 그럼 내가 이곳에 발을 들여놓게 된 이야기부터 시작
하도록 하지."

"아, 잡담은 거기까지 해두시기 바랍니다."

돌연 아무도 없는 곳에서 들려온 목소리가 넓은 집무실 안
을 가득 메웠다. 동시에 얇고 날카로운 검이 허공에서 갑작스
레 나타났다.

"검이다?"

"뭐, 뭐야? 유령인가?"

검을 잡고 있는 손 하나, 몸은 없었다. 그저 투명하고 흐릿
한 무엇인가가 물결치듯 일행의 눈에 보일 뿐, 허공에서 춤추
듯 움직이던 검은 자신을 멍하니 지켜보던 글라디스를 노리
고 빠르게 날아들었다.

쉬익!

“글라디스, 위험해!”

전혀 검에 반응하지 못한 글라디스를 향해 아이리스가 몸을 날렸다. 아이리스는 글라디스의 몸을 감싸 안음과 동시에 바닥 위를 날랐다.

찌익!

“큭!”

아이리스의 옆구리가 길게 찢겨져 나갔다. 하지만 아이리스는 일어서자마자 자신의 밑에 깔려 있는 글라디스를 걱정스레 바라보며 물었다.

“괜찮아?!”

“어? 어어.”

순간, 글라디스의 얼굴이 살짝 홍조를 띠었다. 어, 어째서 이러는 거지? 급하게 아이리스를 밀쳐낸 글라디스가 몸을 추스르며 일어섰다.

“야, 너무하잖아. 왜 밀고 그래?”

“미, 미안해!”

“어? 아, 응.”

그녀가 아이리스에게 사과한다. 아이리스 역시 그녀에게 너무 오랜만에 듣는 사과라서 그런지 뭔가 어색함을 느꼈다. 다행히 옆구리에 난 상처도 스치기만 한 것인지 글라디스의 응급조치에 간단히 마무리될 수 있었다.

“사, 살려줘!!”

그사이, 그녀를 공격한 검은, 공포로 인해 몸이 굳어 있는 신관의 바로 옆에가 있었다.

"쓸모없는 인간이로군."

"아, 아닙니다! 저는 단지 협박을……!"

푸욱!

허공에 떠 있던 검은 아무 망설임 없이 두려움에 질려 소리치는 신관의 정수리 위로 정확히 꽂혀 들어갔다.

스지직— 푸슈우!

신관의 정수리에 꽂혀 있던 검이 서서히 뽑혀지자 붉은 피가 천장 위로 솟구쳤다. 비릿한 피 냄새는 삽시간에 집무실을 가득 메운다.

"배신자의 최후는 늘 이런 것이지."

낮지만 무거운 목소리. 굵은 톤으로 보아, 그리고 허공에 떠다니는 손을 보아도 이 정채불명의 적은 사내가 분명했다.

펄럭—! 스르륵—!

곧이어 망토를 젖히는 소리가 들리며 물결이 일렁이는 착각을 주던 공간에서 한 사내의 모습이 갑작스레 나타났다.

길고 검은 머리카락이 어깨를 살짝 넘는 장발과 새하얀 피부가 흡사 부잣집 자제 분이라는 소리를 듣게 할 정도였다. 길고 딱 부러지게 올라선 턱 선을 보아 20대 후반 정도로 보이는 사내였다. 사내의 갈색 눈이 아이리스 일행을 위아래로 훑어보았다.

"아무것도 없는 곳에서 나타났다."

갑작스럽고 충격스러운 등장에 일행은 모두 마른침을 삼켰다.

"마법인가?"

"아니. 마법은 아닌 거 같아. 아마도 저 사람이 두르고 있는 망토 때문인 것 같은데……."

아이리스와 글라디스의 이야기에 살짝 끼어든 레베가 살짝 굳은 표정과 떨리는 목소리로 말을 이었다.

"아마도… 아티펙트(Artifact), 고대 유물일 것입니다."

레베의 이야기에 모두의 눈이 휘둥그레 변했다. 저것이 700년 전 레베가 살고 있던 시절의 유물 전쟁을 이끌어온 것 중의 하나란 이야기였으니까. 게다가 눈앞의 검은 머리 사내 역시 의외라는 듯한 표정을 지으며 입을 열었다.

"호오, 이쪽에 대해서 뭔가 잘 알고 계시는 듯싶습니다."

"예전에도 이와 비슷한 일을 겪어봤으니까요."

"꽤나 드문 경험을 하셨군요. 하지만 과연 그 해박한 지식만큼 당신의 검 솜씨가 받쳐 줄지 모르겠습니다."

순간, 말을 마친 사내의 검이 날카로운 소리와 빠르기로 레베의 볼을 스쳐 지나갔다. 레베가 황급히 몸을 돌려 피했으나, 사내의 손목이 오른쪽으로 급격하게 꺾이며 레베의 어깨를 찔러 들어왔다.

쉬익!

“크윽!”

“레베 씨!”

레베 또한 재빨리 공격을 피하는 듯했지만, 사내의 공격은 그의 어깨에 얇은 상처를 남겼다.

“피하신 겁니까?! 흥미롭군요!”

통증을 느낄 새도 없이 잠시의 틈도 주지 않겠다는 듯 사내의 연속된 검의 움직임이 레베의 눈앞을 현란하게 만들었다.

“하압!”

하지만 당하고 있지만은 않겠다는 듯 검을 강하게 꼬나 쥔 레베가 커다란 기합을 내질렀다. 그의 검이 바람 소리를 내며 횡으로 휘둘린다.

카캉!!

쇠와 쇠가 마주하자 작은 불꽃이 사방으로 튀었고, 날카로운 쇳소리는 두 사람의 귀를 찔렀다.

“큭!”

강하게 격돌한 검의 힘을 이기지 못한 사내가 잠시 뒤로 주춤거리자, 그때를 놓치지 않은 레베가 강력한 돌려차기를 그의 복부에 날렸다.

“하앗!”

퍼억!

사내의 몸이 공중 위로 날아오른다. 하지만 사내는 공중에서 가뿐히 몸을 비틀어 중심 잡힌 모습으로 바닥에 착지하였

다. 게다가 레베가 공격한 복부 역시 어느새 왼팔로 막아선
듯 팔을 휙휙 털어내고 있었다.

'이 사내는 강하다.'

레베 역시 검을 몇 번 주고받으며 상대에 대한 강함을 깨닫
게 되었다. 절대 만만한 상대가 아니었다.

"상당하군요. 지금도 팔이 저려옵니다."

레베를 바라보는 사내 또한 눈이 놀라움에 작게 흔들리고
있었다. 팽팽한 긴장감 속에 서로를 노려보던 중 사내는 돌연
검을 집어넣고 레베에게 허리를 숙여 예를 표하곤 입을 열었
다.

"환영의 기사단 NO.3 아스칼이라고 합니다. 요즘 같은 시
대에는 진정 당신과 같이 강한 인물을 만나기가 쉽지 않습니
다."

"그것참, 영광이로군요. 저는 레베 드 클린츠라고 합니다.
소속이나 이런 것은 옛날에 사라졌으니 굳이 밝히지는 않겠
습니다."

레베 역시 검을 살짝 늘어뜨리는 예로써 아스칼이라 자신
을 소개한 사내에게 답했다. 그런 레베를 보며 아스칼의 한쪽
입꼬리가 올라섰다.

"솔직히 저는 이 일이 마음에 들지 않았습니다."

"그래도 양심은 있었나 보네."

뒤에서 나온 글라디스의 비꼬움에 아스칼은 조용히 웃으

며 고개를 가로저었다. 그리곤 가지런히 자라난 하얀 이를 드
러내 보이며 말을 이었다.

그 웃는 모습이 얼마나 순수한지 보고 있는 사람들이 소름
이 돋을 정도. 게다가 그의 입에서 나온 말은 더욱 일행을 경
악으로 몰고 가기 충분했다.

"아니요. 스케일이 너무 작았거든요. 게다가 사람을 함부
로 죽일 수도 없고 말입니다."

"……"

순간, 아스칼의 이야기를 들은 레베의 얼굴이 딱딱하게 굳
었다. 사람의 목숨을 우선시하는 행동을 늘 보이던 레베에게
아스칼의 이야기는 용서할 수 없는 것이었기 때문일 것이다.
싸늘하게 굳어 시체가 되어 있는 신관을 바라보던 글라디스
역시 눈썹을 찡그렸다.

험악해진 분위기에도 목소리 톤 하나 변하지 않은 채 아스
칼은 덤덤히 말을 이었다.

"하지만 저희 쪽에서도 이번 일은 조용히 처리하길 원해서
말이죠. 여러분께서 밖으로 나가시면 곤란해집니다."

"그럼 저희가 입을 다물도록 하죠."

아스칼의 이야기가 끝나기가 무섭게 치고 올라오는 아이
리스의 이야기. 기본적으로 전혀 예상할 수 없는 아이리스의
대답에 아스칼마저 약간 놀란 표정을 지으며 그를 돌아보았
다.

"넌 시꺼! 자존심도 없냐?"

"좋은 게 좋은 거지, 사람 참 각박하시네."

글라디스의 구박에 아이리스가 입을 삐쭉 내밀었다. 두 사람의 행동은 분명 처음 보는 사람을 당황하게 만들었다. 그것은 아스칼 역시 예외는 아니다.

"하하, 당돌한 아가씨로군요."

"그렇죠? 피곤해 죽겠다니까요."

아스칼의 이야기에 다시 아이리스가 동조하고 나섰다.

"너 막 적이랑 친한 척하지 말라니까?! 언제 봤다고 실실거리면서 말을 걸어!"

투덕거리는 두 사람을 조용히 바라보고 있던 아스칼의 귓전에 레베의 조용하지만 딱딱한 목소리가 들려왔다.

"저도 굳이 당신들과 다투고 싶진 않습니다. 하지만 우리 쪽에서 이런 일을 목격하고도 조용히 있을 성격이 못돼서 말입니다."

"나는 괜찮은데……."

"자, 아이리스! 죽자!"

퍼억!

결국 글라디스에게 한 대 쳐 맞은 아이리스가 두 줄기 기다란 코피를 흘리며 아스칼을 노려보고 크게 외쳤다.

"덤벼라! 진검 승부다!"

"하하하! 정말 재미있으신 분들이로군요. 정의감에 불타는 기사와 도둑으로 보이는 여자, 그리고 아무짝에도 쓸모없어 보이는 소년까지.”

“소, 소년? 어딜 봐서 내가 소년이야?! 눈이 있으면 잘 보란 말이야?! 이 여자, 나랑 동갑이라고! 그러는 당신은 몇 살이 야?!”

“아이리스, 우선 코부터 막고. 아까는 그리 친하게 굴었잖 아.”

“그건 아까까지만……!”

갑작스럽게 독기를 품은 사람처럼 화를 내는 아이리스의 모습에 아스칼마저 적지 않게 당황하는 듯했다. 여하튼, 어수 선해진 집무실 안이었지만 레베의 이어진 이야기에 분위기는 다시 원점으로 돌아올 수 있었다.

“아스칼, 당신의 생각은 어딘가가 썩어 있습니다. 그것은 기사가 가져야 할 마음가짐이 아니고 누군가를 지킬 명을 받 은 자가 행할 행동이 아닙니다.”

아스칼은 레베가 너무나도 마음에 들었다. 그의 검술 실력 은 물론 기사로서의 충분한 소양이 있었기 때문이다. 자신이 아무것도 모르는 순수한 소년이었을 때, 레베와 같은 굳건하 고 곧은 기사를 동경했다.

하지만 자신은 지금의 현실을 알았고, 지금은 자신이 예전 동경했던 기사의 이미지와는 사뭇 다른 길로 들어서 있었다. 그리고 그곳으로 가기엔 자신은 너무 많이 발을 들여놓았다.

행여 마음속에서 그 빛의 길을 걷고 싶다라는 생각이 들 때면 그는 고개를 가로젓곤 했다. 그 곧은 모습 뒤에 추악함을 이미 자신은 한번 경험했으니까.

"후— 대화로 풀어나가긴 힘들겠군요. 저도 이편이 좋긴 하지만 말이죠. 그럼 어쩔 수 없이란 전제 조건을 붙이겠습니다."

스르릉—

허리춤에 차여 있는 소드 벨트에서 아스칼의 검이 뽑아져 나온다. 그에 맞춰 레베 역시 늘어뜨렸던 검을 다잡으며 자세를 잡았다.

"삐이!"

가벼운 아스칼의 휘파람 소리에 커다란 집무실 문이 부서지듯 열어젖혀졌다.

콰앙!

"와아아!!"

"침입자다!"

동시에 수십 명의 병사가 앞 다투어 문을 통해 들어왔으며, 그들은 빠르게 입구를 막아서곤 창과 칼을 꺼내 들었다. 순식간에 입구가 막혀 버렸고, 포위되다시피 한 아이리스 일행을 바라보던 아스칼이 조용히 입을 열었다.

"저 드세 보이는 여자와 청년을 맡아라. 저 기사는 너희가 상대하기 역부족이니까. 나에게 맡겨라. 괜히 나서서 죽고 싶지 않다면 얼쩡거리지도 말고.”

“드, 드세 보이는 여자?! 내가?! 이! 괴도 천사님이!”

아스칼의 말에 흥분한 글라디스가 뭐라 외치며 항의하려 했지만 그녀의 외침은 이어진 병사들의 함성 소리에 단숨에 묻혀 버렸다.

“와아아!!”

“온다!”

“아이리스! 뒤로 물러나!”

레베와 떨어진 두 사람은 재빨리 벽을 등지듯 서며 병사들과 대치했다. 아이리스는 애초에 멀찌감치 뒤로 떨어졌고, 글라디스는 앞에 있는 병사들과 대치 중이었다. 자신들과 떨어진 레베를 보며 아이리스가 걱정스러운 목소리로 외쳤다.

“레베 씨!”

“걱정 마십시오! 그보다 안전한 곳으로 무조건!”

카앙!

아스칼이 레베의 말허리를 자르며 달려들었다. 강하게 휘둘린 그의 검을 갑작스럽게 막아서느라 자세가 살짝 기울어진 레베를 벽 쪽으로 몰아세운 아스칼이 왼쪽 입꼬리를 올렸다.

“당신의 상대는 접니다. 한눈팔지 마시죠.”

뻐억!

아스칼이 다리를 들어 레베의 복부를 걷어찼다. 온몸을 휘감는 고통에 레베는 헛바람을 삼킨다. 동시에 자신의 정수리를 노리고 내려쳐진 아스칼의 검을 레베는 가까스로 막아낼 수 있었다.

쉬리릭!

레베의 옆구리를 노리고 아스칼이 재차 검을 휘둘렀다. 하나, 레베 역시 아까같이 한눈을 팔고 있던 상황이 아니었기에. 수월하게 그의 검을 막아냈다.

카앙!

다시 한 번 마주친 검에서 작은 불똥이 튀어 올랐다.

"레베 씨, 대단하군요. 상상 이상으로."

키잉!

레베의 검이 아스칼의 검을 하늘 위로 쳐 올려 버렸다. 그의 갑작스러운 반격에 아스칼 역시 무방비 상태로 두 팔을 들어버렸다.

"……!"

자신의 공격이 너무나도 쉽게 막혀 버리자 아스칼이 살짝 놀라는 표정을 지으며 뒤로 물러섰다. 게다가 그것은 레베에게 있어선 꽤 좋은 공격 찬스였는 데도 불구하고 그는 나서지 않았다. 다만 아스칼을 보며 안타까운 목소리를 내었다.

"이런 실력을 가지고 어째서……?"

"어째서? 실력이 좋으면 오로지 정의를 위해서 봉사해야 한다고 들리는데, 제 말이 맞습니까?!"

"아니, 정의를 위한 봉사가 아닌, 왜 남을 해하는 길을 걷느냐는 것입니다."

파악!

빠르게 뛰어든 레베의 검이 아스칼의 어깨를 노리고 날아들었다. 그 빠르기가 가히 눈으로 따라잡기 힘들 정도라 아스칼 역시 방어 자세를 갖추지 못하는 듯했다.

"……?!"

빠르게 아스칼의 어깨를 찔러 나가던 레베가 튕겨지듯 뒤로 물러서 그를 바라보았다. 아스칼은 그런 그에게 어깨를 으쓱해 보이며 물었다.

"지금 저는 얕잡아 보시는 것은 아니겠지요?"

"누굴 얕잡아 보는 성격은 아닙니다. 다만 내가 지금 당신에게 달려들었다면 허리 뒤춤에 있는 또 다른 검의 먹이가 되었을 테니까요."

레베의 이야기에 아스칼이 짙은 웃음을 지어 보였다. 그리곤 뒤춤에 있는 또 다른 검을 꺼내 잡는다. 기존에 들고 있던 검과 똑같은 얇고 날카로운 월백의 검이다.

"원래 두 개의 검을 쓰니 비겁하다고 하진 마시길!"

말을 마치자마자 짧은 기합을 내지르며 달려드는 아스칼. 양손에 검을 쥐고 휘두르는 그의 공격 속도는 한층 더 빨라져 있었다.

'더욱 빨라졌다. 아직도 이자는 실력을 전부 내보이고 있

지 않아.'

덕분에 레베는 공격다운 공격을 하지 못하고 그의 검을 막는 데만 급급해야만 했다.

"하하! 어찌 된 것입니까? 겨우 이 정도입니까?!"

"……."

카앙!

강력한 쇳소리가 울렸다. 그리고 그 자리에 멈춰선 아스칼이 놀란 눈으로 레베를 바라보았다. 지금의 것은 자신의 공격 궤도를 읽고 있는 듯한 움직임. 게다가 처음과 다르게 레베의 검은 묵직한 느낌을 주었다. 오히려 신나게 검을 휘두르던 아스칼 자신의 손아귀가 찢어지는 느낌을 받을 정도였으니까.

"이제야 제대로 해볼 생각이시군요."

"글라디스! 뒤!"

쉬익!

"이게 어디서 연약한 여자를 공격해! 그것도 여럿이서!"

픽!

"악!"

호쾌한 그녀의 발차기가 뒤에서 자신을 공격한 병사의 안면을 걸어차 버렸다. 단 한 방에 나가떨어진 병사는 그대로 축 바닥에 늘어져 버린다.

만약 한 방에 나가떨어지지 않고 정신을 다잡으려 해도 그 뒤에는 아이리스가 커다란 짱돌을 들고 기절하지 않은 병사들을 때리고 있었다.

퍽!

"큭!"

"미안해요. 아니, 적이니까 사과할 필요는 없지만 여하튼 꽤나 아플 거 같으니까 미안해요."

특별히 마법 말고는 접근전에 무색한 그로서는 이 방법 밖에 없었다. 요리저리 병사들의 창이나 검을 피하기도 버거우니 글라디스의 뒤편에 서서 이런 것이나 해야 할 판이다.

퍽! 퍽!

또다시 글라디스의 주먹에 맞아 나가떨어진 병사들의 뒤편으로 돌아간 아이리스는 열심히 짱돌로 그들의 머리를 내려치고 있었다.

"아이리스, 뒤!"

"……!"

아차! 글라디스만을 공격할 것이라 믿었던 병사들이 이번엔 타깃을 바꾸어 아이리스에게 달려들고 있었다.

"이 녀석부터 처리해!"

"젠장! 비켜!"

"이년! 죽어!"

카강!

글라디스 역시 눈앞의 병사를 상대하기에 그에게 달려들 수 없는 상황. 아이리스 자신이 저 많은 병사들의 칼부림을 글라디스처럼 요리저리 피할 재주는 없었다. 그렇다면 방법은 단 하나.

부우웅!!

순식간에 아이리스의 양손으로 밝은 빛무리가 모여들었다. 하지만 마법을 마치 말 뱉듯이 바로 뱉을 수는 없는 일. 간발의 차로 아이리스 앞에 먼저 서게 된 병사가 있는 힘껏 그의 머리위로 칼을 내려쳤다.

"그라비티(Gravity:대상을 짓누르거나 하늘 위로 솟구치게 할 수 있는 중력 계열의 마법)!!"

아이리스 역시 재빠르게 주문을 끝내고 발동 키워드를 큰 소리로 외쳤지만 그보다 병사의 검이 한발 더 빨랐다.

"죽어!!"

아이리스는 차마 눈을 뜨지 못하고 질근 감았다. 이대로 죽는 건가? 이렇게 허무하게?! 아직 하지 못한 것 투성인데……. 이루지 못한 것들이 산더미같이 쌓여 있는데 이런 곳에서, 어느 것 하나 이룬 것이 없는데 이런 곳에서…….

푸욱!!

"아악! 내 손!"

하나, 들려온 것은 검을 내려치던 병사의 날카로운 비명 소

리었다. 어두운 천장 위에서 빠르게 날아든 단검이 검을 내려
치는 병사의 손에 박혀 들었던 것이다.

파팟! 파파팟!

곧이어 수십 개의 단검이 아이리스를 향해 달려드는 병사
들의 바로 발밑에 꽂혀 내려졌다.

"어, 어어!"

"뭐, 뭐야?!"

쿠당탕!!

갑작스레 발밑으로 날아든 단검에 발이 걸린 병사들은
그대로 바닥 위를 뒹굴었다. 그뿐만이 아니었다. 바닥 위를
뒹굴던 병사들의 몸이 삽시간에 천장 위까지 날아가 버렸
다.

"뭐, 뭐야?!"

"살려줘!"

부아아아!

땅 위로 밝게 빛나는 별 모양의 문양이 밝게 빛났고, 글라
디스와 대치하고 있던 병사들 역시 모조리 천장 위로 날아가
버렸다.

"으아악!"

"안 돼에에!!"

퍼버벅!

그리고 하늘 위로 날아올랐던 병사들이 그대로 땅 위로 나

자빠졌다. 코가 깨지고 뼈가 부러지는 소리가 사방에 울려 퍼
진다. 그나마 간단한 갑옷을 두르고 있어 목숨에 지장이 있는
사람은 없는 듯싶었다.

"단검은 어디서 날아온 거야?"

글라디스와 아이리스가 사방을 두리번거리고 어두운 천장
을 올려다보았지만 인기척 하나 느껴지지 않는다. 도대체 어
디서 날아든 것인가? 혹시 레베가 자신들을 향해 급하게 검을
날린 것인가?

"몰라. 하지만 우리를 도와주는 것 같은데?"

"우리도 어서 레베 씨에게 합류하자!"

"그, 그래! 어?"

글라디스와 함께 재빨리 레베가 싸우는 쪽으로 몸을 돌리
려던 아이리스는 뭔가 이상함을 느꼈다. 그러고 보니……?

"글라디스, 나, 있잖아……."

"우선 돌이라도 던져 보자!"

바닥의 돌을 주워 건네는 그녀의 손을 마다하며 아이리스
가 다시 글라디스를 불러 세웠다.

"아니, 그게 아니라… 글라디스……."

"왜 자꾸?!"

"나 마법이 제대로 나갔어."

"뭐?"

아이리스의 벙찐 얼굴을 잠시 동안 물끄러미 바라보던 글

라디스가 쾌재를 부르짖으며 소리쳤다.

"좋았어!!"

곁눈질로 아이리스를 바라보던 아스칼이 놀랍다는 듯 입을 놀렸다.

"저 쓸모없어 보이는 청년은 마법사셨습니까? 게다가 상위권 마법을 아무렇지도 않게 쓰다니, 이 것참, 번거롭게 됐군요."

"마음대로 생각하시길."

대답은 그럴싸하게 했지만 아이리스의 실체를 알고 있는 레베로서는 식은땀이 날 정도의 거짓말이었다. 혹시 예전 아몬이 눈이 멀었던 것처럼, 아니면 돌이 되었던 것처럼 변했다면 그야말로 큰일이었을 테니까 말이다.

캉!

한차례 검을 부딪치며 서로의 거리를 벌린 두 사람. 좀처럼 승부가 나지 않음에 아스칼은 슬슬 짜증이 밀려오기 시작했다.

환영의 기사단 NO.3라고 하지만 현 대륙에 나간다면 그역시 손에 꼽힐 고수였다. 그런 그와 대등하게 싸우는, 아니, 오히려 자신을 압박하는 이 사내는 도대체 누구란 말인가?

게다가 아이리스라 불리는 저 정도의 마법사까지 합세한다면 자신으로서도 보통의 상태로는 빠져나가는 것도 버거울 것이다.

"상당하시군요. 이렇게 되면 저도 슬슬… 숨겨둔 비장의 무기를 꺼내야 할 듯합니다."

의미심장한 미소를 지어 보이며 뭔가 몸에 변화를 일으키려는 아스칼을 본 레베가 재빨리 그에게 달려들며 소리쳤다.

"뭔지는 모르지만 그렇게 놔두진 않겠습니다!"

레베의 검이 그의 가슴을 노리고 날아들었지만 아스칼은 마치 무엇인가를 기다리듯 미동조차 하지 않았다. 그리고 레베의 검이 거의 그의 가슴에 닿으려 할 때, 아무도 없는 허공에서 튀어나온 검이 레베의 검을 튕겨내었다.

카강!

"……!!"

스르륵!

허공에 떠 있는 검, 그리고 일렁이는 공간. 휙 망토가 젖혀지는 소리가 들리며 커다란 사내가 일행의 앞에 모습을 드러냈다. 검고 짧은 머리가 인상적인 사내는 눈썹도 진해 꽤나 우직해 보이는 인상이었다. 그런 사내를 보며 아스칼이 눈살을 살짝 찡그렸다.

"젠가, 너의 도움은 필요없을 거라고 내 분명히 말했을 텐데……"

"내가 너의 말을 들을 이유는 없다. 그리고 지금은 이쪽이 나을 것이라고 생각했을 뿐이야."

낮고 어두운 목소리. 젠가라 불린 사내는 아스칼의 이야기에 딱 부러지게 대답하곤 레베를 향해 달려들어 검을 휘둘렀다.

카가강!

검을 들고 있는 손아귀 전체에 퍼지는 엄청난 충격! 젠가의 검은 자신의 크기만큼 보통의 검보다 두 배 정도는 두껍고 커다랬다. 그런 것이 휘둘리자 바람을 가르는 소리가 들렸고, 그 검을 막아선 레베는 작게 신음을 내뱉으며 몸을 살짝 뒤로 띄워 충격을 흡수할 수밖에 없었다.

"크윽!"

카앙!!

젠가는 덩치에 맞지 않게 절대 둔하지 않았다. 아니, 애초에 뚱뚱한 것이 아닌, 다부지고 커다란 덩치일 뿐. 그의 빠른 공격에 중심을 잃은 레베. 젠가의 검을 막자 곧이어 무방비 상태가 되어버리는 레베를 아스칼이 공격해 들어왔다.

퍼억!

"크흡!"

그야말로 간신히 검이 주는 치명타는 피하고 있었지만 계속해서 날아드는 타격기를 막을 뾰족한 방법이 없었다. 그러자 뒤편에서 화가 난 글라디스가 소리치기 시작했다.

"저 녀석들, 비겁하게! 아이리스, 마법 준비해!"

"좋았어! 컨디션 만땅! 초 비밀 병기 출동이다 이거야!"

한창 사기가 오른 아이리스와 글라디스를 바라보던 아스
칼이 슬쩍 몸을 빼내며 입을 열었다. 마찬가지로 젠가 역시
그와 함께 행동하는 듯 몸을 살짝 뒤로 빼내었다.

"그럼 저희는 이쯤에서 빠지도록 하겠습니다. 일도 좋지만
가장 우선시되는 건 목숨이니까요."

"……."

아스칼이 자신을 보며 이야기하는데도 레베는 갑자기 고
개를 숙여 보이곤 더 이상 말을 하지 않았다. 그가 아무 말 없
이 고개를 숙인 것에 아스칼이 의아해하며 몸을 돌리려는 순
간,

"동작 그만이다, 새끼들아!"

낮고 카랑카랑한 목소리, 그리고 적의가 가득한 목소리가
굴 안을 가득 메웠다. 그리고 온몸을 바늘로 찌르는 살기가
두 사람의 몸을 감싸 돌며 애써 레베의 말을 무시하며 걷던
걸음을 멈추게 만들었다.

"……?"

카가강!!

"커헉!"

빠르게 날아든 살기에 반응하여 몸을 돌리지 않았다면 분
명 자신은 두 동강이 났을 것이다. 순식간에 달려든 레베의
검을 간신히 막아선 아스칼. 하지만 레베의 왼손이 눈 깜짝할
사이에 그의 뺨을 후려쳤다.

짜악!

"크헉!"

고개가 한껏 돌아간 아스칼이 그대로 자리에 주저앉았고, 그 모습에 놀란 젠가가 뛰어들었지만 레베는 한발 앞서 젠가의 눈앞으로 뛰어들었다.

"무, 무슨?!"

뻐억—!

"컥!"

동시에 그의 돌려차기가 젠가의 턱을 강타했다. 뼈가 아작 나는 소리를 내며 그의 몸이 공중으로 떴다. 하지만 그것으로 끝이 아니었다. 레베는 순식간에 공중에 뜬 젠가의 다리를 잡아채곤 거칠게 바닥 아래로 내동댕이쳤다.

쿠당탕탕!

"크흑!"

"내가 서라고 했는데 왜 말 안 듣고 지랄이니, 애새끼들이."

자신보다 두 배는 커 보이는 젠가를 한손으로 저리 쉽게 다루다니……. 작은 모래 먼지를 일으키며 바닥을 뒹군 젠가가 벌떡 일어났다. 아스칼 역시 놀라 뒤로 몸을 빼며 그와 나란히 서서 다른 사람처럼 변해 자신들을 공격한 레베를 바라보았다.

"퉤! 아, 먼지 봐, 먼지! 아, 새끼! 거참, 요란하게 나뒹구네!"

레베의 분위기가 갑자기 달라졌다. 모든 것이 마치 다른 사람이 된 것처럼 변해 버린 것이다. 무엇보다 자신들을 내리깔아 보고 있는 저 붉은 두 눈이 두 사람을 무엇보다 긴장하게 만들었다.

"아몬 씨!!"

아이리스가 그런 레베를 바라보며 크게 외쳤다. 카랑카랑한 목소리와 공격적인 성격, 입만 열면 뱉어지는 상스러운 표현, 무엇보다 저 붉은 두 눈동자. 어느새 레베와 바통을 터치한 아몬이었다.

"레베같이 약해 빠진 놈이랑 겨우 몇 번 칼 맞댄 걸로 지가 잘난 줄 아나 본데, 아주 오늘 잊지 못할 추억을 만들어주지! 애송이 새끼들."

아몬은 거만한 포즈로 서서 두 사람을 내리깔아 보고 있었다. 게다가 입에서 쉴 새 없이 거친 말과 욕지거리가 뱉어져 나오고 있다. 영문을 알 리가 없는 두 사람으로서는 갑작스럽게 레베의 성격이 변한 것으로밖에 보이지 않을 것이다.

"아스칼, 조심해라. 아까와는 분위기가 완전히 다르다. 힘도 스피드도 몇 단계 위가 되어버렸어. 그리고 녀석에게서 뿜어져 나오는 살기에 몸이 따끔거릴 정도다."

"알고 있어. 하지만 대체 뭐가 어떻게 된 거야? 뭐 저런 녀석이 다 있는 거지?"

　벌게진 뺨을 살짝 어루만지는 아스칼과 온몸으로 느껴지
는 살기를 태연한 척 이겨내려는 젠가. 가만히 두 사람의 이
야기를 듣고 있던 아몬이 입가에 특유의 사악한 미소를 지어
보였다. 이어 그가 아스칼과 젠가를 향해 손을 까닥거리곤 성
의없이 한마디 내뱉었다.
　"그만들 지껄이고 덤벼!"

『랜덤메이지』 2권에 계속.

초등학생이 반드시 읽어야 할 좋은 책 49권

각 학년별로 초등학생이 반드시 읽어야할 좋은 책을
선정하여 통합논술의 기본이 되는 '올바른 독서법'을
일깨워 줍니다.

교과서와 함께하는
초등학교 통합논술

초등1학년 | 값 12,000원 / 초등2학년 | 값 9,500원 / 초등3학년 | 값 11,000원 / 초등4학년 | 값 9,500원 / 초등5학년 | 값 9,500원 / 초등6학년 | 값 11,000원

♣ 혼자 할 수 있어요.

엄마가 책 읽는 방법을 가르쳐 주어도 좋아요.
독서지도하는 선생님이 가르쳐 주어도 좋답니다.
"초등 교과서와 함께하는 **통합논술 시리즈**"는
아이 스스로 독서할 수 있도록 꾸며진 책이에요.
엄마와 선생님은 요령만 가르쳐 주시면 된답니다.

♣ 교과서의 중요한 내용이 총정리되어 있어요.

각 학년별로 중요한 교과 내용이 함께 수록되어 있어요.
초등학생은 교과서 내용을 충실하게 공부해야합니다.
아울러 그와 병행한 독서가 대단히 중요하지요.
"초등 교과서와 함께하는 **통합논술 시리즈**"는
두가지 방법 모두 알려준답니다.

♣ 이 책은 훌륭하신 선생님들이 함께 쓰신 책이랍니다.

동화작가 선생님들이 쓰셨어요. 소설가 선생님도 쓰셨답니다.
국어 논술독서지도 선생님들도 함께 쓰셨지요.
"초등 교과서와 함께하는 **통합논술 시리즈**"는
엄마의 마음으로 모든 선생님들이 함께 꾸민 책이랍니다.

입소문을 통해 아는 분은 다 알고 계십니다!
올 한해 공인중개사 최고의 화제작!

1~2권 합본 | 이용훈 지음
3~4권 합본 | 이용훈 지음
5~6권 합본 | 이용훈 지음
용어 해설 | 이용훈 지음

수험생 기본 필독서
만화 공인중개사

제목 : 만화공인중개사 쓰신 분에게 감사드립니다.

학원을 두 달 다녔어요. 근데 과연 그 숫자 외우기 그런 게 몇 문제나 나올까 생각을 했어요.
아니라는 생각이 드네요. 학원강의를 뒤로하고 서점을 갔어요. 내 머리에 가장 이해될 수 있는
책이 없나 하구요. 거기서 만화를 발견했어요. 무조건 세 번 봤어요. 3개월 걸렸어요. 문제집을 보라고
했는데 그건 시행을 못했어요. 근데 합격을 했네요.
어떻게 감사의 말을 해야 될지……
도서관에서 만화책 들고 다니니까 사람들이 비웃더라구요. 만화책으로 공인중개사를 공부한다고
미친 사람처럼 보더라구요. 근데 그거 다 감수하고 했던 내가 자랑스럽습니다.
어떻게 감사의 말을 해야 할지… 정말 감사합니다.
부디 행복하세요. 제 나이 41살에 좋은 스승을 만난 것 같습니다.
엎드려 감사드립니다.

-본사 홈페이지에 독자분이 올린 메일 中 에서 발췌-